春天的二十二个夜晚 Chuntian de Ershi'er Ge Yewan

APGTIME 时代出版
时代出版传媒股份有限公司
安徽文艺出版社

徐坤，1965年3月出生。《人民文学》杂志副主编，北京作家协会副主席，中国社会科学院文学博士，中国作家协会全国委员会委员，北京市政协委员，享受国务院特殊津贴专家。

1993年开始发表小说，已出版小说、散文、评论作品500多万字，获得国家及省部级奖项及各期刊大奖30余项（次）。代表作有小说《白话》《先锋》《厨房》《狗日的足球》《午夜广场最后的探戈》《八月狂想曲》《春天的二十二个夜晚》等。话剧《青狐》改编自王蒙同名长篇小说，话剧《性情男女》2006年由北京人民艺术剧院上演。长篇小说《八月狂想曲》获中宣部“五个一工程”优秀图书奖，短篇小说《厨房》获第二届鲁迅文学奖。长篇小说《野草根》被香港《亚洲周刊》评为“2007年中文十大好书”。部分作品被翻译成英、德、法、俄、西班牙、日语等出版。

徐坤

徐坤文集

Xu Kun Wenji

春天的二十二个夜晚

Chuntian de Ershi'er Ge Yewan

徐坤 / 著

ARCTIME 时代出版

时代出版传媒股份有限公司
安徽文艺出版社

1985年大学时代

1985年大学时代——彩霞满天

1988年婚后在婆婆家过暑假，婆婆从柜子里翻出她年轻时的小红袄让我试穿。

三十而立

四十不惑

2006年1月，徐坤创作的话剧《性情男女》在北京人民艺术剧院上演。导演任鸣，主演谷智鑫、程莉莎、张培、韩清。

2006年1月10日,《性情男女》首演结束后与主创人员合影。

2006年1月10日夜，首演结束后剧组主创人员在现场跟观众交流。

2011年春节，回沈阳与妹妹徐丹陪父母逛街。

2014年8月，给姑姑祝寿(图为姑姑徐坚、妹妹徐丹)。

自序

向现在，向未来

“《八月狂想曲》，徐坤写得意气风发，写得波澜壮阔；她有澎湃的叙事激情，滔滔五十万字，她纵情歌唱——站在空旷的、华丽如天上宫阙的体育场，向着即将到来的日子、向着那时的欢腾万众。”

这是批评家李敬泽2008年6月评论我的新著《八月狂想曲》的文章开头。我觉得他的标题“向现在，向未来”极好！到现在，六年时间过去，当一个新的实现中国梦的历史时间段到来时，这样的题目，仍然显得美好，令人振奋，并有无限希望催生。故而我借用这个标题来作为今天我的文集自序的题目。

从1993年发表第一部中篇小说《白话》至今，已经有二十多年时间过去。不知不觉，就从青年写到了中年。二十世纪九十年代初，我刚毕业进入中国社会科学院工作，一身学生气，带着年轻人成长过程中普遍存在的叛逆和冲撞精神。八十年代的结束和九十年代的开始，对于中国的改革开放进程来说，是一段非常特殊的历史时期。刚参加工作不久，我就随社科院的八十几位博士、硕士一起到河北农村下放锻炼一年。远离城市，客居乡间，忧思无限，前程渺茫。在乡下的日子里，我们这群共同承继着八十年代文化精神资源的二十来岁的青年学子，经历浅，想法多，闲暇时喜欢聚在一起喝酒清谈，读费孝通的《乡土中国》，看昆德拉的《生命中不能承受之轻》，播放从中关村淘回来的各种国外艺术片。在高粱玉米深夜拔节声中，在骤雨初歇乡村小道咕吱咕吱的泥泞声里，凌虚蹈空探讨国家前途和知识分子命运，虽难有结论却兴味盎然。回城以后，这个小团体就自动解散。然而，在乡下探讨的问题以及与底层乡村民众打交道时的种种冲突和遭际却一直萦绕我心，挥之不去。终有一天，对世道的焦虑以及对前程的思索，催使我拿起笔来，做起了小说——相比起"板凳要坐十年冷"的做学问方式，激情与义愤喷发的小说更能迅捷地表达作者的情绪。

在1993—1994两年间，我以《白话》《先锋》《热狗》《斯人》《呓语》《鸟粪》《梵歌》等一系列描写知识分子的小说登上文坛，文化批判的锋芒毕现，引起了读者和批评家的广泛关注。我的第一部小说集《热狗》由王蒙先生亲自作序，王蒙文中称"（徐坤）虽为女流，堪称大'侃'；虽然年轻，实为老辣；虽为学人，直把学问玩弄于股掌之上；虽为新秀，写起来满不论（读吝），抡起来云山雾罩、天昏地暗，如入无人之境"。

年轻时的写作，十分峻急，仿佛有无数力量催迫，有青春热情鼓荡，所有的明天都是光荣和梦想。仿佛可以乘着文字飞翔，向着歌德《浮士德》中“灵的境界”疾驰。几年以后，做够了知识分子的题目，我又开始尝试女性主义议题。《厨房》《狗日的足球》《遭遇爱情》《女娲》《小青是一条鱼》等等都是这一时期的作品。它们借助于互联网的兴起迅速被盗版疯传。看到网上有评论说，到今天为止，足球小说写得最好的仍然是我在1996年写的以女性为主角的《狗日的足球》。

十几年后，我从社科院出来到北京作家协会当了专业作家，这一干，又是一个十年。作为一名职业作家，对自己的要求与从前自然有所不同，写作的战车开始提速。这期间，有《春天的二十二个夜晚》《爱你两周半》《野草根》《八月狂想曲》几部长篇问世，还写了三部话剧《性情男女》《青狐》（根据王蒙同名长篇小说改编）《金融街》，并有多部中短篇小说集以及散文集出版。短篇小说《厨房》在2002年获得第二届鲁迅文学奖，话剧《性情男女》2006年1月由北京人民艺术剧院上演，由副院长任鸣亲自导演，谷智鑫等几个年轻人主演，在北京和上海演过五十多场，深得年轻观众喜爱。长篇小说《野草根》被香港《亚洲周刊》评为“2007年十大中文小说”，长篇小说《八月狂想曲》2009年获得中宣部“五个一工程”优秀图书奖。

“文章合为时而著，歌诗合为事而作”，这是千古文人必须承担的道义和使命。写到此，不能不回到开头，说说收录到文集里的第一卷《八月狂想曲》。这是我到北京作协当专业作家后的一次奉命之作，写出了全国唯一一部表现中国举办奥运的长篇小说。应该说交上了合格答卷。六年过后，今天再看，仍然可读，本世纪开初那几年、一个时代中国人的集体记忆和情绪，字里行间仍历历可见。这是我写得最艰苦的一部作品，经过四年多的跟踪采访和写作，终于在奥运会开幕前将五十万字的小说完成。

在采访中，给我留下印象最深的是奥运建筑设计和施工团队，从总设计师到工程助理，主力几乎清一色由年轻人组成，基本上是出生于六十、七十年代的一群人。他们有着良好的教育背景，专业技术上过得硬，有吃苦耐劳精神，有跟世界平等交流对话的良好心态和技术资本。他们是如此自信、坚定、昂扬、勇往直前、无所畏惧，遇到困难绝不会绕道走，阐述自己的理想绝不闪烁其词。正是在这一代年轻人的手中，经过几年时间的艰苦打造，一座座奥运场馆拔地而起，老北京的新地标正威严地耸立！

从这些同龄人身上，我感受到了青春，感受到了力量，感受到了蓬勃的朝气，感受到了百多年前，梁启超等仁人志士所憧憬、筹划的少年中国的伟大梦想——“红日初开，其道大光；河出伏流，一泻汪洋；潜龙腾渊，鳞爪飞扬；乳虎啸谷，百兽震惶；鹰隼试翼，风尘翕张”——那些令人心潮澎湃、血脉贲张的伟大想象，如今正在这一代年轻人的手里一一变为现实。

于是，我找到了“青春中国”这个突破口，以建筑设计鸟巢、水立方的60后、70后年轻建筑设计团队为主角展开故事，真实记录当下中国社会的芸芸众生。在《八月狂想曲》一书的卷首语里我这样写道：谨以此书，献给一个时代，献给青春中国。书里有为民请命的年轻有抱负的新一代决策者，也有意志脆弱的受贿下马官员；

有年轻建筑师壮志凌云欲打造出世界顶尖级建筑场馆的豪情，也有民工的辛苦劳作牺牲奉献。有兄弟情谊的砥砺，有爱人的背叛误解，有利益的巨大诱惑，有美色的无端沉迷，有沉痛，有欢笑，有泪水，有无奈……更多的是中华大地上的人民被这一历史机遇给迸发出来的无限激情。

青春中国是令人振奋的。六年以后，2014年11月的北京APEC会议上，洋红色的“鸟巢”和宝蓝色的“水立方”又被装点一新重新亮相，梦幻般的色彩重又照亮了北京这座城市的夜空。作为曾经亲历这两座建筑从无到有，曾看着它们的每一根钢筋落地、每一个气泡贴膜的人，此时该是多么感慨！夜风习习，秋叶飒飒。站在这些已被叫作“奥运文化遗产”的巨大建筑前，才能深刻感受到，一个实现中国梦的历史时间段又灼灼闪亮了！

在将《八月狂想曲》收入文集时，我也将当年北京十月文艺出版社出版团队的照片，以及它后续获得的各种荣誉的照片一并收录进来，为我们曾经共同的努力立此存照。也为中国百年不遇的举办奥运会的壮举立此存照。

光阴荏苒，人到中年，便会将脚步贴近大地，内敛与凝重，不断思量文学对社会的担当，思考文字如何才能得以不朽。同时亦想驻足，对着毕生所从事的事业，对大地山川、天空和海洋如浮士德般深情呼唤：“你真美啊，请停留一下！”

最后，我要感谢安徽文艺出版社，几年来他们以磅礴的气势、高端的战略、诚恳的用心，将诸多名家的作品文集收入旗下，其精美的装帧与精益的质量，都十分令人称道。忝列出版名单之中，令我深感荣幸！我还要感谢社长朱寒冬先生，没有他的极富激情和责任心的邀约和敦促，便不能使我除却慵懒与怠惰尽快编成此书。同时我要感谢责任编辑刘姗姗和姜婧婧两位小友，她们为这套文集的付梓做出了很大努力，付出许多辛劳。我感谢她们。

徐坤

2014年11月28日于北京以北

目录

引子：第一夜没感觉 / 1

第一章　北京颂歌 / 26
第二章　京哈线上 / 42
第三章　“一缺三喽——” / 64
第四章　厕所礼赞 / 90
第五章　酒吧地图 / 108
第六章　新东方外语学校 / 122
第七章　“我走了……” / 136
第八章　分居是一种永远的痛 / 156
第九章　妇科体检 / 172
第十章　离婚登记处 / 191
第十一章　春宵一刻 / 209
第十二章　大年三十的慰问电话 / 226
第十三章　高头大马·胡子哥哥 / 241
第十四章　老太太的花儿 / 269
第十五章　基因的故事 / 284

第十六章　“探亲一号” / 309
第十七章　同居指南 / 337
第十八章　与情敌狭路相逢 / 352

尾声：长安大道 / 367

引子:第一夜没感觉

很突然。一切都是在过分自然又过分突然之中,简简单单发生了。这才是他们见面的第三次,两个彼此还是十分陌生的身体,却在一片酒醉声中,匆匆上床。

上个世纪最后一天的夜晚,毛榛手捧一束鲜花,从京郊八王坟的研究生院穿城跨桥,一路焦急颠簸着奔赴城南叫作"定慧寺"的地方,去往约会的那个男人的住所。定慧寺,听上去是个富有诗意的名字。一个单身男人的居所,究竟会是什么样子呢?

夜色中的大街,像河一样流淌。三环路上一排排汽车粗重喘息着,一辆接着一辆,吭哧吭哧艰难地朝前蠕动,活像一条条抛锚的船。那些在白天看起来灰秃秃的房屋、楼阁、土丘、高架桥,此刻在夜晚灯光的辉映下,泛出一丝丝淡远的朦胧,硬撅撅的线条显得柔和得多了。路边本来就少得可怜的绿色植物们,此时已隐身到夜的背景深处,就仿佛一群群幽怨的弃妇,鞠躬尽瘁而又忍辱负重着,在都市夜晚一盏盏寻欢的灯亮起之前,知趣地抽身隐退。没人能看见她们脸庞上幽咽的泪水。

到处都是嘈杂的噪音。要过新年的喜气、疲惫和忙乱搅和在一起。这个时候,从城外往城里开的车少,从城里往外开出的车多。多数人都是要到郊区的度假村或是郊外别墅,去消磨新年放假的一周时光。

阻塞拥挤的北京大街，不但考验着毛榛的耐心，同时也消磨着她对即将达到的地点的美好想象。

毛榛在路上咣当摇晃了一个多小时，终于到达定慧寺旁边的那个地点时，她差不多已经兴致皆无，连想生个气都已发不出什么脾气来了。北京啊，北京！你这地理版图如此之大、交通状况如此之差的北京，从根本上说你就不是个适合约会谈恋爱的城市啊！难怪大城市里单身男女越积越多了呢！

当毛榛疲惫已极，深一脚，浅一脚，踩着一地的昏暗和烦躁，从楼道的黑暗处一脚踏进那个男人家明亮的厅堂时，不是别的，正是迎面墙上一排排金光闪闪的书橱闪出的耀眼夺目的光芒，给了她电闪雷鸣般的一击！

有那么一刻，她甚至微微闭了闭眼睛。那些排列整齐的书看起来沉实、厚重，掷地有声，仿佛一排排迫击炮弹，兜头盖脸砸向她的心坎，重重的。

她几乎被这个效果给打蒙了。

这几乎成为毛榛一生中不可磨灭的印象。今后，在她的一生中，她一定要多次重复这个印象。她想。

她当时就这么想。

在那么个特殊的时节，新旧世纪交替的时刻，在毛榛所见到过的那些忙于房屋装修的北京人家中，装饰的风格无非就是石膏罗马廊柱、铁艺雕花隔断等一类的，也有人用木制多宝格、石材文化墙以及镶嵌式假壁炉来修饰一进屋的门面。突然之间，她看到了一个人，眼前这个她只见过两次面的一脸络腮胡的大个子男人，什么也没用，就用铺天盖地的三面大书橱将墙壁通通围裹起来，用铺天盖地的沉甸甸的书把一进门的气氛营造得非同寻常。

要不是第一眼先见了这些书，这些沉甸甸的厚重朴拙的书，她能这样毫无保留地信任他，信任一个从演艺圈儿、电视圈儿里出来的人吗？

毛榛是后来冷静下来回忆自己的所作所为时才这么想的。

为了迎接她的到来，他把屋里所有的灯都亮着。壁灯、顶灯、射灯，通通点亮，一束束金黄色、明黄色、橘黄色的温暖灯光七手八脚地跳到书橱、纸张、书脊上，辉照着目力所及的每一寸地方，更增加了屋内金光闪闪的震撼性效果。

他自己更是沐浴更衣，修饰一新，再点亮了所有的灯，就为迎接她的到来。

一室书香，打得刚从学院里出来的毛榛头晕脑涨。

刚刚，当她怀抱一束鲜花，粉红色的香槟玫瑰，沿着狭窄的电梯一路上升而来，走过16层楼的过道，停在他家门口跟前，手指刚在门板上"笃"地一敲，门就顺声开了。就见他抱着一个巨大的景泰蓝花瓶，笑吟吟地在等着她。

"不得了啊，姑娘吃饭还抱了花来。"

他顺手接过花，插在瓶里，动作连贯、自然，好像他早知道她是拿了花来的。

等到她参观他的房子的时候她才知道，他们电视台的房子，大门上都装有可视呼叫器。当她在门口心神不定地按门铃的时候，他已经在高高在上的塔楼16层里把她的一举一动看得清清楚楚。

这个发现让毛榛有点心神不安。早知道这样，我一定把表情做得丰富一些，她想。

大厅里过于明亮的灯光晃着了她的眼。她就把眼睛眯缝着等着适应下来。他举着瓶子去浇花灌水，她坐也不知往哪儿坐，站也不知往哪儿站，就愣在门口那儿，为了打消自己初次到一个单身男子家的不安，就假装很随意的样子说："能参观一下你写诗的地点吗？"

"可以啊。你没来过吗？"

他的声音嗡嗡嗡地从敞开的洗手间那里传过来。毛榛疑惑地望了他的脊梁一眼，心说，这人好奇怪啊！我怎么能来过呢？是不是他领着乱七八糟的人来得太多了，谁来过谁没来过连他自己都记不住了？

"看吧，随便看。我家里没有秘密。"

他说话的声音很响，中气十足，以至于在两个人待着的屋子里显得像是能引起回声。也许是因为毛榛自己已经寂静好久的缘故，听稍微大一点的声音就觉得分外刺耳，脑袋瓜子里嗡嗡的，仿佛什么东西震着了脑仁儿。

他把瓶子小心翼翼摆到窗台上。粉红色的香槟玫瑰，鲜嫩欲滴，散出阵阵甜腻腻的香气。屋子里的某一部位立即变得娇艳生动起来。

"看看，看看，你一来，蓬荜增辉啊！"

他一边摆弄着花儿，一边啧啧称赞。毛榛知道他的嘴儿好，会说话，也就不太当回事。

他引着她，围着屋子看这看那，在他觉得装饰工艺比较得意之处，就故意驻足时间长一些。毛榛偷偷瞥一眼他的表情，见他正眨巴眨巴眼睛不停地盯着她，就像小孩子做了好事以后在等待着大人夸奖似的，一副讨赏的样子。毛榛不禁抿嘴偷乐。

这是一个有着 100 多平方米的三室两厅两卫房，在北京这种住房紧张的地方，就他这个年龄来讲，能分到这么大的房子，真已经算是上了天堂。况且他还是单身。这要在换成以前那个必须要“已婚”才有资格排队分房的年代，简直是不可想象的。

单身男人的房间，除了缺少人气，什么也不缺。房间很整洁，地板都擦得一尘不染，显然是钟点工刚刚劳作后的成绩。

先看见的是他儿子的小房间，一张小小的单人床，墙上挂着一张放大的儿子小时候的黑白照片。离婚时儿子归了前妻，据说到现在已经有 13 岁。显然这个房间只是个摆设，一直没人住。

然后是大卧室，一张巨大的双人床几乎要把整个房间填满，由于过分整洁，像是没人动过。他还特意把主卧室的卫生间灯拉亮让她参观，那里面最显眼处，是一个适合鸳鸯浴的白色大浴缸。他比画了一下，介绍说里面可以根据需要变换不同的水流。

“哟，很豪华啊！是准备鸳鸯浴的吧？”她逗他。

他“嘿嘿”干笑，说：“还鸳鸯呢？我可不比谁都‘冤’嘛，平时忙得连个好好洗澡的时间都没有。”

卫生间墙面上的装饰架只有一条金属杆，上面简单挂了一条白毛巾,其他的像浴巾架啊,以及通常有女人的家庭里都会安装的放洗浴化妆用品的小铁架、玻璃小支杆什么的全没有。毛榛脑子里下意识地跃起一个念头:

这人很“独”啊!

他在装房子时根本就没想到屋里会进驻第二人的可能,根本就没留什么空地儿。

最后参观的是他自己的书房,就是报上载的他趴着写诗的地方。一张榻榻米直接铺在地上,这是当今北京年轻人当中比较时髦的装饰方式。一架细脚的床头灯很吃力地弯下腰来,罩住头部的可视区域。围墙一圈还是打的铺天盖地的书架,拐角处是一个木头小书桌。

先前,毛榛在他送的一本介绍他艺术生涯的书里,看到有小报记者写道:著名电视导演、学者、作家、这个协会那个学会的评委、这个研究会那个联合会的副主席秘书长、画家、摄影家、探险家、诗人庞大固埃,趴在他的一张120厘米宽乘以200厘米长的榻榻米上,写出无数忧郁的爱情诗篇。

“教授,你就在这张榻榻米上趴出两本诗集来,腰也累够呛吧?”她问。

他笑,不出声,知她拿他打趣,于是憋着嘴,坏坏地乐,腮帮上洋溢着两个浅浅的酒窝。

回到客厅,他又领她看他的那些机巧。客厅里除了书以外,当中摆放的是一个比例差不多跟真人一般大小的提灯女神的青铜塑像,占了地面的大部分区域,女神的脖子上围着一条洁白的哈达。

角。对毛榛来说,他那体态庞大胡子辉煌的样子,真够得上是个巨人。暗地里毛榛就给他起了这么个绰号:庞大固埃,然后嬉皮笑脸地告诉他,还说:“庞教授,别人去医院动手术打一针麻药,你是不是一连打三针也麻醉不了?”庞大固埃就乐得嘴都合不上,呵呵笑着说:“没想到,在你那里,我能和古代巨人媲美啊,呵呵,呵呵呵……”

从此这个绰号就被他愉快地接受了。

“毛榛老师,我都给你寄过那么多书,寄过我大半辈子写的诗,你还给我写过那么好的评论,那都等于咱们前世今生相知多少年了?”

“算了吧你!公费寄书不花钱是不是啊?一箱子一箱子地寄,还特快专递。我还头一次见有人这么寄书来的呢!过后就寄几张小西天电影资料馆的观摩电影票来感谢我?够小气的!”

“那不对啊,毛榛老师,这才表明我们之间的感情纯洁无瑕。你看,我不是没想过要见你,可是那回请你来做嘉宾,你不来啊。”

毛榛想起来了,他是请过她去他所管辖的影视部的一个《新片导读》节目做嘉宾来着,说谁谁谁都去过了,毛榛老师你也来给露一个脸吧,我们付嘉宾每人五百块钱劳务费。她知道他这主任出面亲自来请,人家是客气,是想借机会感谢她的意思。但是她不肯去,说:“看你们那电视把人糟蹋的,请去的那好好一个专家,怎么给照得像个稻香老农似的。”

他马上接口说:“把他照得像稻香老农,那就把你照得像高粱花子得了?”

她真是又气又乐，心说，这个人，怎么没大没小的，一点不正经说话！

往后他们之间的说话腔调就总沿着这个没大没小的方向一路滑翔下去。人跟人的交往，说起来很有意思，一开始定下什么基调，以后就基本上会顺着这个基调往下发展，一般来说不怎么会中途走样。

当然了，像他们这种平时不正经说话、有话不好好说的模式，也是北京这个地方人们交往中的普遍特点。大家都把话绕乎来绕乎去，半天也不肯切入正题。说是这地方的人谐谑也好，说是调侃幽默也好，说是风趣也好，说是别的什么什么的也罢，其实，实质上就是一点：为了自我保护。为了不先袒露出自己去挨别人枪子儿。

这是北京人独有的、在说话方式上的太极八卦。推啊，揉啊，摩啊，抚啊，再转身，挪步，敛气，用的是内力，以柔克刚的功夫。一般刚从外省来的人都会感到不适应，还以为是北京人"虚"，虚头巴脑，不办实事。其实不然。纯粹是为了保护自己罢了。

庞大固埃是进京生活了二十来年才练就一副胡说八道、张嘴就来的好口才的；毛榛则是居京十年，刻苦适应，才勉强练出一点可以和他还几句嘴的水平。

毛榛那会子还不知道他有多大，也不知道他究竟干了些什么光辉业绩。通常来讲，除了那些在公共领域里流通的影视明星以外，社会上的其他人，多半都是隔行如隔山。与己无关的人，谁也没有必要多了解谁。毛榛还是过后从庞大固埃寄来的一大堆"自传""他传"里边，了解了他的来龙去脉。他的那些五花八门的经历：当兵、放电影、管图书、当工人、做编辑、上大学、当导演、搞摄影、去探险、当头头……一路看着都让她眼晕。她心说怎么什么事儿全让你赶上啦？看完她还调侃他呢："喂喂，庞教授，不得了啊，光荣榜快成墓志铭啦！"

他就在电话那头假装谦虚地呵呵地乐。

从他的诗集里她还查看出，他比她大 10 岁。10 岁，在现实生活中是个不小的距离，差不多是隔代人，应该属于叔叔那一辈。但是，他们那一代人，也就是国家高考制度恢复后最先几年上大学的人，见面习惯于问：你是哪一届的？他们用"届"来判别彼此距离的远近。他是 1979 年上的大学，而她是 1982 年入学。说起来，前后也就差三年。如果他们当时考入了一个学校，他也不过就是大了几届的高年级男生，那就连整个任课教师都是一样的。因而，在整个价值观念和知识结构上，他们没有什么太大差别。这也是他们能一说话就唇枪舌剑张牙舞爪，扯淡能扯到一块去的原因。

第一次见面后不久，他寄来过诗集，她为他写过评论，影响很大。起初她还吃了一惊，心说现在都时兴作家去当一回导演客串着玩玩，他这个当导演的，怎么反倒要认真当起一回作家来了？翻翻他的诗，写得很不错，很有才气，是二十年前的劲头，风格很羞涩，也很单纯。在这个世道里能把复杂的事情表现得羞涩单纯很不容易。况且他又是在电视台那么个花花世界里，蹚过许多浑水，还能有心情把汉字摆弄成这个样子，真是很难得。要不是出于热爱，恐怕是干不下去的；第二，她也是为给大师兄武威一份人情，毕竟这是大师兄引见过来的朋友，多了一份交情，以后见面也好说话。

后来那篇文章被好事者挂到网上，还被转载进各种报纸、选刊里，看见的人很多。以至于后来一个认识他们俩的非常著名的前辈女诗人见了庞大固埃时还开玩笑问他，说："你给毛榛什么好处了，让她给你写出那么棒的评论？"

其实他只是过后给她寄过几张观摩电影票，结果毛榛还没工夫去，票全废了。从那以后他们也没有见过面。说起来别人都不会相信。

那回女友小林妖借开会来北京，给她和庞大固埃设饭局做媒的时候也说："我觉得你们俩都在北京，你们之间的联系应该比跟我的更密切才对。"

毛榛连忙解释说："你不了解啊，越是都在北京越是见不上面。一般都是外地来人时，北京的朋友才能借光互相见上一次。平时都忙，北京太大，谁没事儿也不会跑大老远去见谁。"

小林妖一脸狐疑："你们北京，太奇怪了。"

是奇怪。不长期生活在北京的人，体会不到当地风俗的这种怪异。

庞大固埃坐下来，一边往玻璃餐桌上摆碗筷，一边表白说："我从来没请人到家里吃过饭。平时也不做。我让楼下朋友晓军在下面送外卖的那儿给订的餐。人家小伙计可是一路举着送上楼来的。"

餐具不很齐备，他找了半天，才拿出两个大汤碗给她盛饭。她低头看了看饭桌上的饭菜,太简单了。一份粉丝拌的凉菜,一份红烧小鲇鱼,一份猪耳朵,一份炒韭菜,另外还有两碗米饭。太简单了。咋咋呼呼请她来吃饭,还说一起过新年呢,就给准备了点这玩意。不过看在他也是累了一天刚下班就往回跑的分上,她也就凑合着吃吧。连她自己,也是在学院里忙完了一学期里最后一天的博士课程,临近傍晚时才突然之间接到他的邀请,临时决定过来的。要不然,这个新年,她就将在学校的学生宿舍里度过,准备应付即将来临的期末考试。

那束鲜花,也是匆匆买的。到人家家里吃饭,总不能空手。她原想按一般的规矩,带上一盒巧克力,或者一瓶酒什么的。可惜,在学校门前那个小超市里没找到合适的。于是她又拐进花店,买下这束鲜花。

当时她还真就犹豫了一下:第一次就送玫瑰,是不是不大好?怎么说也有过分浓烈的嫌疑。况且,方向也不对,还是女人给男人送。但是,匆忙之中,也就顾不了那么许多,包好花,递上钱,拿着就跑。

临近世纪交替之夜,在学校门前那个小小的花店里,唯有这束香槟玫瑰最为娇艳,鲜翠欲滴。

他还在忙忙叨叨地在厨房里剥鸡蛋皮,说是单位每月分的鸡蛋,他全煮成茶叶蛋送给邻居了,挨家送。“你信不信,我煮茶鸡蛋是一绝,在楼里绝对声名远扬,特受欢迎。”

她凑过去看。厨房很宽大,容得下三个人同时在里边转身,就是过于洁净,没有动过烟火的痕迹。见她探进头来,他故意张开手让她看,说:“看看,我的手可洗过了啊。”她笑。一双热乎乎的大手,在剥着一枚小小的鸡蛋。那情景煞是有趣。

她又跑回去坐在那里等。他一边剥,剥完了就送过来一个,然后再回去剥。她就被伺候着,坐在那里不客气地吃。吃第一个,味道都煮进去了,就是太咸,时间也长了,有点硬。但她还是夸赞说:“嗯,不错。将来有一天,等你犯了错误……”

她这边还没说完呢,他那边脑子飞快,马上接口说:“让我上街卖茶鸡蛋去是不是?谁说非得犯错误才卖鸡蛋?你大哥我就不能有一天主动下岗吗?”

她又笑。他太有意思了。对话语的领悟能力太快了。

他可能是真累,也真饿了,一坐下来就吃得很香。还喝酒,一个劲地喝酒,开了一瓶红葡萄酒。毛榛却有点吃不下去,饭菜不太可口。鸡蛋太咸。米饭太硬。凉菜拌得味道不正。猪耳朵她根本不碰。鱼已经凉得没法吃。还是她告诉他可以用微波炉热一热。他说:“啊……微波炉还有这好处啊?”她也不知他的惊叹是真的还是假的。难道一个单身汉的微波炉真的是摆摆样子的?

“这都是给我爸妈来时用的,我几乎不做饭。”他去厨房里扭微波炉时还在解释说。

鱼再端出来,饭桌上才勉强冒出了丝丝热乎气儿。总算有一个菜是可以吃的了。毛榛这才一点一点用筷子动那几条小鱼。他也连连夸赞说:“唔,到底还是热了好吃。”听那话,好像才感觉出吃热乎菜的好处。

一口热乎菜进肚,又喝了一点酒,感觉胃里舒服多了。头一次这样面对面坐着，不知怎的，毛榛忽然觉得有点不好意思，眼神飘忽忽的，没地方放。直视对方也不好，不看人家也不好。有点紧张，脸有点涨红，不太会说话了。她虽然熟悉了电话里那个一张嘴就很谐谑、逗趣的声音，可是对发出声音来的这个面庞还很生分。

这中间要是放一个隔板就好了，毛榛想。再给每人一部电话，彼此看不见面，拿着电话听筒聊天，叽叽嘎嘎叽叽呱呱，就可以肆无忌惮，一顿臭贫，畅快又松弛。

到底是身份变了，场景变了，意图也变了，跟平时正常交往的瞎扯淡朋友不一样了。

毛榛没话说，就只好低头，把面前的酒多喝一些。庞大固埃也在不断地给她斟，好像也不轻松。为了打破沉闷，他也一个劲儿没话找话。

"怎么回事，变成另一个人了？"他问。好像还很自然地问。

从前他往家里打电话时，还是她家里先生接。

"唉，被遗弃了。"她叹气。

"肯定是你把人家欺负走的。别说人家，像你这样的，我也不敢要啊。"

他用一双毛嘟嘟的觑眯眼儿在盯着她。她狠狠地白了他一眼，心说这是什么话！但是嘴里什么也没说。

"像你们这种厉害的女人，我太知道了。我给你举个例子，台里的那个谁谁谁的父母，父亲一辈子给遮盖在她母亲的阴影下，快到老了，还是分手。子女劝，也没有用。那玩意，女的太能干，男的一辈子都被压着，谁受得了啊？"

嘁！

毛榛把脖子一梗。

这都哪儿跟哪儿呀？

毛榛听得一愣一愣的，心说，找我吃饭，就为来数落我吗？凭什么呀你？你知道个什么？

心里不高兴，脸上就挂了相，闷闷的，不说话，只是有一搭无一搭地往嘴里灌那个红色液体。

“你不像个女人。”他突然又冒出一句。

毛榛愣了一下，猛一抬头，直愣愣地盯着他，足足有十几秒钟，说不上来话。这是在说的什么话啊？他这个人，怎么这么不会说话？

她什么也没说，站起来，转身，直奔沙发那儿去拿自己的外套和书包，然后，一把扯过来，径直就往门口走。

他先是没反应上来，等到明白过来，一步跨过去，拦腰就把正在门口换鞋的毛榛抱住，一把就悬空给拎了起来。

“不许走不许走不许走……”

“放开放开你放开……”

他根本不由分说，一下子就把毛榛给提拎回来，按在座位上。她把身子扭了几扭，没扭开，只得气哼哼地坐着。

“我咋了？咋了我？我说错什么了？”他问，一脸的无辜和虔诚。

毛榛看了他一眼，见他的表情特傻，不像是装出来的，于是就更加愤愤地说：

“哼！说谁不像个女人？说谁不像个女人？骂谁呢你？”

“哎哟，我操！我还当那是夸你呢！”他一拍后脑勺，“大哥是想表扬你做事儿还像个小孩，有家教，懂规矩，到人家吃饭还知道拿花。你看看，你看看，这下完了，这事儿还没整好，马屁拍在了马腿上。来来，大哥给你赔不是。”

说着他又给她斟满酒，手忙脚乱的，碰倒了她的杯子，又慌忙拿纸巾去擦。

她又抬眼看了他一眼，见他胡子后边的眼睛里，竟然是很慈祥、很真挚的眼神，一点不像是在说谎。

突然间就心软了，愤愤地“哼”了一声，伏下身去，靠近餐桌，重新拾起酒杯。

但是嘴上仍然表示不服：

“哼，谁知道你是真的假的。不用你说我。我又不是你的部下，你凭什么要说我？”

“好好好，不说。不说了。都怪大哥不好，怪大哥不好，行不行？别耍小孩子脾气，啊？”

说罢，他咕咚咕咚把一杯红葡萄酒一口喝干，又说：

“大哥懂，大哥也知道你有气，愤怒，委屈，一时想不开，是不是？没事儿，过了这劲儿就好了。大哥我也是过来人啊。”

一席话，懂事而又体恤，说得她不知怎么是好。原来他什么都明白，什么都懂啊。

他又给她斟满酒，自己也喝，还说：“喝吧，放心，不是设的套。大哥不会害你。”

这叫什么话！

她都不知道自己该气还是该乐。

不知为什么，听他说话，她总在想是哪地方不一样。虽然彼此都是在飘忽着说话、贫嘴，但是他那套说话方法还是跟她的不一样，跟她周围的人也不一样。一下子还总结不出区别在哪儿。反正就是不一样，挺逗的。一点也不含蓄，似乎实话实说，又像装傻犯愣。不知道哪是真的哪是假的。

是他们那个电视圈子里的风尚吧？

她真被他给绕腾迷糊了。

一瓶葡萄酒喝光了。似乎两个人还都没上来感觉。

又开了一瓶云南竹筒装的酒。

肇事者就是这个云南酒。

他说是朋友刚送的，还没尝。她好奇，拿起竹筒看了一下，云南省陇川县竹筒酒厂出品，45 度的稻米酒，放的时间越长，酒味越香。开了盖，她喝一口，太甜，不很喜欢。他就拿出猎奇精神，喝了绝大部分。

哪承想，这种酒，十分阴险。后劲大。喝的时候，并不觉得，像是有点微辣的甜水。喝下去以后，待上那么十分八分钟，劲道就上来了。

酒气已经有点上头。她觉得自己有点胆子大了，敢于直盯盯地看着他，脑子里不转，空的。云里雾里，乱飘。

他也已经喝得很不少，把自己喝得非常绵，靠在椅背上的身形都已经靠得很舒服,很柔软。

她直盯盯地盯着他的眼睛,这时才发现,原来他有着非常慈祥的眼神,就是那种对人没有提防、没有杀伤力、没有任何心计的透彻心扉的慈祥眼神。

被酒精浸润过后,那种绵绵的眼神,欲擒故纵,让人防不胜防,让人不敢靠近,又不愿舍弃的眼神。

一个胡子拉碴、虎背熊腰的虬髯客,乍一看以为是张飞或李逵再世,怎么会有这样细软的眼神呢?

毛榛有点迷糊,眼睛被罩在他的眼神里,逃不掉。

他眯缝着眼,笑,直直地看着她,打量着,上上下下。

“头发怎么弄的?”

他问,有点讨好似的。

“染的。”

“染它干吗?”

“臭美。”

他“哧”地一笑。“不用,其实你根本不用跟那些人一样。”

她不知道他指的是哪些人。可能是满大街上那些把头发染黄的小青年们。

“以后,有事就找大哥吧。只要大哥能帮上你的,就尽管说。”

说完,又斟上酒。

这一口一个大哥叫的,像真的一样。她想。他这是什么意思呢? 想要划清道德伦理界限? 叫上了大哥,你就不怕乱伦了吗?

这话她没敢说,怕把他逗急了。

于是只得没话找话地问:“你喜欢喝酒啊?”

“嗯。有时候,特别累,就想喝。我以前喝醉了酒,打过人。连我自己都不知道。别人硬给拽着,影响特别不好。但这一次,是例外。我可从来不在家里喝酒。”

说完,怕她不相信似的,他站起来,拉她看他的酒架。“你看看。”他拽一瓶葡萄酒,拽不动,像是卡在里面很久没动过了,“你再看看上面的。”他让她抬起手去够。木头格子,上面很高,她够不着,不得不踮起脚来,摇摇晃晃举着双手,用力去往上触摸。

一双大手,热乎乎的,从腰后面围拢过来。脖颈后边探过来的,是一阵呼呼的热气。陌生男子的气息。酒气。热气。试探着在她头发上摩挲着,什么都没言语。一个庞大的身躯贴了上来,雄劲十足的身体,热辣辣的,贴在她的背后,心脏狂有力地“咚咚咚咚”撞击,一下一下都撞在她的心上,她的胸膛也热辣辣得像要炸了一样。一千条一万条热痒痒的小蚂蚁,沿着他的手指,热热簌簌一只一只爬进她的身体……她躲,本能地躲了一下,怕胡子扎着自己,就反过手去搪。结果,摸到的,却是满手又松又软的毛发。

胡子和头发又松又软。又松又软的胡子和头发。原以为会像钢针一样扎人,反过手去触摸时,那东西却都一排排恭顺地倒伏,如微风拂起处柔嫩的草尖,蓬松,柔韧,弹性十足。他的大手捂住她的手,热乎乎的电流从手指尖上传导给她,紧紧握着,顺势一点一点拿下,按在他强有力的男性上……她的脑袋里像谁给点了一根爆竹,“轰”的一声,就炸了……

舌尖递过来,搅在她里边的,除了酒,还是酒。牙齿轻轻一撬,什么就都顺从地张开了……

她几乎是脚不沾地地被他裹挟而去。他是那么愿意显示他的膂力。

衣服轰然倒地。

巨大的晕眩到来之前她还听得他说了一声:“你真青春。”

这叫个什么词儿?怎么有点像流行歌曲似的呢?她迷迷糊糊的。

他的说话、用词儿,全都千奇百怪、不合常理。

……一个毛烘烘的大家伙。怒然而起,全力以赴。恭顺,忍让,克制,尽力取悦……叫床的声音惊天动地。她用残余的意志力勾住他的脖子,用嘴唇抵住他的嘴唇,生怕被邻居听到声音。

“……你要我吧。”他翻身下来,抱着她,扶上去,又说了一句不大好懂的话。

她有点感动,想不出他如此俯就,竟能说出这样的话。跟清醒时的他判若两人。

……全部撞击和轰炸完成以后,他疲惫地睡着了。她却醒了,身子蜷起来,紧紧地和他挤在一起,将头深深埋在他的腋窝下,闻着他身体的香气,体会着他皮肤上传来的发烫的感觉。他的身体可真热。一个热乎乎的会喘气儿的大家伙,此刻就睡在身边,贴在自己身边。

很温暖。她已经好久没有跟人挤在一起,靠在一起,这样皮肤贴着皮肤地取暖了。身体跟他贴在一起时,不知为什么,很令人放心，很温暖。

为什么会这样？她想，仿佛……很自然，又很健康。一切都发生得这样又自然又健康。

说不好。虽然对他有些喜欢，但绝不是情之所至，也不是水到渠成。什么理由也没有。

总要给自己一个理由吧。她想，逼迫着自己想。思来想去，为了说服自己，她只好归结到一点，那就是因为酒喝多了。就仿佛酒后开车肇事，身体不受意志力支配。哪里能说清楚个为什么？

但……好像也不是。而是她自从被遗弃以后，储存的痛苦太多，早想破罐子破摔，不想好好活了。

今天这件事好像让她找到了个突破点。

她动了动身子，想躺得更舒服些，却发现没有枕头。他都没给她拿枕头，就睡着了。太粗心了。借着昏黄的床头灯光，四下里寻摸了一下，也没看见个枕头的模样。再一看他，也是什么也没枕，仰面躺在床上，呼呼大睡，像一艘抛锚的航空母舰。枕头呢？也许是在哪个柜子里没拿出来。他好像说过这床被褥都是新的，他爸妈来时才刚买的，还没有别人盖过。一床双人被子，眼下也是大半部分被他沉重地压在身子底下，她也没好意思拽，怕弄醒了他。

于是她悄悄起身下床，想去找一找，不想一脚踩在了地上乱丢的衣服上，自己的和他的，全都胡乱扔着。她把它们一件一件都捡起来，再一件件搭在椅子背上。瞧瞧自己今天的这身穿戴，也不怪人说她不像个女人。今天这套行头：牛仔裤，黑色高领套头衫，高帮鞋，水洗布黑书包，也确实没有什么女人味，夏天出访时给自己置办的英国货，是预备回来后上学穿的。今天直接从学校过来，也没来得及换。这玩意虽然能在校园里扮酷，可在今天这种场合就很不适用，毫不性感。早知道今天来这里会有一场床上戏，怎么也得换上条裙子吧。

唉，晚了，已经来不及了。谁想到事情会来得这么快，会是这种局面？毛榛想。自己简直对他的什么还都一无所知，就这么跟他上了床。他心里怎么想？他心里对爱情、婚姻、家庭怎么想？这些我都一无所知。甚至连一点前戏啊、调情什么的都没有，就是因为一瓶酒。

算了。别再想。上了也就上了。也没损失什么。损失的只是一种感觉，应该是很珍贵的、两个恋人之间开始第一次的那种微妙的感觉。现在，让酒这么一搅和，什么都没有了。

况且，我跟他之间还根本就没有开始相恋呢……

透过卧室的门，看见客厅里明晃晃的。原来两人移动战场上床之前灯都忘了关。她走过去，想熄灭灯，却怎么也找不到开关。屋里灯具的开关设置太复杂，她只关掉了一排三个，其他那些灯，无论如何没将开关找到。枕头也不知藏到了哪个地方。无奈，她只好又爬回床上，挤在他的身边。

已经到了下半夜，上了寒气。刚才折腾热的身子渐渐冷却下来。他在自己家里，睡得很香。她的身体却有点认生，好半天睡不着。她把衣服卷成团枕在头下，又挤进被他压住的被角里，依然睡不着。都到了这会儿，她也不敢一个人下楼回家。那个家也不值得她回，蓄满了一屋子的痛苦，全是痛苦。自从丈夫抛弃她出走以后，家也就不成其为家了。她记得进来时大门和二门有两道门卫，出去时不知道会不会遇到麻烦？人家若问她找的是谁，说出庞大固埃的名字来是不是影响也不好？深更半夜，一个女人，从一个单身男人家里出来，傻子也知道是干了些什么。

翻来覆去的，仍然睡不着。她又一次下床，钻进他的书房里。她想起在那个榻榻米上，看见过有一床被子。到那一看，果然有。她就钻进去，躺下，蜷缩在被窝里，静静地谛听着夜声，艰难地等待着黎明的到来。楼下是定慧寺大街的主干道。能听到运木材、运钢筋进城的郊区车辆沉重的轧轧声，胶皮与地表摩擦的吱吱声。至于那个有着诗意一般名称的定慧寺，早已不存在了，只留下历史上一个空名，就如同“诗意”本身也早已被驱逐出北京这座现代化城市一样，只剩下静夜里满城胶皮轮胎摩擦沥青地面的艰涩吱吱声。

然而这里却埋伏着一个诗人，庞大固埃，一个粗糙又细腻的胡子诗人。这不能不说有点奇怪。

她不停地看表，盼望着快点到早晨六点钟。六点钟天一亮，就可以走了。至于庞大固埃，他现在已经完全忘记了她，沉浸到黑甜乡里去，陷入他自己的梦里面去。现在只剩她一个人，独守这黑夜的孤独和静寂。

上个世纪最后一天的深夜，就这么明晃晃地，在定慧寺大街的一幢塔楼上，诗人庞大固埃家大厅的灯光通明雪亮。一对相识不久后即上床用身体摩擦取暖的单身男女，此刻憩息在各自幽暗的房间，做着自己酒醉的和清醒的梦。

这是生平第一次，她在一个陌生男人家里过夜。她现在最想的，还是回家，回到自己那个虽说是存有很多痛苦的小家，洗个热水澡，然后踏踏实实地睡上一觉。

居京十年，走到今天这一步，确实是她没想到的啊。她十年的幸福生活，怎么就在一夜之间，彻底破碎了呢？怎么就闹到今天要重找对象组合、从头跟人上床磨合的地步了呢？她和她那个相识相爱了十几年的丈夫陈米松，怎么就在北京这座如今已有一千三百万人口的茫茫都市里互相离异、失散了呢？

这一切，到底是怎么回事？

新世纪的第一天，就在疲惫而焦灼的等待中来临了。

第一章　北京颂歌

1986年，一个辫子上绑了四根皮套（东北人管猴皮筋叫“皮套”）、头发乌黑、眼珠儿也漆黑的东北小土妞，紧跟在一个同样是头发乌黑、奔儿头锃亮、双眼皮大眼睛的小伙儿身后，一步一摇，在春天的熏风中晃晃悠悠迈进了北京城。

那就是当年的毛榛，大学四年级学生，跟着她的男朋友、大学同班同学陈米松，在外出实习往回返的路上，特地中途停留，来北京朝拜。

21岁的大四学生毛榛挎着个大书包，一条马尾辫被两根猴皮筋勒得像一条胖藕，翘撅撅地扬在后脑勺上，脑门儿两边细碎刘海儿也被一边一根猴皮筋勒着，牛仔裤把小屁股裹得溜圆，一双米色旅游鞋，小脸蛋红扑扑的，嫩得恨不能一把掐出水来。23岁的陈米松则具备了他们那个少数民族小伙子的一切特征：浓眉大眼，额头宽广，高鼻梁，厚嘴唇，面目洁净，睫毛忽闪忽闪，一条洗得发白的牛仔裤咣里咣当挂在细瘦的腰上，一双白色旅游鞋鞋帮磨得马上就要咧开嘴。最牛气的是他的脖子上竟然挂着一台“理光”牌照相机，据说价值六千多块人民币，是那个年代的高档货，从系里借来的。因为他是系学生会的宣传部长，常拿这个给老师和学生照相。所以全系唯一的这么一台好相机，就被他以外出实习拍片的名义借出来,一路上给女朋友照相。

那会儿他们已经到过济南和青岛,以毕业实习的名义,从沈阳那个干旱的城市来到了海滨,见到了大海,也登过了泰山,还游览过大明湖、趵突泉、青岛海栈桥和崂山。他们此行的最后一站就是北京。他们都急切地想要到他们心中一直景仰的圣地来朝拜。

此行他们一共来了四个人,另两个男女同学也是一对儿。一起活动了一路之后,两对情侣都感觉出了不方便。于是在进京的火车上他们就商量,到达北京以后他们要一对儿一对儿分头行动,三天以后他们再在北京站会合集体返回沈阳。

火车是在一大清早进站的。下了车,两对情侣简单告了个别,然后就各奔想要去的地方。毛榛跟着陈米松,出了站,也顾不得休息,把简单的旅行包往站前小店里一存,就急忙查地图,找方位。他们想去看天安门,想看金水桥,想去瞻仰毛主席纪念堂。这个想法,已经在他们心里抓挠了好一阵子,又好像已经在身体里待了一辈子那么久。

早班的公共汽车还没启动,只有几个三轮车在站前广场上拉客。那时节,北京还没有普及出租车。陈米松对方向有着天然的敏感和辨别力,他只略扫了一眼地图,就说:“走,没多远。咱们走着去。”

毛榛表示赞同地点点头说:“行。”

一路上他们一直都是这样,只要陈米松说咱们下一站去哪去哪,毛榛就点头同意说行。在二人的关系中,看得出来陈米松是绝对的权威。对他的任何动议,毛榛都没有什么反对意见,很乖顺地吧嗒吧嗒跟在后边。

他们就东张张，西望望，满眼含着虔诚和热情，眼神晶莹透亮，一步一步，走在了1986年北京春天的大街上。

走了不远以后，就上了长安街。

远远地，当天安门那个巨大的红彤彤的建筑物进入他们视野时，他们先是感到心脏咚咚狂跳，接着是“咯噔”一下子，一种触电的感觉从发梢直传到脚跟。他们的心哪，使劲撞击着那面红彤彤的墙。

遍地是红啊！满目是红！天安门！天安门！天安门如此伟大，那么一个伟大的天安门！

可是……呈现在眼前的，却怎么是一个建筑呢？！

怎么能是一个建筑呢？

天安门怎么能是一个建筑呢？！

天安门它怎么能是那么一个四平八稳、落地生根的建筑呢？！

这个打击把他们打得东倒西歪，震得嘁里喀喳。

天安门，天安门！你神圣无比的符号，你腾空而起的浮雕，你一代人和几代人横空出世的意志和理念，你、你……你怎么能够就是一幢建筑呢？！

他们一时有点茫然。

他们有点被打蒙了。

在他们小的时候，在她小的时候，念的第一篇课文不就是“毛主席万岁”，学会唱的第一支歌不就是“我爱北京天安门”吗？

多少次，他们都把天安门的图形工工整整地画在刚刚学会描红的本子上，他们虽然不知道它具体是什么，但知道它应该闪闪发光，伟大领袖毛主席就在上边升起了第一面五星红旗。

他们在画它，全神贯注，一笔一画。用蜡笔，画成四方形的轮廓，上面两道屋檐，涂黄色；下面有墙身，是红色；中间有四个门洞，用深棕色。正中央是一个四方毛主席像，这个不用画出来，只留出位置即可。旁边一左一右还有两条标语牌，也不用细写出来，只用铅笔打上格子，留出两个长条。对了，城楼上方每边还要有四面飘扬的小红旗。

一年级的毛榛总爱把红旗飘的方向往两边画，左边的朝左，右边的朝右，被老师批评了一顿。老师说："毛榛同学，风能从两边吹吗？天安门的旗帜怎么能朝两边分别招展？"毛榛不懂，她才 6 岁。她只觉得红旗往两边往外撇着飞比较好看，对称又稳固。

如今她见到活生生的天安门了。天安门活着展现在她面前。她看见总被她画错方向的那几面小红旗不怎么爱飘，在北京 3 月和煦的微风中，它们都显得静悄悄的。那满目的红色，却比美术本上静止的颜色还要通红，如火一般的灼红，如血一般的殷红，照得她的眼睛红了，甚至牙齿都要红了。

全世界啊，全世界古代王国的人类呵，谁敢用如此如火如血一般的红色装点他们的皇城?!

这满目的红啊！天安门，你怎么却原来就是一个建筑?!

他们有点整不明白。

清晨的太阳就要在他们眼前出来了。他们一步一扭走进了广场,那个全世界最大最大的广场。虽然天气还早,广场上早已经是人来人往。广场真大啊！那个世界上最大的广场。(不知还有哪国人民舍得用这么大一块地皮作为天子明堂前的空场?)

他们的眼神热烈、焦渴。举目四望,他们看见了一转圈那些曾经在少年时代梦牵魂绕过的伟大地方:高高耸立的人民英雄纪念碑,庄严的毛主席纪念堂,雄伟的人民大会堂,宏伟的中国革命历史博物馆。这些形容词儿,这些个名字,都是从小就写在教科书里头的。再往前,是前门那个灰蓝色的箭楼,以前在“大生产”牌烟卷盒上经常见到。那些高大的廊柱、腾空的浮雕,气势壮观,在北京春天清晨的空气中闪现出冰凉的光芒,让他们仰慕、让他们惊叹。他们努力把脖子伸长,激动得话也说不出来。

遛早的、观风景的、放风筝的人都在逐渐朝旗杆下聚拢。他们也不由自主地聚拢过去。人群在高耸的旗杆下肃然地站立,仰望,等待,等待着天边第一抹朝霞升起,等待着升国旗那庄严的一刻到来。

终于,当国旗护卫班的战士们迈着丝毫不乱的步伐从天安门门洞子里走出,来到旗杆下,完成各种仪式动作,然后让那面鲜艳的五星红旗跟着初升的太阳一道冉冉升起的时候,他们的心脏又一次咚咚狂跳,他们站立的姿势笔直又笔挺。他们的脸蛋被映红了。他们的眼睛也湿润了。所有的大人们都在行注目礼,所有的小孩们都在敬着少先队队礼。

太阳升起来了。毛榛看到太阳升起的时候,广场上铺满金光。那种金光洒在天安门、金水桥上,跟那红彤彤的颜色相吸附、相对接，竟然把那原先那种刺目的红变得十分熨帖，变得十分柔和。那可真是一种天衣无缝、浑然天成的奇妙效果。在那种不可一世的伟大的红里，他们定定地站立，虔诚仰视着，感觉到周围的一切景色都在金灿灿的霞光里无比美妙地旋转、旋转……

从哪儿传来经久不息的歌声？那个歌声从童年的时候起就耳熟能详：

……

灿烂的朝霞，升起在金色的北京，

庄严的乐曲，报道着祖国的黎明。

啊，北京啊北京！

祖国的心脏，团结的象征，

人民的骄傲，胜利的保证。

各族人民把你赞颂，

你是我们心中一颗明亮的星。

……

灿烂的朝霞，灿烂的朝霞。灿烂的朝霞只有在这里才能跟火红的北京相接榫、相依傍。谁说世界上只有海拔最高的地方才离太阳最近？只有看到这里灿烂的朝霞，这火红的北京，这巍峨的红彤彤天子明堂，才会知道，这座城，这座皇城，这座紫禁城本身就是砌在太阳里的啊！这才是一座日光城，真正的日光城。太阳就是它的图腾。红色的图腾。

他们怀着虔诚的心情，沐浴在这一片红里。他们也是怀着虔诚的心情，带着通红的眼睛，对那些伟大的地方进行瞻仰。

他们先去瞻仰了毛主席纪念堂。那是他们这一代人不灭的神圣记忆。瞻仰完毕以后他们觉得放心了。也不知是为什么，就是觉得放心了。

他们还跨过了金水桥。原来金水桥也不是金子砌的，它只是有一些汉白玉栏杆，底下的水也不是金色，而只是从故宫宫墙里流出的普通护城河水。

他们还进了天安门，真的进去了，就从毛主席像下走进去的。原来天安门还可以进去，原来里面是通着的，里面就是故宫博物院，跟沈阳那个故宫样式差不多，就是规模大了一些。

原来，“天安门”就是故宫的南宫门。

他们对天安门太崇拜了，以至于踩在平整的青石地上，他们也感觉是深一脚浅一脚的，像腿脚有毛病。但很快，明白它就是故宫之后，步伐就走稳了。最让毛榛感到不可思议的是，整个故宫里面光秃秃的，全是宫殿和石头，没有一棵草，也没有一棵树。连一棵草和树都没有的地方，人可怎么待呢？毛榛有点不明白。

“这里是紫禁城，皇上待的地方，为了防盗，所以不栽种花草树木。”

陈米松又在卖弄他的历史知识。在这方面他比毛榛强。

但是毛榛对这地方还是不太喜欢。她比较喜欢植物，走到哪儿，都愿意把花和草种到哪儿。

等到了后花园，她才高兴了。这里有假山石，有花架，有枯藤缠绕着树木，还有一些松树正在泛青，绿得灰不溜秋的。她就在这些东西面前忸怩作态，搔首弄姿，摆了几个小土妞常用的照相姿势。陈米松一边给她拍照，一边嘲笑她说："看你，故宫大殿那么大你不照，偏要照这几棵树。这跟大明湖那里的树有什么区别？照完了人都看不出来哪是哪儿。"

她不听，还是拗着性子，要照这些花花草草。

用自己的脚把故宫丈量过后，这时他们才真切相信，天安门原来不过就是一个门。

他们真宁愿它不是一个门，而是永远被神化、被悬空置放到纸面上的那么一个平面浮雕。

可事实上，它就是一个门。它本是一个门。它怎么能是一个门呢？它不应该是一个门啊！

这个念头是那么不厌其烦地困惑、搅扰着他们。

他们手拉着手，在清晨的长安街上漫步徜徉。北京，伟大的首都北京，1986年春天的北京，微风轻拂，白云飘荡。小鸟在天空愉快地歌唱。柳枝儿吐出嫩绿，迎春花有着鹅黄色的骨朵。一树树洁白的玉兰在红墙外边曼妙地含苞欲放。北京的天多么蓝哪！北京的春天多么温暖！红墙碧瓦，一路芬芳。毛榛一眼就瞧见了长安街上几个骑自行车上早班的年轻女人，她们都穿着颜色鲜艳的薄呢裙子，车轮一快速滚过，她们的裙摆都像喇叭花一样骄傲地开放，乍泄一路惹人春光。

毛榛不禁惊叹："北京啊，北京！北京的姑娘春天也能穿裙子啊!”

在她的家乡,在他们的家乡,那个出了山海关以后还要走好远好远的地方,这会儿的人们还都穿着棉袄棉裤呢!

车流量很小,马路宽敞整洁。毛榛看到在宫墙下的绿柳枝旁,一群群老年人在悠闲地练着太极拳。他们慢悠悠慢悠悠地推手,抱拳,左抱球,右抱球,一下一下做着动作,节奏舒缓,不急不躁。北京人可真有耐心烦啊!打拳也打得这么慢。不像东北,老头老太太总扭节奏很快的大秧歌。

他们走进东单一家早点小吃店。北京的小店,看起来也很不一般,尽管摆设的也不过就是几把陈旧的木头桌椅,但是在毛榛看来却显得古色古香的,很有一股皇城年代久远的气息。小店的墙上挂着个小黑板,写着主食炒菜的名单。什么豆汁啊灌肠啊焦圈啊驴打滚啊的,她连听也没听说过,不知道是些什么玩意。

两个人商量研究了半天,最后她还是点了比较熟悉的油条豆浆,陈米松跟她点了一样的。然后毛榛就小心翼翼地在一张桌子面前坐下来,等待着陈米松去柜台交钱。她拿眼四望,见靠墙根站着两个无所事事的中年妇女,她们穿着白大褂,还戴着白色四方顶无檐儿的帽子,戴的胸牌表明她们是这里的服务员。早上人少,她们就叽叽喳喳扯闲篇嚼舌头,听那意思,正在背地里讲着另外一个女服务员的坏话。

一个说:“那娘们儿,特不是东西,就会卖弄风骚,成天价在家养汉搞破鞋。”

另一个说:“可不,前两天我还见她在柜上吊膀子,跟坶们领导眉来眼去的……”

她们说话时语速飞快，字正腔圆，一口标准地道的京片子，把个毛榛听得不由又心生羡慕，暗说：

北京啊，北京！北京的娘们儿扯老婆舌也像唱歌一样好听啊！

难怪大学的《现代汉语》课本里对“普通话”的定义就是“以北京音为标准音，以北方方言为基础方言”呢。

北京到底是首都，到底是占了天时地利，跟外省就是不一样啊！

吃过饭，他们又乘上公共汽车慕名赶往琉璃厂。一路上，听售票员的报站，牛气烘烘，嘴里像含了块糖球似的，呜噜呜噜，含混不清，又说得飞快，舌头一打卷，一嘟噜，“下一站，××××……”就报过去了，啥也没听清，像成心为难外地人。早上这会儿车里人多，看不见外面每一站的到站站牌，陈米松怕坐过站，就问售票员：“同志，琉璃厂到了吗？”

那男售票员一听他是东北口音，连脸都没扭转过来一下，仍盯着窗外看天，半搭不理、有气无力地说：“没哪。”

陈米松只能自己继续费力地透过人缝看到站的站牌。下一站，售票员报的站名他又没听清，陈米松忙又问：“同志，琉璃厂到了吗？”

售票员不耐烦地白了他一眼：“没呢。自己听着点报站。”

陈米松说：“同志，你能不能把站名报清楚点？”

“怎么着怎么着，有嘛不清楚的？”售票员挑衅似的，声音一下子高八度，仿佛刚才他还无精打采、百无聊赖，现在却一下子兴奋度被提升起来。

“你这是什么态度?”陈米松血气方刚,一股火也蹿上来了。

“我就这态度能怎么着吧?”

“你……找你们领导来。我不跟你说话。”

“嘿,我说你这人,怎么着?领导?我就是领导,你说你想怎么着吧?”

旁边的乘客忙劝陈米松:“算了,小伙子,算了,算了。”

毛榛也在一旁胆怯地扯了扯陈米松衣角,叫他不要再说。她真不知道,北京人的服务态度怎么会是这个样。

她还不知道,凡是初来乍到北京的外地人,都会先被北京的司售人员来这么一个下马威。几乎概莫能外,谁都被他们给打击、折磨过。

北京的公共汽车的售票员,最先用他们呜噜不清的北京儿化音,用他们舌头卷曲得特别过分的当地土话,显示他们京腔京韵、生活在皇城根底下的老大自得和优越感,给初来乍到的外地人一个挤压式的印象,让他们立刻自惭形秽,从此就封住喉舌。

不就是仗着说了一口北京话吗?有什么可高傲的?

毛榛忽然觉得,又失语,又失落。

谁要是先看过北京天安门的红色,然后再遭到北京人用儿化音的一顿奚落,谁在这块地界上就什么也不敢说,什么也不能做了。

真的是又失语,又失落。

这简直是一种创伤性体验。外省人进北京时的创伤性体验。

这种创伤性体验，在他们进北京之初、在每一个人进北京之初就在心里打下了，活活被那些臭服务员的一嘴京油子给凿打上的。

从此以后每一个外省人就要为成为一个北京人、一个里里外外都散发着北京味儿的北京人而奋争。

在北京的三天里，他们住在一个最便宜的小旅馆里，每天一大早就出门，天黑才回来。他们几乎不知道累，也不知道饿，出门甚至连口水都不带，每天参观各种博物馆、名人故居纪念馆。中国革命历史博物馆、鲁迅故居、郭沫若故居、宋庆龄故居、徐悲鸿故居……全被他们走遍了。

在北京，不做名人真是不行的。毛榛看来看去，不知怎的，得出这么一个奇怪的结论。

他们还在清幽的北京胡同里徜徉。碧蓝的天空下，那一方方沉稳的青灰，让她觉得北京的时间可以在胡同里无限延长。偶尔，哪家王府遗址大门上的朱漆斑驳，哪家四合院厢房的破落，哪家影壁墙的凋零，都让她感觉北京真是个又破又大的了不起的地方。

尤其像牛街那些古老街道旁一排排富有人情味的树，真把北京的气韵伸展到天上去了。那些树得活多少年才能活到现在？它们一生都看到过些什么？

毛榛喜欢看树，看植物，而陈米松喜欢逛博物馆，逛琉璃厂。他在那里买了一些石头、刻刀、古旧书。毛榛对古代文学不怎么感兴趣。他们又跑到王府井书店，毛榛买了许多外国小说。

三天后跟那对同学会合时，他们互相交流都去了哪里哪里。

那一对说,他们去了北海、景山、颐和园、天坛、地坛几个公园玩。陈米松听了,暗自把人嘲笑一番,心说大老远地来北京,是为逛公园来的吗?公园哪儿没有?什么时候不能逛?这里可是北京啊!伟大的首都,祖国的文化名城。到了这里不为朝拜,难道是为了来玩吗?

他们那会儿都是多么有志向、有理想的好青年哪!陈米松和毛榛他们俩都是学生干部。他是系学生会宣传部长,毛榛是团总支的宣传委员,还学习成绩拔尖,考试在全年级里总是数一数二的。而另外一对是两个普通同学,是两个乡下考到省城来的孩子,拿全额助学金上完的大学,平时在班上不显山不露水,学习成绩一般。他们多少还有点自傲,妄图瞧不起人家。

多年以后,他们全都按照各自的走向,完成了他们的青春历程:陈米松和毛榛这一对带着过分要强的理想、带着 WTO 带给他们的职业焦虑,黯然分手、分崩离析;而那一对同学,则一直过着平静幸福知足常乐的生活,两人一直在一所县城中学当着老师,在毛榛陈米松他们俩无儿无女分居闹离婚这一年,他们的儿子已经快要上初中了。

……

三天时间里,只要回到旅店,陈米松和毛榛就抓住一切可能的机会一起偷情做爱。在学校时,他们就已经偷尝禁果。初恋的甜蜜,初次窥破男女奥秘的新鲜和好奇,使他们每每不能自抑。在校园食堂图书馆相遇时,每一次四目相对,连眼神都差不多是气喘吁吁的,都分明是在说“我爱你”“我想要你”“我想再一次接近你的身体”。

这是恋爱之后他们头一次有机会共同出门旅行。异地陌生的景物越发激起他们的热情。在青岛陌生的海潮、山风里,他们就每每激动得不能自抑,恨不能立刻就到一起。然而因为是四个人同时出来的,互相成为电灯泡,明明是焦渴,谁也不好意思说破,不好意思当着别人的面有非分的举动。看得出,那一对儿也早已经是箭在弦上,快要按捺不住了。从他们彼此接触时的眼神,他们假装无意间的身体接触、摩擦的亲昵动作,明确无误地昭告出来,他们也已经到过一起。

都已经是大四学生了,恋爱关系基本确定,哪还有几个还没翻滚交叠到一起的?先恋爱的女生开始还忸怩、压抑,瞒着老师瞒着同学,颇像地下工作者。当渐渐习惯了人们的眼光后,就有了一种优越感。到了四年级以后,那些还没有男生追的女生普遍会产生自卑和焦虑,她们的心理往往会变得怪怪的。

两对情侣再这样憋下去几乎就不行了。在崂山树林里,海风阵阵。趁那一对儿去买汽水的工夫,陈米松和毛榛紧紧地拥在一起,嘴唇饥渴地胶在一起。几天来他们只能互相望着,没有空隙接近。虽然订了两间房,但是男生跟男生住,女生跟女生住,总也不得下手。

“我都快憋不住了。”陈米松拥着她,把身体紧紧贴在一起,让她感觉他那葱茏的勃起。那里鼓鼓的、硬硬的,有她心爱的神秘的东西。她的脸唰地一下红了,又甜蜜,又羞涩,也紧紧回贴着他。不知道怎么办才好。

“让我进去，让我进去……”他低声呢喃，她的脸羞成一块红布，埋在他的肩上。

第一次，在学校附近的百鸟公园的小树林里求欢时，他就是这么句话：让我进去。她不干，又害怕，又羞怯，两腿闭得紧紧的，连裙子下摆都拢到腿里，不让他碰。又是在他多次恳求哀求下，一次次慢慢渗透……她的神经逐渐松缓下来，不像最初那么震惊、过度紧张了，就由着他，一步步得寸进尺。到后来竟恍惚在配合着他，似乎也急于想知道游戏的谜底，想知道男女关系的谜底。

以后，“让我进去，让我进去”就成了他俩之间不变的爱语。

眼下，来到了北京，终于各自行动，终于避开别人耳目了！第一天，他们游览完那些著名的广场、琉璃厂什么的，晚上一回到小旅馆里，顾不得疲劳，他跑到她的房间（为了行动方便，他给她包了一个双人间），门一插上，他们就相拥在床上，他滚烫的嘴唇紧紧把她的嘴唇堵上。像是渴望了一百年似的，他们的身体都像是在发烧打摆子，滚烫滚烫。她用身体感觉着他，憋闷着喘息着，两个年轻的尚嫌稚嫩的身体，拼命地紧贴在一起，乱冲，乱挤，恨不能把对方的命给挤出来。他的感觉就是她的感觉。他的震颤就是她的震颤。他的灼热的呼吸，热乎乎地吹在她的耳畔。震颤之中她听得他由衷地说了一声：

“咱们这可是在北京做爱呀！”

在北京做爱的感觉就是不一般，恨不能一下子把一辈子的爱全都做完。

他们就在北京华丽的咏叹调中，没完没了，没完没了。恨不能把他们的爱情，全部抛洒在这块土地上。

四个月以后，当1986年秋季来临时，陈米松如愿以偿，分配到北京的一所大学来工作。而毛榛，则因为在来北京实习前就报考了本校研究生，回去以后不久即发榜，拿到了录取通知书，所以她暂时还不能跟来。也就是说，她还必须滞留一些时日，大约是三年的时间，等到硕士研究生毕业以后才能到北京来与未婚夫陈米松相聚。

从此，两条铁轨，从沈阳到北京，牵起了东北土妞毛榛的梦，爱情相思梦，和进北京的梦。

第二章　京哈线上

1986 年秋天的沈阳,9 月份研究生开学。对毛榛来说,这只不过是从一个女生宿舍搬进另外一个男女生混合的宿舍。

这座研究生宿舍楼明显跟本科生宿舍楼拉开了距离,是一座苏联人留下的三层木结构小红楼。他们学校,她和陈米松的母校,大多数建筑都是中苏关系友好时期苏联工程师帮助设计建造的,尤其是教学主楼,青灰色的一座钢筋水泥三层楼,起架很高,一看就结实、挺括,廊柱和窗棂上都有精细的镂刻和雕花,气派极了。

现在这座三层小楼原来是给外教住的,后来学校逐渐发展,国外来学习的人多了,就在小楼旁边加盖起一座四四方方的八层高楼作为留学生和外教的公寓,腾出小楼来给研究生。那时的研究生还很抢眼,招生名额少,考生都是实打实凭成绩考上来的,不像后来,宽松许多,已经有了滥发文凭的嫌疑,搞得“研究生”这一称谓也很不值钱。

研究生和教工可以在一个小食堂吃饭,而不是跟本科生去争抢大食堂,这已经是很不得了了。最重要的是他们可以在小楼里洗澡!小楼里的一楼内有洗澡间,有专人给他们烧热水洗澡。这对女生来说,太重要了。要知道,在一个有着几千名学生的学校里,每逢周二、四、六在公共浴池开放洗澡的日子,得花上女同学多少时间和精力去挤、去排队、去抢位啊！小公寓里面的布置，也不一般，铺的全是木制地板，保养得很好，看得出中国人一贯的崇洋媚外风格，把老外一直精心伺候着。

她们的一个房间住了四个人，没有了二层铺，一人一张单人床，靠两边墙放着，每人还有一个一头沉的小书桌。从本科生那一屋九个人的拥挤不堪的房间里出来，到了这里，简直像上了天堂。她们的眼前都豁然一亮。

楼的下面还有几棵樱桃树，周围有绿色栅栏环绕，能够有效地将宿舍和外边的道路隔离开来，划分出一个美丽小世界。一到春天，樱桃花开的时候，满园飘香。

但毛榛的心早已经不在这里了，她此时的心飞向了北京。陈米松走了，8 月份就去北京报到，她哭成了个泪人，他也哭，掉了许多眼泪，舍不得分开。送站的时候，他们依依不舍。泪眼模糊着相望，有点像生死离别。

从大学二年级开始偷偷恋爱以后，他们基本上就没有怎么分开过，寒暑假也都想办法找机会待在学校、腻在一起。陈米松临去北京报到之前，毛榛到抚顺陈米松家住了几天，和他们家人见了面。他们家，说起来离沈阳毛榛的家并不远，坐火车两个多小时就到了，是个小城，位于城乡结合部一座巨型水库边上。陈米松父母是 60 年代国家兴建大型水利工程时来到这里的，父母家的其他亲戚，又在另外两座城。一家人对毛榛非常热情，欢迎这个省城来的，又是研究生的未来儿媳妇。毛榛的到来，提醒他爸他妈：孩子大了，他们到了该做公公婆婆的年纪了。

白天陈米松领她爬山、去水库玩，两个人仍紧紧地腻着，半步也不愿离开，晚上睡觉时，家里就合并同类项，毛榛和陈米松妈妈住一个屋，另外两个屋子分别住着他们父子四人。知道就要分离了，漫长的三年，多么舍不得！夜晚，一墙之隔，毛榛可真希望立刻就和他一个被窝啊！他告诉她说他也想，比毛榛还想。他们简直都难以想象，两人赤身裸体、安安稳稳搂在一个被窝里时的幸福滋味，他们都在渴望着、渴望着，那一天早点来吧！

他一走，就把她的心也带走了。从8月到9月，虽然只分开了一个月，却像有一百年那么长。毛榛整日神思恍惚，天天想他，什么也干不下去。她无论走到哪里，都背着信封信纸邮票和胶水，脑子里每天转的念想全是他。每当她一想他了，就随便坐在一处青石凳上或操场边上，开始写信给他，立即沉浸在想他的情绪中，旁边哪怕是踢球的或唱歌的，她也能视而不见，充耳不闻。

她想他，念他。写完了，就立即封好，贴好邮票，送到学校外边大门口的邮筒寄走。有时一封信未写完，中间被什么事情打断了，就匆匆折叠起来，到了晚自习时，再找个图书馆或者阶梯教室里的偏僻安静的座位继续写。

她的脑子里已经装不下别的事，看不清别的人了。同班同学，就考上来她一个，其他人，毕业分配走的走，留机关的留机关，没有人跟她一起上学。跟新同学还没处熟，她感到很孤独、很寂寞。

她每天写一封信，同时每天也能收到他一封信。他在信里诉说他在那边的工作、生活情况，描述他的相思之苦。他说他每天备课看书，忙了一天下来以后，最幸福最快乐的时刻就是读到她的信,并写信给她,“榛子,我的小妻”,他这样称呼她,“我的小妻,你快来吧!”“我出门沿着学院路走一遭,一看,这里有这么多研究生院啊!小妻,你一定要好好念书,一定要把外语学好。”

从北京到沈阳的信一般要走三四天时间,所以他们在读到彼此的情绪之时,就已经有了一个滞后量,手里捧着读到的,都是他和她两三天前的思念和渴望。然而这又有什么要紧呢?正是这种时间差给了他们美妙的遐想,他们就用想象把对方的一举一动、一颦一笑想啊想啊,想到对方现在该是怎样地在想我啊!该是怎样地在思念我啊!他一定是在灯下给我写信吧?

他们用思念和想象把这中间的空档填平了。思念和想象也把他们的心都甜醉了。

相思岁月,她一个人默默地给他写诗:

告　　别

1987年2月19日

真的,你扑向了茫茫的雪野
我不相信
风与冰冷真会凝了你的热血
汽笛撕裂了我的忧愁
哦,不要走,请你停留
指尖弹去心中的惆怅
轻轻关上眸子里的月光

让我们告别罢
沉重地挥手
却在渴望着重逢
每一次献身都是为了生存
你坚信,在你的脚印中
生命和希望同步生长
就如冰雪也不能覆压
新苗茁壮
读着你写在风雪中的信仰
犹如人生最壮美的诗行
从此我才知道生活是多么的沉重
冬天里的爱,更会
天长地久,地久天长

现在,当毛榛回头看时,这怎么也不像她22岁时写的诗,却分明是红卫兵那一代人的朗朗誓言。

还有:

生日随想

1987年3月5日

有一天皱纹会爬上眼梢并布满光洁的额头
太多的成熟覆盖着步履的沉重

灵魂曾经相吻你让我不再天真
渐渐地我喜欢在喧闹中冥思沉默
任凭你青春的影子
在幻想中与我的重叠
岁月会给镜片涂上深深的颜色
并永远遮住那明丽的双眸
可是心呵心呵却是依旧
无数的春花秋果日日月月
受尽相思的折磨尝够等待的苦涩
换来疲惫的结合才知道失去很多很多

我们不能停歇我们无法停歇
只要太阳还在旋转星星不会陨落
生命的绿总会生长春夜呵漫长的春夜

这是她22岁生日那一天留下的真切纪念。现在看来,可真是少年老成。而中年以后,却往往愿意假装嫩版。

也　许

1987年3月27日

也许播种注定成为春天的主题
柔情犁碎多少温馨的黄昏

也许月亮注定挣扎不出星星的罗网
潮汐的升涨掩饰了心中的暗淡
也许注定梦里要有遥远的飞翔
醒来却见泪已沾湿了风的翅膀
也许目光的纤指注定要弹奏出心中的爱恋
于是有了翘望斜阳的无望
也许有一瞬间你注定焦灼的凝盼
那却永远是影集中的一张欣喜与悲凉
也许

这些都是她在 22 岁那年的愁思。因为有了爱,有了离别,才有了少年老成,有了强说愁的滋味。

那个时候的大学生,每一个人都是诗人。

那个时候恋爱的人,每一个人都很纯真。

他们还每个星期打一次电话。那个年代打长途电话不容易,还没有直拨,拨过去了他们俩也没法互相找到。她还好,宿舍门口有门卫给呼叫。他那边,教工宿舍里没有分机电话。所以她这边根本没法打,只能等待他打过来。每次打电话,他都要在晚上去学校电话总机室,交上押金,排队要长途。接线员一站又一站呼叫,把沈阳给他接通,再要到她学校的总机上,总机要到宿舍分机,说“有长途,别挂”,把门的老头就拿着听筒等着,“喂喂喂”半天,听到传来陈米松的声音,说要找 308 的毛榛。老头就按一下寝室的传呼器,喊:“308,308,毛榛在吗?长途!北京长途!”

308 的毛榛就三步并作一步蹿下来，气喘吁吁，拿起听筒，听到那个思念已久的声音，激动得呼哧带喘，话也说不出来。陈米松也不敢多说话，那时的长途电话费贵，说多了他们打不起。

1986 年“十一”放假，她又一次来到北京。不过，这一次来的目的已经与上一次不同，这次是来北京“探亲”，探望她已落户京城的男朋友陈米松，毛榛的那份得意和自豪整天挂在脸上，人还没走，整个筒子楼宿舍里的女研究生们差不多都知道了。

打了电话告诉陈米松她到达的日期。他到火车站去接。那是多么美妙的久别重逢！

他们站在北京站的站台上，互相望着，陈米松想抱她也不是，想亲她也不是，当着那么多人的面，连搂她一下也不敢，只是一味傻笑着，捋了捋她的头发，然后接过她的小挎包一起往外走。她还是止不住地把手挽住了他的胳膊，紧紧地依偎着他，拥挤在密密匝匝的火车站人流里，跟着她心爱的人往他们的未来方向走。

其实，他们也才不过分开了一个月！从 8 月到 9 月，一个月之久，就熬不住了。

他领着她，一路倒地铁，再坐公共汽车回学校。她又闻到了北京清风的香味，又感受到了北京空气的温暖。她坐白天的列车，夜晚到达北京。正是华灯齐放的时刻，北京的夜晚多么美丽！那是 1986 年北京的夜晚，离国庆节还有两天，大街小巷都摆满了鲜花，姑娘们的裙子又像花儿一样绽放。她依偎在他身旁，说不出的幸福，心里甜得像蜜糖。这一次来，可与上次大不一样了，她的亲人就在这里，这里已经是她半个家。就因为他在这儿，北京便不再像上一次来时那么庄严隆重，板着个脸。北京变得伸手可触，变得亲切。

1986年的地铁还没有连成环线，要一段一段坐。从北京站出来他们先要坐地铁，然后倒331路汽车到钢院，再在钢院找到放在那里的自行车，然后陈米松骑车把她驮回去。

从北京站到清华东路北沙滩，那段路有多长啊！可是在1986年的秋天，毛榛跟陈米松一起走着时却觉得那么短！她坐在他自行车的后架上，搂着他的腰，感受着情人的体温，享受着北京秋天夜晚大街的温暖。

快到半夜了他们才回到宿舍，青年教工住在像兵营一样的平房里。同屋另外两个人给他让地方，早早躲了出去，一个是从浙江大学分来的，一个是本校毕业留校的研究生。陈米松和毛榛插上门，先做久别重逢要做的事。“真是想死我了。”他由衷地说。“我也想。”她也喃喃地说。他们久久地搂抱在一起，挤在他那张单身教工的小床上，久久不愿意起身，不愿意分离。

担心同屋的人会突然折转回来叫门，他们只得无奈地起身，收拾床铺，整理战场。他把她送到早已经打过招呼的女教工宿舍里去住。那时他们仍像学生时代一样保持着借宿的习惯，根本没有想到，也没有钱去住招待所呢。

刚一见面的喜悦过后，她发现他有了变化，穿西服，打领带，奔头发亮，脑门油汪汪的，人有些瘦了，但比从前显得成熟稳重了些。她真为他感到自豪。而他见她还穿着鼓鼓囊囊的东北毛衣毛裤，配不上北京满大街姑娘都穿裙子的形势，他二话没说，第一件事，就领她去东单王府井，用他一个月的工资，买了一条裙子，一件兔羊毛混纺毛衫给她，还给他自己买了一块凡立丁布料，现找到裁缝店，做了一条裤子，裤线笔挺。

他给她买的裙子是商店里的最后一条，红色暗格的薄呢裙，不是喇叭形，是小 A 字裙，有点接近筒裙，非常漂亮，穿回沈阳后，又把满研究生楼的女生们给“震”了一下子。他又做主，给她买了一双“百花”牌高跟皮鞋。穿裙子就得配高跟鞋。

这回他有足够时间领她走遍了颐和园、圆明园、北海和景山，另外还搭一个系的旅游车去了八达岭长城。因为那个系的辅导员家是吉林的，攀上了东北老乡，就让他们借光跟了去。

可惜，欢聚时短。没待几天，他们又要告别了。

不管怎么说，他们毕竟是见面了，暂时抚平了心中的思念。知道了他单位具体是个什么样，悬空瞎想的一条心也就放了下来。她的情绪平稳了些。回到学校后，她的英语课程逐渐紧张，同学们也逐渐认识了，她又当上了学生会的小头头，总能把自己弄得很忙，思念渐渐淡了一些。

她回沈阳后，11 月份，他来信说他被派到杭州教师进修班学习一个月。听到这个消息，她的心又悬了起来。杭州，比北京还要陌生、还要离她远啊！他们仍旧很勤地写信，打电话。他信中说，杭州很美，他租了自行车，游遍了杭州的大街小巷。南方冬天天气太冷，屋里没暖气，他的手冻坏了，起了冻疮。

她一听，急了，火烧火燎的，跑到附近邮电局去要长途，想安慰他，跟他说说话。在邮电局里，她得先交上押金，填好单子，从邮局窗口递进去，然后再在柜台外面的小格子间里等。等到杭州电话要通了，好不容易说上话，他没给她留进修地点的电话，她就找啊找啊，麻烦总机给转进修楼，最后接电话的是一个把门的老太太，操着南方话，说的什么她也听不懂，好像就是说没有人，人都上课去了。那时正是傍晚时分。她真是憋气又窝火。打来打去，外加等待，花了十多块钱，还没找到人。那已经是好大一笔钱了呵！她又不甘心，马上拍了电报，不敢写情话，只写：天气冷，多保重身体。

终于迎来了1987年的第一个寒假，终于盼星星盼月亮地把他盼回来了！

只要知道他回来，她心里一颗思念着的心立马就能放下。

他买了三只真空袋装烤鸭，还有袋装的甜面酱，分别送给他家、她家，还有他爷爷奶奶家；还买了三份北京的八大件点心盒，也是每家一份。给她买的则是杭州产的真丝围巾，一红一黑两条真丝领结，一个仿蛇皮的小坤包。这些东西她立即就装备上了，在同学面前显摆。

这个寒假，她跟家里人撒谎，说要留在学校做社会实习。实际上是寸步不离地跟他在一起。他到哪儿，她跟着到哪儿。

他的家长，见儿子跟未来的媳妇关系这么好，也很高兴。他妈妈爱领她玩，家里没有女孩子，头一次有姑娘上门，心中有说不上的欢喜。毛榛又是老实孩子，表现很乖，从小就不会说个不字，逢人只会笑不太爱说话。陈米松妈妈让毛榛陪她上街买菜，看她倒箱子,拿出她当年做姑娘时穿的衣服往毛榛身上比量,还有陈米松小时候穿的小毛衣,都翻出来给毛榛看。很好玩。他妈妈原本是个活泼好动的人,在大连电校毕业,是学校的文艺骨干,年轻时经常上台演节目。分配在电厂工会以后,活不忙 ,报个到就回家。所以大部分时间她都找毛榛玩。好像不是儿子找了个对象,倒是儿子给她领回家来一个小女伴。

陈米松妈妈爱显摆,出门逢人便介绍:“这是我大儿子对象,是研究生,家是沈阳的。”不等对方问,又说,“大儿子在北京,这不,才放假,领对象回家来过年。”

喜悦之情,溢于言表。

陈米松爸爸也是个忠厚人,不太爱言语,见他们回来,使劲往家里买牛羊肉,让他妈妈给做,说:“看他们俩累的,都瘦了。多给做点肉,补补。”他两个弟弟,一个上高中,一个上初中,还都是学生,没那么多世俗心眼。毛榛一来,他们正好三缺一补齐了手,没事儿就四个人凑到一起玩牌,叽叽嘎嘎,下赌注赢钱的。他们哥几个经常故意玩赖,藏牌,使用各种伎俩,然后秃小子们再互相大嚷大叫,像动真格的一样,一个比一个较真儿。他爸听了,就过这屋来呵斥几句:“吵什么你们几个?要玩就好好玩,赢房子还是赢地?”

他们就笑,好像故意要的就是这个效果,就是要招他们的爹来呵斥几句,以引起他注意他们的存在似的。他妈妈在一旁听见他们几个大声吵嚷,很欣慰,几个儿子茁壮成长,如今又添丁进口,来了一个媳妇。家业兴旺啊!

有时他们哄她，也带她一个玩。她很高兴，玩得乱七八糟的，脑子和小崽子们比跟不上。毛榛就站她身后，替她看牌，和她一伙儿，共同对付老大老二和老三。

他俩还坐上火车，到另外一个城市本溪去看望陈米松的爷爷奶奶。他是爷爷奶奶给带大的，他们最疼他这个大孙子。眼见大孙子从北京来，还从省城带来了未来的大孙子媳妇，他们喜得老泪纵横。

陈米松一进门就喊一句："爷啊，奶啊，你大孙子回来看你们来了！"

"哎哟，是大松吗？我的孩儿呀……"

说完他奶奶就哭，摩挲他的头、他的手，上下这个看啊，70 多岁的爷爷也在一旁抹眼泪。

站在一旁的毛榛也有点动情了。因为她在家里也是由奶奶给带大的，感情很深。奶奶在她上大学那年过世了，她很伤心。眼前一幕，让她触景生情。

陈米松的爷爷个头高大，脾气好，为人厚道，曾经是他们老家那一带县城的政协委员。

奶奶招呼他们盘腿上炕。为了表示随和孝道，毛榛不会盘腿，也把腿使劲硬别着，拧到里边，扭了一会，就麻了，又像日本女人的姿势那样把腿垫屁股底下坐一会儿。

这里的火炕，可真热乎啊，不一会就把毛榛烙得昏昏欲睡，躺炕上就睡着了。醒了，一看，奶奶已经把饭菜都做好，全是陈米松小时候爱吃的，焖大米干饭，炖牛肉，炒蒜毫，小鸡炖蘑菇。烤鸭也用锅蒸了一下，显然他们吃不习惯，没怎么动筷子。陈米松吃得香，老人就总端碗给陈米松盛饭，劝他多吃，说："我大孙子到北京都饿瘦了。"他们也劝毛榛多吃。毛榛也傻，还不知道怎样表示拒绝，就乖乖的，给一碗就吃一碗，给盛一碗就吃一碗，撑坏了。最后撑得小肚溜圆，连倒下睡觉都有点困难。

晚上，挤在一个炕上，很激动。虽然毛榛在这头，陈米松在那头，中间隔着爷爷奶奶，但是因为同在一个空间，就显得伸手可及了似的。也更把人急得什么似的。好在火炕一会儿就把人烙得迷迷糊糊睡着了。

从本溪回沈阳她自己娘家看望，却只是礼节性的拜访。因为最初毛榛家里人坚决反对她和陈米松处对象，主要是民族问题，饮食习惯不一样，怕女儿今后跟着他要受罪。毛榛他爸爸曾经往外撵过陈米松，还监视着毛榛不让她出门去见他。这种行为太黑暗了！在21岁的毛榛看来这简直就是万恶的封建家长制的残余啊！但是那会儿她实在太小，还不太会说话讲理，而且从小在家里受的教育就是不能跟大人顶嘴，所以她唯一的表示反抗的办法，就是哭着抹着眼泪儿勇敢地跑出家门去，去找陈米松，今生今世就跟定了他，刀山火海也不回头！

从确定恋爱关系以后，她就和自己的汉族家庭，主要是跟自己的父亲展开了彻底的决裂，如果他们再不同意这门亲事的话，她就决心和自己家里断绝关系，跟陈米松走，以后永远不再回来了。后来还是陈米松懂事，真是个好孩子，被撵出过一回也不计前嫌，仍然跟毛榛一起拿着北京烤鸭送上门去，算是拜见过未来的岳父岳母大人。一来二去的，他们也就不好再说什么，知道拆不散了，也就放任自流。

这种硌硌生生的关系，直到他们结婚三四年后，老人们一看两个人确实过得很好，才慢慢理顺过来。到后来，因为陈米松的表现确实不赖，善待妻子，孝敬老人，有才干，有教养，他们渐渐接受并喜欢起他，后来竟也不知不觉受了同化，随着女儿女婿一起，喜欢起他们民族的饮食来。

那是后话。

他们年轻时的爱情，多么瓷实，却又是多么来之不易呵！遇到过父母的离间、拆散，遇到过两地的分居、刻骨的思念，遇到过民族饮食习惯的困难……可是他们都不曾退缩过，一点都不曾动摇过，一心一意跟着对方，今生今世，跟定了，爱定了！

1987 年春节过后，毛榛频繁地往北京跑。只要有简短的时间，或者能凑足三天以上没有课的日子，买张票就上北京。那时候真年轻，22 岁，身体好，坐夜车一晚上不睡觉，像玩儿似的。票价 14 块钱，占她每月助学金的 20% 还多，硬座，直快。实在太想他了。虽然路上来回颠簸累坏了，却总也乐此不疲。

那两年，他挣的那一点钱，工资、讲课费，全被她搭到了路费上。见不上面的时刻，他们仍然写信。有时她人刚从北京回到学校，他的信也跟着到了。北京那时有那种“黄帽子”信筒，一天取好几次，相当于现在的特快专递。他每天写完了信，都要骑车走快两里地的路程到钢院去，那里有一个黄帽子信筒。他为了让她尽快看到她的信,已经等不及把它放入普通邮筒里了。

1987 年岁末,他寄来一套明信片,逛故宫时买的,《皇帝大婚图》,作为求婚前的暗号。这是一种浪漫而又意图明显的舆论“造势”行动。24 张一套的明信片,从进入 12 月份开始(他精确算计着日子),12 月 6 号开始寄,一直寄到新年第一天,正好每天一张。

这一事件当年在她们的研究生楼里被传为美谈。毛榛她们那儿有专门负责开信箱的同学,每天给她取回一张,递到她手里时,总是起哄说:“你们家老陈发求婚信号了。”

毛榛嘴上嗔怪,心里得意,但也没想到他真的是要求放假回来就结婚。

“榛儿,我的小妻,你快来吧!”

“榛儿,我的小妻,咱们结婚吧!”

1988 年他放寒假回来过春节,他们正式商量结婚了。从客观原因上看,是她就要毕业了,他要在北京为她联系接收单位,如果是“夫妻”,考虑到解决两地分居问题,就比较好办;而“女朋友”就不算是一层法律关系,没什么用。

然而,最主要的还是主观原因:他们太想在一起了! 太想光明正大在一起了! 总这样跑来跑去,偷偷摸摸,把人急死了,也累死了,不方便。她往北京跑时,他们住在一起不方便(那时的人们还很保守),她到他家时,各方面也显得不太方便。毕竟还是“对象”,而不是媳妇,“对象”就得拿着身份,客客气气的,不像是家里人。

傻呵呵地,他们一无所有,就想结婚。那时候,他们根本意识不到结婚对他们今后的人生意味着什么,就是一心一意想在一起,

在一起,在一起。只要能在一起,就怎么怎么着都可以。

她想都不想就答应了,还跟他一起,先说通了家里。毕竟她还是个学生,还没毕业,没挣工资,这么早着急结婚干什么?这个婚又该怎么结?她不管。她也不懂,由着陈米松拿主意。陈米松很成熟,在这些大事上一般来说都是由他拿主意。他们先耐心给家里人讲道理,陈述他们想要结婚的理由。然后就是拿着一系列证明去登记。中间还出了点周折,是因为陈米松从北京开回的那张单位介绍信上,“初婚”“未婚”什么的写得不一致,好像陈米松那张的“婚姻状况”一栏里写的是“初婚”,而毛榛那张写的是“未婚”。这两个词究竟有什么区别?他们自己也说不清楚,她学校所在地区居民委就是牛气,就是不给登,还让拿回去重开介绍信。他们就给人说好话,说我们是从北京回来的,挺不容易的,没办法重开。办事处那个老太太一听更牛了,说:“北京来的?北京来的也不行。哪给登,你们就找哪儿去。”这一下子就让他们体会到传说中的“街道老太太最惹不起”的传言,确实是真的了。

还要求婚前体检。那时刚刚兴起这个,他们还不知道。麻烦得要死。

一看没辙了。后来还是陈米松妈妈托人,在他们家所属的街道办事处里把这个记登上了。

登记之前陈米松妈妈领着他们去照双人相。结婚登记证书需要这么一张照片。一张陈米松在前,再翻转洗一张,换成毛榛在前。那时陈米松妈妈 48 岁,这个即将做婆婆的人,看起来比他们做儿子和儿媳妇的还要兴奋和激动,什么事情完全是她一手张罗。

照相前为了显得成熟点,婆婆还给他俩用电吹风吹头,抹头油。帮陈米松找领带,找西服。领他们去照相馆找了熟人,照的快相,第二天就洗出来,一看,太傻了！照片上脑袋挨着脑袋的两个人,他噘嘴,她傻笑。分明就是不懂人生是怎么回事的两个小傻帽儿。

但是也不可能再重新照了,就用这张赶紧去登吧,眼看着快到年根底下,街道就要放假。

于是他们就在未来婆婆率领下,踏着水库边上冬天的积雪,也说不上幸福也说不上激动,只是稍微有点傻呵呵的,像个被人摆弄的木偶似的,走进了水库地区那个小小的街道办事处。

负责受理的老太太先往本子上记,未来的婆婆在一旁热情地跟她唠几句家常嗑。

记完了,填表。老太太问他们每人一句:“是自愿的吗?”

回答说:“是。”

老太太让他们每个人都按了手印。

接着就拿出结婚证。有两种,一种是带皮的,大红缎子面,上面描龙绣凤,是10块钱;不要皮,光要里面一张纸的话,是每张5毛钱。问他们要哪个。

婆婆说:“干啥不要皮哇？不差那点钱,图个喜兴。”

婆婆就交了钱。他们俩接过两个大红缎子面、描龙绣凤的结婚证。

结婚,总得有个仪式吧？要不然,好像偷偷摸摸,有什么见不得人似的。

他们俩都不想大操大办,因为他们现在根本想的就不是什么仪式不仪式的事,想的只是怎么能方便在一起。家里人想的,却是世俗民间的另外一套婚礼程序。

好在他和她,他们俩都是家里的长子长女,他们双方父母都是从学生过来的,没这方面经验,第一次当上公婆老丈人丈母娘,基本上还不明白怎么当,也就不太讲究什么老理,由着他们去。他们俩说怎么样,他们也就答应着怎么样。

于是他们就说想去旅行结婚,因为这样简单省事。家里也就同意了。

婆婆家给拿了钱。他们就先从抚顺到沈阳,简单地请娘家的亲戚、沈阳的同学吃了顿饭,算是宣告这门亲事正式成立。接着又直奔大连,挑当时最好的宾馆,渤海酒店,住了下来。

一个不到 25 岁的毛头小伙儿,一个不到 23 岁的黄毛丫头,两个人手挽着手,在 1988 年临近春节的冬季里,到海滨城市大连旅行结婚来了。

在酒店的房间里,终于可以赤身裸体相对。这是他们盼望已久的时刻,头一次看清了彼此的身体,光明正大,慢悠悠观赏注视彼此的身体,一个异性的身体。肌肉,骨骼,毛发,血液。这还是第一次。以前都是偷偷摸摸的关键部位的接触,神秘地抚摸和交合,根本没有机会细细打量。

现在,这层神秘终于可以光明正大、堂而皇之揭开了!他们很激动,这么搂着倒一下,那么歪着压一下,也不知该怎么着是好。两个人光巴出溜贴在一起的感觉像两块缎子磨一起似的,没有什么摩擦力，直打滑。很暖和。这就是男女在一起睡觉的感觉了？

他们都很兴奋。真正可以放心大胆、要多慢有多慢地做时，却也就简单地做了一回，然后就睡着了。几天来不断地穷张罗，搞得他们又累又冻，不一会他们就搂着睡着了。

在大连只有两天时间。也没有时间去看海，什么也没有看。反正大连他们以前也来过。马上要过年了，大家都在忙。他们这次出来，也纯粹是走一个形式，做出一个结婚的象征性仪式。

第一天到商店，给她父母、婆婆公公采买一点东西。第二天宴请老同学，热闹热闹。他们那个年级有好几个同学分配回了大连，那时候，大连之于沈阳，就像上海之于北京，从大连来的同学都有优越感，瞧不起沈阳，毕业后几乎没有留下的，全回去了。

他们找了一家民族饭店，请了一桌。十来个同学都随了份子，送了红包。他们应该算是毕业以后比较早结婚的。大家都颇觉新鲜，人人都喝多了，借机会瞎闹，叙旧。

吃完饭后下午坐大连—吉林的火车往回返。那一天好冷！车厢里暖气不足，冷飕飕的。她那时不怎么会喝酒，被灌了许多红的啤的，一路冻得直哆嗦，胃又难受，总跑厕所。他也喝得难受，一路都没说话。两人都难受极了，咬牙硬挺着。

火车终于在夜里到站，停靠在他们家位于水库边上的那个小站。

婆婆早已把新房布置好了，将三个屋子中的最大一间腾出来，做了洞房。里面挂了红窗帘，换了沙发、窗帘、地毯，非常喜兴，有点新婚宴尔的气氛。离开才不过三天，回来，身份和气氛就不一样了。他们觉着新鲜。尤其毛榛，走前还和婆婆一个床睡呢，一回来，竟可以和陈米松住一起了。

新床垫有点问题，一动，就咯吱咯吱响，不像在酒店那么方便。他们小心翼翼，怕家长听见，后来索性跑到地毯上做。

第二天，桌上吃饭时，婆婆假装漫不经心地说："米松最近脸色不大好，你们别太累了。"

毛榛心里还不服气，心说："他累我就不累呀？到底不是自己妈，净向着自己儿子说话。就没关照关照我别累着。"

她那时就傻到没反应上来：这是婆婆提醒儿子媳妇不要贪于房事。

还是过后陈米松把她拽到小屋，偷偷告诉她这层意思的。她就说："下次咱们小点声，别让你妈听见不就得了嘛。"

这种变化真奇特。先还是婆婆拿她当个小伙伴呢，这一结婚，两人一住到一起，态度立刻就不一样了，婆媳之间的心态立刻起了变化。有趣的是这转变几乎没有什么过渡，几乎就在一夜之间。

还好，反正又不是长久住在这里。她想他们小点声就得了。两个人不到一起，那能忍得住吗？

结婚没过两个星期，他又返回北京上班去了。这回目标明确：为她联系工作。印了好多份简历，到处跑高校和研究所打听用人情况。

这时，他再来信，画的全是大胆的赤裸裸的"春宫图"，带一些肉麻的话。对她的身体，对他自己的身体他已经全方位把握了。一个 25 岁的新郎官儿，寄"春宫画"、床上语言给小媳妇。每次看信，她脸红心跳，猫在被窝里打着手电看。

有一次，她的信不小心被研究生办的李主任拆开了，其实也不是拆开了，是送信的人误把这信分到办公室的信箱里，两封信摞在一起，李主任的在上面，她的那一封在背后。李主任不知道，还以为都是自己的，就一剪子下去，两封都绞开了口。

李主任快 50 岁了，老实巴交，人特别善良，总为他们学生办事，在同学中人缘很好。当他把信还给毛榛时，还一个劲地抱歉。据他自己说，他没有看，待到打开自己的一封，翻过来一看，下面的一封是毛榛的，就赶紧叫人捎话让毛榛来办公室拿。他抱歉说他不小心把毛榛的信也剪开口了。

毛榛嘴里说着没关系，心却都已经提到嗓子眼儿了。拿过来一看，果然是陈米松的爱情信件。她当场都没好意思看，急忙拿回寝室。打开一看，是亲密图画，再大胆赤裸不过了。

毛榛的心一下子就沉下去了，心说这回完了。李主任一定是看过了。这可怎么是好？他得怎么看我啊？我在这研究生楼里可还怎么过啊？

从此以后，毛榛整整三个月抬不起头来，战战兢兢，见着他就绕着走。生怕有什么后果出来。

结果，并没有什么麻烦。她一路顺利毕业，分配到北京。

真是遇到了老实人啊！

相思岁月就在一幅幅“春宫画”里结束了。

第三章 “一缺三喽——”

回忆初来北京的时光,那时是多么闲啊!大把大把的时光不知道怎样用,天天都为怎么玩发愁。

那是一段慢悠悠的岁月,日子过啊过啊,像是总也挥霍不完。

毛榛毕业分配来北京时,陈米松他们的青年教工宿舍已经从外面平房搬进了楼,筒子楼,住在三层。正好他同屋中有一个要去外地进修,另一个家是北京的,不常回来住,他就跟人商量了一下,把同屋他们俩的床位保留着,让他的爱人毛榛搬了进来。这样,他们俩在北京从此就正式有了个家。

筒子楼,言外之意就是说楼道像一个直筒一样,一眼望到底,类似于低等办公室或招待所一类,除了有公共盥洗间,就任何生活设施也没有了。能够有个落脚的地方,让小夫妻俩团聚,他们就比什么都兴高采烈。一个十二三平方米的房间里,搁着一张双人床,一台彩电(这都是毛榛来北京报到时婆婆家给随车托运过来的,知道从此儿子和媳妇要在北京过日子了)。家里还同时给托运过来一条腈纶地毯,毛榛建议,把它展开立在一面墙上,正好能挡住一块一块掉得斑驳的墙皮,还能有装饰效果。

同屋那两个人的一个双层铁架子床,也没敢给人挪出去,就一直在屋里放着,利用它们来堆放杂七杂八的东西:一纸箱一纸箱的书,家里给托运来的大米、豆油、擀面杖……公公婆婆不担心别的,就是担心自己儿子儿媳到北京会饿着。可怜天下父母心!

支起一个小煤油炉,在楼道里点火做饭。袅袅油烟中,他们俩家徒四壁的幸福生活开始了。终于有了一张床,终于再也没有人监督、干扰,终于不再两地遥远相思,疲倦地跑来跑去,终于可以放心大胆、赤身裸体地天天做爱、天天搂抱在一起睡觉了。

这是他们一直多么渴望的呵!在一个温暖安全的地方,慢慢悠悠安全洁净地做爱,呼噜儿呼噜没心没肺地睡觉。

然而,当这一天真正到来时,他们却发现两人都有点疲沓,劲头不像从前那么足了。

从前,见了面,就是不吃饭,不睡觉,也要先把爱做完。

不过,不要紧,他们的兴趣,很快就向另一个着眼点转移。他们开始学着做饭、烧菜。陈米松买来了菜谱,毛榛就去采办作料,再按照菜谱上的说明,一钱一两丝毫不差地往菜里添加。有时候,做完了,想显摆显摆手艺,就叫上楼道里相处比较好的几个哥们儿来家里一起吃。白吃白喝的弟兄们,谁都会来事儿,吧嗒吧嗒嘴儿给叫两声好。他们两个厨师的虚荣心就得到了极大的满足,下一次,请吃得更勤了。

从前,在家里,他们谁也没做过饭。毛榛15岁读高中时起就出来住校,过的都是吃食堂的集体生活,放假时家里饭也一直是由奶奶做,根本没有下手实践的机会。陈米松家里大男子主义盛行,家里四个男人全靠他妈妈一个人洗衣做饭做家务操持着,他更是连锅台边都没沾过。所以,做饭这件事,对他们俩来说,都觉着很新鲜,甚至比做爱还新鲜,因此全都乐此不疲。尤其,对毛榛来说,还有另一层要克服的问题,那就是,她要放弃她本人汉民族的饮食传统,要随陈米松,随他们那个民族的生活习惯,完全做他们那个民族的饭。

为了生活上的方便,也为了显示爱情的忠贞,毛榛来北京后,曾自己去派出所改过民族。人家问她:“你父亲什么族?”她说:“汉族。”“母亲呢?”“汉族。”“那你就不能改。我们制定的政策,可以随父母一方,但是还没有谁是随丈夫的。”

人家把她顶了回来。

日常生活问题解决了,工作上也不用怎么着急。第一年是实习期,慢慢悠悠看书,适应环境。那个时候,上个世纪80年代末90年代初,北京还不太时兴把“赚钱”钉在嘴上,那时的人们还在谈人文精神,谈理想,虽然这理想刚刚遭受了重创,但也是正在抚平伤口的回想期,整个知识界情绪比较低迷、消沉,“下海”这一词儿还没怎么出现,“教授卖馅饼”那种有失身份的笑谈更是一点边儿还没有呢。有的,只是大家在互问:现在我们该怎么办?

那时候都是优秀青年上北京,来了都想干一番事业。

来北京后不久,毛榛去朝见一个年轻有为的少壮派老师,他来北京出差,是同行中的佼佼者,34岁,已经出了七八本专著。她记得是跟单位参观天安门时(那时天安门城楼刚刚对外开放,允许游人上去参观游览),毛榛为了赶时间,天安门还没看完,就急匆匆跟单位请了假,然后下得楼来,买了五角钱的门票,从故宫午门进去,用了15分钟,一路小跑、大步流星,从故宫里穿城而过,从后门钻出来，在景山门口坐103路电车，两站路，到了红旗杂志社招待所，去拜见那位老师。

天安门啊！那华丽的抒情，她第一眼看见天安门时那种大段大段的华丽抒情和念白，在她到北京定居以后，在开始到这里来生存以后，就不见了，立刻就不见了。天安门已经被她视而不见，她竟敢为了抄近道，一路从紫禁城里大步流星奔跑出来，什么坤宁宫这个宫那个宫之类的，完全视而不见，只把它当成一条小近道。想一想，多么轻视、多么无知、多么胆大包天，又是多么时时多变的青春时代呵！

那位青年才俊在西北工作，在学界名气很大。他赠送她书，鼓励她好好抓住机会做学问。送她出来时，他望着北京沙滩二号街上熙熙攘攘的人群，若有所思地说："这么大的北京，一千多万人口，人像沙砾似的，卷进去就不见了。你说你来这里干什么，啊？"

毛榛那时傻里傻气，一点儿都不打奔儿地说："你等着，给我十年时间，十年以后，我一定变得和你一样有名。"

才俊望着她那冒着一股傻气的脸庞，和善地笑笑，拍了拍她的肩，把她送上电车。

吹完牛，毛榛很快就忘了。有那么多好玩的事等着她呢！这座城市到处都是新鲜和神秘，她得先把它们一一揭开，一一熟悉了。什么成名不成名的，成名的道儿在哪儿呢？

筒子楼的岁月，是自行车上的岁月。她从东北带来了那辆上学时骑的自行车，26型红色的"金鹿"牌斜梁小巧坤车。陈米松在北京三年之中，车子丢了好几辆，刚开始家里给他寄来崭新的“永久”，作为对他在北京工作的鼓励和恭喜，来不久就丢了。又买了一辆天津“飞鸽”，也丢了。后来就买半新不旧的二手车，还是丢。丢车是北京校园一大特色。再往后，就不知谁送他一辆浑身乱响的也是经过多次转手的黑车，实在太破，没人偷了。

他就用这辆破车，引着她，走啊走啊，先熟悉了他们那条学院路上著名的八大院校：钢院、航院、林院、农机学院、矿院、邮电学院、外语学院、政法学院。电影学院是后加进去的。前几个“文革”前就有，“文革”期间下放外地，搬走，后来又陆续返回原址。毛榛说这些名字听起来就像是农林牧副渔在这条街上聚齐了。到处都是朝气蓬勃的年轻人。不管国家发生什么事，大学校园里年轻人的面孔总是那么朝气蓬勃的。

毛榛这时总为怎么玩发愁。有时，陈米松会领着她一起玩。夏天的夜晚，他和她穿着T恤大裤衩，到校园院子里捉萤火虫，捉住后放到瓶子里，能一闪一闪地发绿光。他们还在院墙外路边的沟里逮过小刺猬，捡到过一只猫，买过一笼蝈蝈养。什么都养不长，玩几天就放了。星期天节假日，他们学校院里那些年轻的同事还一起聚一聚，涮火锅，做那种流行的“主、谓、宾、定、状、补”的猜纸条抓阄游戏。一大群人分别在纸条上写上时间、地点、人物、事件，然后把这个字条胡乱往一起拼，就会出现可笑和滑稽的组合，诸如：×××在狗屎堆里唱歌、××和×××在系主任家上吊……开心至极。

那时候陈米松已经来了三年了，成了系里的业务骨干，没有更多时间陪她逛。她就总给他捣乱，看见他在椅子上备课，就使劲摇着他，央求他说：

“来陪我玩一会儿吧，啊？陪我玩一会儿吧。”

陈米松头也不回地说：

“没空，自己玩去。”

她噘起嘴巴，在屋里转来转去的，无聊已极，故意把锅碗瓢勺弄得山响。

陈米松说：“去，别在这儿捣乱。自己拿上十块钱，出去玩吧！万一丢了，给人点钱，叫人把你带回来。”

无奈，她就只好出去，以筒子楼为圆心，以学院路为半径，开始了她对北京这块土地的大着胆子的独自摸索。先从校园、菜市场、百货商店、邮局、医院这些地方开始，然后逐步扩大到往北、往南。往北是通往八达岭那边，往南是通往城里的路。往西当时是死胡同，那就是后来的北五环，穿过清华园、蓝旗营直往北大。往东是亚运村，那时尚是一片不毛之地，亚运会还没有在北京举行，那里破败不堪，有点像电影里旧社会的乱坟岗子。那时，她最喜欢骑车骑往朝北的方向，那里人少，清净。路两旁的黄栌、红枫，在夏天里生气勃勃，在秋天里黄成一片，红成一片。往那儿的方向只有一条路，就是现在的八达岭高速路。

初来北京时一个个的温暖的黄昏，陈米松忙于备课、去楼道里串门子、跟单身汉们打麻将，毛榛就骑上车子，慢悠悠出门，开始了她晚饭后的散步活动。能走多远算多远，能摸索到哪里算哪里，从清华东路的北沙滩出去，到清河、沙河，往西三旗方向。看到荒野过于荒僻，不见人的时候，她心里害怕，就折返回来往来的路上骑。她不识路，跟所有的女人一样天生没有方向感，但是懂得直来直去，只要她觉得不安全了，就掉转回头，再沿着来路往回骑。那时，她的脑瓜纯洁，思想简单，简单到没有任何心事，就是漫无目的地看着夕阳西下时路两旁的菜地、农田，闻着那里飘来的浓厚的大粪味，漫无目的地瞎诌几句不疼不痒的情诗。这里有点像郊外的景致，实际上这里就是郊外了，十年后才发展成北京的卫星城，尤其是西三旗，北大、清华、师大等等好些高校都把新的教工宿舍盖在了这里。高速公路把进城上班的人一拨一拨运过去，又把到郊区度假的人一批一批送出来。

在这条路上，她不会走丢，因为直来直去，就这么一条。往城里骑，就没那么容易了，虽说北京的路是天方地圆、正南正北，但是由于四通八达，稍微多拐几次弯后，毛榛就迷糊了，一路打听着路，才能找回家来。初来北京的日子，不知道走丢过多少回。每次一见她垂头丧气回来，陈米松就会问："又走丢了吧？"然后就把她按到沙发上坐下，拿出北京市地图，强迫她把走过的路复述一遍，说一说她在哪里丢的，陈米松还在纸上给她画，完了还让她默写，检查合格后说："笨蛋，下次不许丢啦！"

但是她的立体感还是不太好，进了中山公园，想辨一下方向，脚底下一边走还一边想着，上北下南，左西右东，上北下南，左西右东，"上"在哪儿呢？

陈米松就知道她不可救药。没办法拯救了。

那时候他们体力可真好，说骑车上哪儿抬腿就去，一点不打奔儿，没有畏难情绪。骑车去香山、去八大处、去游乐园、去天安门、去音乐厅、去人艺看戏……满北京就没有哪个地方是不能用两个自行车轮子到达的。这些地方，去每一处的单程都要一个来小时吧？可是骑起来就像玩儿似的。去石景山游乐园，他们一伙人比赛坐过山车，办公室的50来岁的老浦好奇地也跟着上去坐，结果下来以后就蹲在地上呕吐不止，脸色煞白，而他们几个打赌坐车的年轻人却没事人样地比着坐，反正买的通票，多坐几次也不要钱。一起分来的几个人，唐为民坐了五次，是为了争第一，因为另一个小伙子王建容坐了四次。毛榛坐了三次，就在高空过山车上吱哇乱叫，给扭得肠胃翻卷，但下来以后假装着没事，为了逞能。也的确是没事，吃过一个蛋筒冰淇淋后，又骑车回家了。

去西山八大处那次骑了能有两个小时的单程，屁股有点硌得慌。当时还有一个叫李鹃的小姑娘，刚从兰大分来的，才学会骑车，也一扭一扭地跟着骑去了。青春多好哇！傻了吧唧的，什么都无所畏惧。陈米松当时是团支部书记，成了这群大孩子里的头儿，一路上照顾大家，也照顾着李鹃。这情景又让毛榛想起，他们上大学二年级时，有一次班级组织去棋盘山秋游。那次也是，毛榛的车不太好使，半路总出故障掉链子，陈米松就高风亮节，主动跟她换车骑，把他自己好使的车让给她。一路上又对她照顾有加，照相时镜头频频对准她……从那时起，她就跟他看“对眼”了吧？

那时她18岁，他20岁。

当他们这一群人到达八大处时还下起了雨。他们就冒雨往上爬。到了山顶最高处时，陈米松还把外衣披在肩上，长胳膊一挥，装模作样地学风雨中的郭建光："我们十八个伤员，要成为十八棵青松……"年轻教师们都乐得哈哈的。

回来的路上，他也尽职尽责，给大家以鼓励，累得够呛，浇得浑身湿漉漉的。到了家一看，陈米松从抚顺来的李哥，正在邻居寝室屋里等他呢。

李哥是他爸同事家的一个孩子，比他大10来岁，当年陈米松高考复习时，离家远，就住在李哥家里。李哥来北京出差，特地跑来看望，事先连个招呼也没打。那时候通讯多有不便，筒子楼宿舍里没有电话。李哥跟毛榛是头一次见面，说："这就是大松媳妇呀？哎哟，你瞅瞅，你们结婚我也没赶上，那啥，李哥这点小意思你们一定要收下。"说着掏出一个红包，是200块礼钱。当时，200块是一份厚礼，比他们俩一个月的工资合起来还多。他们说什么也不要，李哥一定要他们收下。

毛榛的腿都骑得罗圈了，这时还得坚持给家乡来的李哥张罗饭。那时还不光是请客没钱的问题，关键是这四周围方圆几百里都没有陈米松能进去的饭店。不光是汉族餐馆他不进，就连学校里的汉族食堂他也从来不迈进去一步。学校里有一个专供少数民族食用的食堂，饭菜做得马马虎虎，净穷对付。陈米松单身三年，饮食不得当，瘦得不像样。在平房那会儿，同屋弄来一个洋铁皮炉子，又借来当地一户人家的证买蜂窝煤，实在熬不住了，就点上炉子，买来些牛肉炖汤喝。等到毛榛一来，尽管是用一个小煤油炉子做饭，但是可以自己开伙，至少说想吃什么就能做什么，喂得陈米松明显见胖。

煤油炉子是那种老式的带捻儿的，耗油量比较大。先是陈米松去中关村一带的加油站买煤油。后来他调走，在外边天天上班，忙起来，买煤油做饭这些事就全落在毛榛一个人身上。买煤油也是很耗工夫的一件事，从北沙滩那儿出来，自行车后边拴着两个煤油桶，还是从加油站统一买来的，别处的桶他们不给换。说是“换”，就类似于现在纯净水站给各家各户送水，把空桶拿走，再给换上一桶满的。加油站也是，必须是拿他们自己公司的桶去换着买。说起来也是一种变相行业垄断。

那时煤油也不很好买，要排长队。中关村这一带尽是像他们这样的教工啊学生啊，住筒子楼烧煤油的。毛榛就骑车带着两个油桶，一路穿过五道口，过铁道，到蓝旗营、清华园，再穿过中关村路上布满中科院各个尖端研究所那条街，走上那条332、320路通往人大动物园方向的道，最后拐个弯，才能到达加油站。

去的时候还好，是空桶，没什么分量。回来时，可就见功夫了。毛榛骑车技术很一般，再加上车小，两大桶(跟现在常见的装纯净水的桶差不多大小)煤油的分量全集中在后边，有点把不住车把，一路骑得悬悬乎乎。尤其最差劲的是，迎面遇到一个男的骑自行车走反道过来，她就慌了，老远就吓得大叫“哎哟哎哟哎哟哎哟……”，摇着车把就瞎晃起来，本来是可以避开、能躲开的，让她这么一叫唤一摇晃，对方也蒙了，不知道该怎么躲，脚一着地，就将车带住，毛榛这边却刹不住车把了，“咕咚”一声，连人带车带油摔在地上。然后那男的还就那么跨车梁上站着看，也不过来扶一把。毛榛呢，把自己摔得满脸通红，极其不好意思，爬起身来一看，车没摔坏，桶没摔坏，于是就狠狠瞪那男的一眼，拔腿上车，仓皇逃窜。就好像不是对方骑车违规，而是她做了什么见不得人的事似的。

不会说话。也不会骂人。连为自己申辩几句也不会。真是笨到家了。

那时候，他们老家的亲戚们一来，他们俩就手忙脚乱，捉襟见肘。他们俩都是双方家庭里唯一在北京的亲人，亲戚一来北京，难免就要往他们这儿奔。不光亲戚，还有家乡的同学、朋友，以及同学的同学、朋友的朋友。每次一来人，他们都要尽力应酬、招待。后来毛榛回忆这件事时，还用了假装轻松幽默的笔调，把它们记录下来。其实当时还是挺沉重的，生怕招待不周，失了面子，让众人挑理。

毛榛在后来发表的一篇文章《亲戚们》里写道：

> 亲戚们来串门儿不需要事先打招呼，因为他们是我们的亲戚们。他们有时是出差（亦即借公费旅游），有时是自费出来游玩，有时候是啥也不为，突然之间就在你家门口冒出来了——没有原因亲戚们就不能互相走动走动吗？在旅游溜达这么盛行的当今年代。
>
> 亲戚们到时我们得满怀激情笑脸相迎，因为他们是我们的亲戚们。导游的角色我们责无旁贷，谁让我们是他们在此地的唯一亲戚。尤其是不坐班的人，更是没有理由推脱了。（天天不上班，待在家里头干什么？不正好领着我们到处逛逛吗？亲戚们说。）于是我们在一个月里四去圆明园，两进故宫，

三下景山和北海，顺带着当然还要到王府井和西单，根据亲戚们的收入情况再决定是否组织去蓝岛和燕莎。（因为亲戚们不是同一拨来的。他们往往分期分批，无计划，无组织，即兴而来，乘兴而去，令人无法预测，不可捉摸。）午餐尚还可以在外面快餐盒饭地对付一顿，阖家大团圆的晚饭就不能敷衍塞责地马虎过去了。身为女主人的我便拖着导游了一天的疲惫双腿，拼搏在滚滚油烟之中昏昏无言。待到杯盘狼藉之后，又要在滑腻腻的洗洁精之中眼看着纤纤玉指都给泡肿成胡萝卜。夜晚是一天之中最幸福的时刻。家里的折叠床板打开，桌椅沙发拼好，席梦思垫拽出来，亲戚们在所有能充塞人的空间里横七竖八，各就各位。呼噜之声相闻，亲戚热爱往来。

亲戚们何时离去我们得听凭自然。关于此事也绝不可以事先打探，否则便有了不耐烦撵亲戚们走的嫌隙。同时也会让此番的一系列热情招待前功尽弃。买票时我们得动用平时储备的所有人际关系到处去讨弄，实在没辙了便只得清晨5点爬起来到人大旁边的预售点去排队，有时还不得不花成倍的价钱买贩子手里的黑票。与亲戚们一味滞留下来天天无事可做等待领着出游相比，这些简直就太小事一桩了。能顺利走人就比什么都强。

亲戚们对我们的兢兢业业如过眼云烟十分健忘，而对每次招待中的些微瑕疵却总是那么记忆深刻如刀削斧劈。诸如某次到了故宫门口竟不进去当导游，而让亲戚们自己顺着皇上踩过的中轴线深一脚浅一脚地往前瞎蒙。（彼时故宫门票刚从五角涨到十块，事先没得到通知的吾辈小无产阶级知识分子导游一下子被打得措手不及，只好在带亲戚团出游到了门口时，买好门票把他们都恭请进去，然后以“有事”为名把自己留在了故宫院墙外边。）再诸如某次买回程的车票时竟让亲戚们自己掏钱，而我们也竟好意思伸手把钱接过来了！（彼时恰巧月底告贷无门，筒子楼里的弟兄们正忙着相互借钱并殷殷盼着下月5号幸福的发薪日子。）在亲戚们口口相传的民间文学里，我们的忘本与小气差一点就成了警世通言。

改革亲戚们传统的图谋也不是没有过，结果如何那当然就不用问了。预约登记制度试过（以便于安排我们的工作时间和提前预订回程车票），旅店住宿制度尝过（当然是一切费用由我们做东道主的咬着牙包干），对来过一次以上的亲戚只提供导游图而不再每天领着去走。结果我们的行为都成了亲戚们教育子孙万代的反面教材。间或还有“世风日下”“一代不如一代”“人文精神不存”等等能要了我们命的感慨。

为了不使自己不忠不孝的劣迹进一步发展成为醒世恒言，我们开始把从前留下的坏印象一点一点地努力往回拨反。下一轮亲戚来时我们比以前更殷勤、更周到，出手更阔绰，笑脸更相迎，更把身子艰难地蜷进夜晚的沙发里，蜷出一坨坨冻虾形的孝顺和贤明。于是在一片“识时务者为俊杰”“浪子回头金不换”“人文精神又回来了”的啧啧赞叹声中，亲戚们来往走动得更勤了。

亲戚们无论怎样做都是有道理的，因为他们是我们的亲戚们。他们总在提醒我们什么叫作血浓于水。他们总在提拎着耳根子对我们叮咛告诫：亲戚们的传统，不是说反就反了的。

那时候，毛榛的游戏还有去北大和中关村一带跳舞。看得出她实在是无聊已极。最初是北大女生张一红领她去的。张一红，哲学系研究生毕业，分配来学校教政治课，长得人高马大，山东姑娘，性格直爽。她们很快成了好朋友。每逢周末陈米松跟筒子楼里单身汉们“三缺一”“一缺三”地吆喝着砌长城的时候，张一红就带着她骑车出去，在中关村学院路一带乱转，找玩的。张一红在北大已经念了六年，对这一带地形熟悉。她们跳遍了北大、清华、钢院、矿院、外语学院、五道口工人俱乐部，甚至还有中关村体育馆广场。跳来跳去，还是北大食堂的舞会最舒服，令人心旷神怡。钢院、矿院男生太傻，清华太呆，外语学院女生不像话，拽着老外的脸庞就贱兮兮地往上贴。五道口和中关村是大杂烩，社会上的人太多，尤其是有太多闲来无事半老不老的中年人，她们称之为“舞痞子”，专门爱往年轻女人身上摸摸索索，跳了两次，她们就不敢去了。

还是北大舞场最文明、活跃、健康。跳舞的人里面不都是北大的，外面来的人很多，但多半都是戴眼镜的文质彬彬一类，一看就是校园里出去的。据说有许多爱情故事就是在北大食堂的舞会上发生的。张一红那时还是单身，她有没有在这里遇到过爱情毛榛不太知道，因为每次一进去她们就散了，分头被男士给请走，待到最后一支曲子《友谊地久天长》跳完以后，她们又会自动在门口会面，一道骑车回去。

跳的都是快三慢三快四慢四的交谊舞。想炫技的也跳探戈和水兵舞什么的，满场子扭来扭去。来这里的男士都很文明。两个舞伴身体之间隔着礼貌的距离，很少有紧贴在一起的。偶尔互相问一些闲话，无非是你是哪里的，干什么的，等等，都分辨不出真话假话。像毛榛就说："我是师院的，老师，刚毕业，教中文。"

那时她来北京工作后，烫了一个时髦的麦穗头，满头小卷滴哩嘟噜，穿着小碎花坎袖露肩膀的连衣裙，光脚丫穿皮凉鞋，样子很纯，邀请她跳舞的不少。有一个周末张一红有事，不能去，她实在耐不住寂寞，自己一个人壮着胆子去了。轻车熟路，从北大东门进去，直奔大食堂，一进去就遇到了上回请他跳舞的一个白脸小伙儿，说是哲学系四年级的，见了她很激动的样子，因为上回他们俩跳了许多，搭过一些闲话。这一次，整个晚上，都是他霸着她跳，她感觉到有点刺激，知道要出点什么事儿了。

舞会结束后，他非要送她回去。她不让，开了自行车锁仓皇地逃跑。白脸青年恋恋不舍地跟在身后，这下她有点害怕了，猛骑。他一直跟着。直到看到自己住的学校大门口的灯，才放下心来，下车，等他。他也停下来。

"咱们交个朋友吧。"他说，很小心翼翼的。

"你别老跟着我了，我已经结婚了。"她说。

小伙子低头待了一会儿，说了声"再见"，就骑车走了。

这是她在学院路上唯一的一次艳遇。

那时候，每天的楼道里一到傍晚，都会响起“三缺一喽——”的喊声。

有时也有更可气的，喊“一缺三喽——”，就会有某个房间的门打开一条缝，探出个人头来：“哥们儿，给占个位儿！”

“好嘞，您哪——”调皮而又兴奋的腔调。

那时的青年教工们，玩麻将，是一种大游戏，汇合起集体的力量参加。平时，是玩几圈就散，一到了周末，就一宿一宿地玩。他们还给自己的穷玩找借口。像那个张发超就说：“没意思。过完那个1989年以后太空虚，感觉到没前途。”

其实谁都知道他那会也是什么都没干，广场上的国家大事跟他一点不沾边，就成天找对象、找一帮人成天瞎玩来着，到这会儿，还放出忧国忧民、怀才不遇的腔调，真是可笑。

那会儿像这种年轻人也存在很多。

每逢周末，一吃过晚饭，柱子屋里就开张。甚至还没吃完晚饭，就有人从食堂打完饭后端饭盒到他那屋预先占座。

先去的人就开始满楼筒子喊：“一缺三嘞——”

陈米松这时正守着煤油炉子做锅塌豆腐，他一边拿铲子捣着炒锅里的豆腐，一边冲走廊中央大喊：“柱子喂——有我一个……”

毛榛就出来给他一巴掌，再钻回屋里去继续切菜。

柱子的屋是对着楼梯口的大屋，有阳台，屋内面积是其他房间的两倍，原先大概是用作会议室的。柱子也是东北小伙儿，人好，性情温和，人人都爱往他那个屋里去。

为防备学校教务处检查，他们把大礼堂退役的放电影用的大窗帘拿回来两块。红色，背面有遮光布，无论里边打到多久，窗帘一拉，外面看起来也是黑洞洞的，看不出什么名堂。麻将桌上还准备了两条毡子，以防洗牌时出声。

他们经常还下一点小的赌注，小赌，一毛两毛的，一晚上大输大赢也不过就是个十块八块。男人，不赌点没意思，上不来劲。

当然，那时的“十块钱”概念差不多相当于现在的一百块。

每每总是，看的人比玩的人要多，看的也似乎比玩的还来劲。有时，四个人在打，边上会有八个人在看。像那个体育教研室的王自然，又黑又瘦，中长跑健将，每年学校运动会总打破他自己纪录，身体好得像小叫驴。晚上不回自己屋睡觉，偏要凑到人多打麻将的地方，往柱子床上一躺，这边一喊“上听！”“碰和！”他那边就踏踏实实睡着了，小呼噜打着，“呼——呼”那叫睡得香。

寂寞的青春，寂寞的年轻人，浑身使不完的劲，必须扎堆儿在一起，才感觉到心里踏实。

也有不玩的，彭水明和常风华，一心一意考托福，拿着词典互相考单词。彭水明倒背如流，果然先期考出去，到了美国。常风华随后也去了。

玩麻将，还玩出了种种趣事。青年教工葛松仁，打一晚上麻将输蒙了，第二天一大早到教室给学生上课，一看，前面的黑板还没人给擦，就火从心头起，大喊一声：“今儿个谁坐庄？”

他本来想问今天谁值日。

结果，被学生给反映上去，扣了他两个月奖金。

还有那个胖子，姓王，有老婆孩子了，就住在学校院里。老婆让他去食堂买两个馒头晚饭时吃。他买完馒头，拎着，直接顺路进了筒子楼，溜达到柱子屋里，说看一会儿就走，看一会儿就走。结果这一看，就一晚上没回去。第二天一早，老婆打发儿子前来找他，一看，馒头挂在门框上，他正在上首坐庄。儿子就学他妈妈教的话说："爸，我妈说你不用回去了，你和馒头就一块儿烂在这儿吧。"

还有人家老婆找上门来闹的。隋大进刚结婚不久，他老婆不愿意让他来玩，就总盯梢。柱子他们也不爱带他，说怪烦人的，一会就跟进来一个婆娘把人叫回去，刚上听，还没开和呢，影响情绪。但是隋大进又特别爱玩，抽个空就往里钻，别人也不好意思强撵。有一次他老婆又来了，在门外喊（他们平时是插上门玩的，问清了是谁后才开门放进去），他不回答，假装没听见。他老婆气坏了，一拳就把柱子门上玻璃砸碎了，手都砸出血。隋大进慌了，赶紧往学校医务所里送人。从那以后，他再也不敢来玩了。

毛榛却从来没有因为这事跟陈米松闹过。她不但不闹，反而还说："带我一个！"每次陈米松前脚走，她后脚追，门也不锁，喊着"带我一个"就跟进来了。他们那群麻友也不烦她，让她在一边看。他们都知道她脾气好，平时谁家做饭缺点油盐酱醋什么的、谁想用用洗衣机、想在冰箱里放点什么冰冻的东西，基本上都是推开她家门就进，不用事先打招呼。她那时在他们当中几乎没有自己的名字，住在一个筒子楼里的人，一起住了那么多年，也基本上没人知道她的名字，他们就知道她叫"陈米松他媳妇"，正经一点的，叫她"陈米松他爱人"，其他的，他们就什么也不知道了。她住在他们单位的筒子楼里，失去了自己的名字。但这又有什么关系呢？她那时本来就还没名，名不名的都无所谓，她就有一个陈米松，她就趁一个陈米松。

毛榛的玩麻将生涯，她的参与男人之间的游戏生涯，就是从这里开始的。她就站在陈米松身后，看着，看得很认真。陈米松对她好，一边玩，一边教她，告诉她，这是怎么怎么回事，玩麻将的规矩是什么。他讲解得很有耐心，他对她从来都很有耐心，遇到什么问题都能细心地给她讲，像手把手拉扯着一个小妹妹。她有时候觉得他们的关系更像是兄妹，她总跟在他屁股后头撒娇打滚的，要求跟着他玩，要他带她玩。一般来说，要是情况允许的话，他也喜欢带着她，也愿意领着她玩。因为她是真心爱玩，不太捣乱，学东西也学得快。

可不是学得快嘛，那时候她脑子那么空，整天不想事，往一个空白傻瓜机里装程序，装得能不快吗？没多久，她就上去打了，逢到缺人，或谁有事临时出去一下，她就抢着上去顶替一会儿。有时，还把陈米松挤下去，让她来摸两圈。陈米松也就宠着她，让她来过过手瘾，他在旁边站着看。玩的都是北京的“屁和”，卡裆、边九条、和六饼之类，比较简单。

关键不在于玩什么，关键是在满屋的男人中间（他们住的一直是男生宿舍，没有女人），她敢上首了，心里不怯了。

这多重要啊！他可知道，他可知道，这对她来说，该有多么重要啊！她迈出了来北京生存的第一步，在男人当中获取游戏资格的第一步。

以后,越往高走,搞文化的人里面,就越是清一色男人的世界,几乎就碰不到什么女人了。

陈米松看她玩得有点稀里马虎,就嘱咐她说:“你得认真算牌,你得记。不成对手,人家就不爱带你玩。”

她明白了,领会了基本的游戏规则。很用心,往脑子里一步一步地记,越玩越好。以后出差出门路上玩游戏,哪怕玩拖拉机之类的游戏,她就不爱跟女人玩了,而是喜欢跟那些能成对手的男人玩。女人习惯于手里拿牌瞎比画,大嚷大叫,不过脑子,笨,不好玩,一点没有胜负的快感。跟男人叫劲,很认真,真正是智力游戏,每玩过一局,都能够复盘说上来。

很有意思。

她根本不知道,她正是从筒子楼的麻将桌上开始,步入了这个世界的男性游戏场里。

有时候想想,她真得感谢陈米松啊!

陈米松呵,我的爱人,我将怎样感谢你的一步步的引领?

让我怎样感谢你将我带到这个浩渺的城市里来,感谢你对我人生巨大的引领、爱和关怀?

因为有了你,在我的身后,我才敢于在这么一屋子乌烟瘴气的男子中,将人生的游戏无畏地开始了。

如歌的岁月,寂寞的青春。

这就是上个世纪90年代初期的北京,北京高校筒子楼里青年教师们的生活。

1991 年，毛榛跟无数个没有过工作经历的刚毕业的硕士博士一起，下乡锻炼，到了河北省白洋淀。他们研究院里一下子下去 80 多个，全是搞人文社会科学的。

白洋淀，对她来说，是诗与酒的岁月。

那一年，她想想她的收获是什么？

毛榛写诗，全是无病呻吟、歌颂乡村良辰美景的诗。

还喝酒。也是无聊才喝酒。那会儿她才学会了喝白酒，从河北的“刘伶醉”开始学起的。一喝，知道自己还行，有点酒量。他们那些人，一见面就喝酒，其实都属于不会喝的一类，瞎喝，闹着玩，为了扎大堆儿，打发时光。

在乡下，最大的收获是，毛榛遇到了另外一拨人，和学校里玩麻将的理工科男生不一样的一群人。他们都是学文科的，博士硕士，都是想大有作为、成为大师的。又都有点自视甚高，牛皮烘烘的。

在这里她遇上了阿薇，对她生命历程影响很大的女朋友。北大法律系毕业，社科院的硕士，爽朗，纯净，脑子反应速度飞快，嘴比脑子还快，聪明绝顶，对事业执着，对爱情忠贞。

她羡慕阿薇，跟她学说话，耳濡目染，不知不觉地跟着学。这以前，她不爱说话，也不会说话，腼腆，害羞。住在筒子楼里时，除了跟陈米松说话，几乎没有交谈对象。说话的能力，进一步被封闭了。

阿薇经过严格的专业训练，有强大的理性思维，和发达的逻辑，人们都说“车夫的腿，律师的嘴”，这话用在她身上一点没错。

毛榛发现她太喜欢跟略有些阳刚之气的女人在一起了，对于对方的漂亮气质充满羡慕之情。因为她自己太女里女气，阴气太重。她爱找一些刚强的女朋友壮壮胆，克服从女孩时起就挥之不去的性别自卑和过分害羞。

她喜欢阿薇，阿薇也喜欢她，羡慕她是中文系的，会写字。她则羡慕她法律系的，会说话。每写完一首诗，都给她念，征求她的意见。她就叫好。越叫好，她就越爱写。

她们几乎形影不离。按照现在的说法，有点“同志”或“同性恋”倾向。可是那时候，她们懂那些混乱的玩意吗？不懂。她们的友谊纯洁得像乡下的月亮，一轮又大又丰满的干净的月亮，没有一丝杂质。

那时她们俩住得近，在一个县委大院里，楼前楼后，上班互相串门，下班在一起吃饭。毛榛还买了煤油炉，自己做饭吃。那个炉子，算是当时的奢侈品，八十多块钱，打气的煤油炉，是当时煤油炉家族中最酷的。同去的两个男同学进了一趟保定城里才买到。

那时候她们身体可真好啊！好得简直都像是败类。一年里，她们走遍了广阔的河北大地。有时是搭车，院里干部下来检查工作的车；更多的时候是结伴坐乡下县城之间的大破客车，咣当咣当，说去就去了。

她们在白洋淀游泳。

看拒马河落日。

在麦田守望。

到玉米地里偷东西。

她们好事做尽，坏事并没有做绝。因为没有什么坏事可以干。

在乡下，那么晒，脸上都不起斑。

女人，什么叫年轻啊？年轻就是太阳怎么晒脸上都不起斑。

等到一年以后，从河北回来时，她的嘴皮子已经能跟得上阿薇的说话速度了。以至于以后凡有她们俩共同出席的聚会上，她们俩一说话，上一句下一句，别人都跟不上，听不懂，还以为她们是在说黑话呢。

她的嘴呵，就是这么练出来的，扎大堆的集体生活，喝酒写诗的狂妄岁月。

那时陈米松定期来乡下探亲，给她送牛肉干、酱羊腿什么的。来了以后第一件事是先拉上帘子休息、做爱。她发现她已经不像当初沈阳、北京两地分居时那么想他了。可能因为彼此对各自身体已经熟悉，对婚姻生活也明白了是怎么回事，爱情有了着落，心里比较踏实的缘故，他们都知道该朝哪个方向努力。

他们下乡去的那一拨人，80来个，都是人文社会学科领域的佼佼者，博士硕士。想一想，大凡能够考入北京的，都是各省高考状元，百里挑一千里挑一万里挑一，又经过几年的寒窗苦读，正是鸟儿出笼、大展鹏程的时候，能分到这么个大师云集的所谓“翰林院”，洋一点的叫“皇家科学院”，更是层层遴选。

人人都很自负，不知天高地厚。

男生更比女生多。

毛榛就想：这等于是把许多只羊一起堆到了起跑线上，像马拉松赛。开始要不冲出去，进不了前面的梯队，就窝死了。就永远出不来了。

这时她才意识到，她跟才俊吹过的牛是多么的没边没沿、不自量力，真正叫不知天高地厚！在北京，从事文化艺术事业，就只有出名、比别人干得好这一条道。否则，就注定一生一事无成，一辈子窝窝囊囊跟在别人屁股后边打工，让人瞧不起，只配给人写写词条、打打下手，还要被人怀疑你的业务能力。

人待在北京，就像闷在了疖子里，不出头，等于死！

直到这时候，这一年轻群体群雄毕至时，毛榛才真正有了危机感，意识到未来的严重性，不出名的严重性。

回来以后，她像变了个人似的，很刻苦，沉甸甸的压力摞在她心头。整天看书、写作，除了每天给陈米松做做饭、洗洗衣服，其他时间，都泡在图书馆，晚上回来，熬夜写作。

究竟怎么出头？京城这么大，出名方向在哪儿？

她迷茫，东一头，西一头，乱撞，见别人都抱着课题在忙，她却总凑上去问：我该干什么？我该干什么？谁能告诉我，我该干什么？干什么才能出名？你们谁有编词典编词条的活？带着我。带着我。

一个梵语专家研究生殖崇拜文化的，想让她给当助手，帮助查资料啊，查索引什么的。一个编大词典的先生，想让她帮忙，校对啊，催稿啊。她都忙不迭地点头，受宠若惊。

最后，她去请教她原来导师的朋友薛先生。

薛先生为人忠厚，有丰富的治学和人生经验，是印度学方面的专家。听了毛榛焦急而又单纯的问话，他并没有笑话她，而是慢悠悠地说:“咱们哪,也别指望太高,只要你能把本专业干好,成为最拔尖的,到时候有了这方面的事儿,别人首先能想到你,来找你,这就成了。”

毛榛听了,简直都不是茅塞顿开,而是醍醐灌顶啊!!!

人要成名,其实多简单啊!

简短的几句话,胜过书本上什么什么“教你成材”之类的千言万语!

成为专业里最好的!成为专业里最好的!

原来这就叫成名啊!在北京这一千三百万人口的都市里,原来是应该这样成名啊!

原来我们在这个纷繁的世界上,应该这样来安身立命!这样简简单单又很热热闹闹地安身立命!

她知道了这个原理。但她不知道,在落实这么个简单原理的过程中间还要爬过千万座大山,千万座大山哪!那将要耗尽一个人毕生的精力。

正是因为她不懂,所以才无所畏惧,敢于向目标发起冲击。

从此以后,她的内心很安静了。她很用功。不再贪玩。再说对北京的新鲜感业已过去,没什么好玩的了。

十年以后,那一群人,下乡到白洋淀的那一群人,被堆在起跑线上的那一群人,果然见出了分晓。凡是社会科学方面的,如研究经济法律……这些90年代热闹学科的,全都出道;凡是长线专业,如文史哲等,全都潦倒,成为边缘。

从河北回城以后,他们已经搬到二楼,正中间对着男厕所的屋子,冬天冷,暖气不足。夏天热,不能开门,不通风。生存环境极其恶劣。

就是在这里,一盏小台灯,一个学生书桌,一把椅子,面对男厕所,毛榛开始了她的人生进阶的过程。

陈米松在她回来后的第二年离开了学校,到了他才华能够得到施展的地方去了。学校里,视野毕竟太有限。况且,他所在的是一个理工科院校,待遇低,排队分房不知哪辈子能排得上,等着评职称又得二三十年。这些年头该怎么消耗呢?虽然住处距离工作单位遥远,从北沙滩到东四,每天他起早贪黑搭别的单位班车进城,累得疲倦不堪,但总觉得有希望,恍然觉得出头的日子就在眼前。

“我要是死了,你就把我埋在从东四到北沙滩的路上吧。”

有一天陈米松下班后实在累得爬不起来了,就倒在床上,四脚朝天地这样对毛榛说。

日子总会有个头的,总会有个头的。他们都在心里这样想。

等到1996年他们搬出筒子楼时,毛榛已经发表了不少文章,已经小有名气了。陈米松在单位也已经得到了提升,成为当时很年轻的处级干部。

第四章　厕所礼赞

终于迎来了1996年。陈米松的新单位分给他们一间房子，在北三环边上。房子不大，建筑面积48平方米，使用面积才36平方米。但这毕竟是他们来京后第一个像样的家。况且他们第一次有了厨房，有了在室内的厕所。还可以有分离开的卧室和书房。这一切是多么重要。这一切对于长年在家上班的她和不能够闻汉族油烟味儿的他是多么重要！

她第一次有了书房。有了书房的兴奋和喜悦就不必说了，关键是她第一次有了厕所！室内的洗澡间和抽水马桶在一起的独立的厕所！算算，从她15岁离家驻校，到省实验中学念高中起，到她上大学、读研究生以及婚后来北京为止，她已经整整住了15年的筒子楼，跑了15年的公共厕所！

尤其，在她来北京以后，1990年到1995年之间，她住的都是陈米松的男教工宿舍，女厕所和寝室都不在一层楼里。白天还好，她跑上跑下的；晚上，他们就只好用夜壶。如果第二天一大早陈米松忘记了倒夜壶就上班去了，毛榛起来以后就得披头散发，像个偷儿似的，看楼道里没人，就赶紧捧着夜壶往三楼猛跑。她觉得那段路好长、好长，厕所位于筒子楼中间，又是那样一座大楼，她要提拎着夜壶从二楼中间再走到三楼中间，才能到达三楼的女厕所所在位置，把尿倒掉，涮净夜壶，再按原路，把夜壶捧回来。

那可真是让人羞惭死了、尴尬死了。毛榛熬夜写作，起得又晚，每次醒来总有八九点钟，正是学校里的人全都上课上班，一楼办公室里人员来回走动，二、三楼教职工来回走动的时候。毛榛就想出办法，把夜壶用报纸包上，一路捧着来回。后来发现报纸太容易洇水，索性就用一个大塑料袋提住，晃晃悠悠，上楼下楼。

就是在白天，也很麻烦。不知怎的，毛榛一用力思考、高度凝神、精神过度紧张时，就不由自主会有尿意。每次一考试复习的时候，也经常会紧张出一股股尿意。她就只好放下笔，简单记录几个字提示下边该写什么，然后转身爬上三楼。到了那里，其实也并没有撒出什么实质内容，脑子里还在合计着写作的事儿，再下来，思绪却已经衔接不上了。

就这么一次一次地跑厕所，一次一次地思路衔接不上。所以那时候，毛榛的文章总是一段一段、一截一截的，思维大幅度跳跃。后来有人还说她笔法很先锋、很是现代，其实他们不知，那完全是被筒子楼里的尿给憋的，正常的思路流畅的思维，全被尿意一股股给冲断了。

有一次她嫌上下楼跑着倒尿麻烦，就把夜壶端着，见对面男厕所的大门敞着，里面像是没人的样子，于是就抽冷子大着胆子冲进去，把夜壶“哗”地往就近一格便池里一倒，转身扭头就跑，不期然和正进来撒尿的一个男人撞了个满怀。

男人的手还放在裤门上，说：“咦?!”

毛榛的手里提拎着夜壶，说：“呀!!!”

男人站住脚,疑惑地打量门板上“男厕所”三个字。

毛榛一猫腰,“嗖”地从他胳膊底下钻出去,一头钻进自己屋里,大口大口喘着粗气。

从此,她再也不敢进男厕所倒尿了,还要战战兢兢继续爬楼。

等到她随陈米松搬进新居后,她想什么时候上厕所就什么时候上,思维一点不受阻碍,有时还要在马桶光洁的瓷器上留恋地多坐一会儿,摆出一副思想者的形状。

后来她就明白了为什么许多人都喜欢坐马桶上看书、坐在那上边思考的道理:因为坐马桶上,下边比较透气、风爽,每一块隐私部位都可以得到充分放松和休息。他们这个职业,每天坐板凳的时间太长,疯狂地压迫、掘取着身体下方某个部位的力量。他们不是有个职业口号嘛,叫作“板凳要坐十年冷”。

所以,马桶,就成了一个必不可少的思考和休憩的地方。

终于可以有一间独立的屋子了。这对陈米松来说有多么重要。对于他的人格自尊和自信来说有多么重要。从今往后再也不用看别人的脸色、低三下四求爷爷告奶奶,请求人家允许暂住一会儿了,再不用去给房产科送礼,也不用安慰被撵出去的同屋了。从今往后,就可以和妻子堂堂正正住进国家分配给他们的(理所当然应该分给他们的)单元房了。

这时距他1986年分来北京已经有十年!十年!他才熬出了48平方米的一个小间。十年是个什么概念?黑发人虽然还没有熬出白发,但是他们眼看着楼道里同时分来的小伙子彭书林家的小女儿彭文颖已经出落成7岁的“楼道之花”，刚住进来时，她爸她妈还不认识呢。一转眼，孩子就在楼道里长大了。楼道里另两家的孩子也埋哩埋汰地滚到了三四岁。夏天大家都敞门时，司机家的小孩刚会爬，有一次从屋里爬出来，爬到楼道里。他妈妈去水房淘米，也没看住。陈米松从外面走进来差一点一脚把孩子踩着。他顺手把孩子从地上捡起来，把一个肉乎乎的小东西又给扔回屋里。

他们怎么能不生感慨呢！如果他们最初的孩子要下来的话，现在也已经四五岁了。

他们真是兴高采烈、满心欢喜。摸摸这儿，摸摸那儿，有点不相信似的。也就因为没要孩子，分房的时候就少加了几分。不然他们应该分得更大些。

不过，就这样他们也已经知足了。相对于那些还在学校三尺围墙内，还在筒子楼里奋战的同龄人来讲，他们已经很是不错了。夫妻二人都找到了自己想做的工作，又有了一个稳定的家。相对于他们的过去，相对于他们的昨天，他们的确已经是很满足了。

他们在屋子里转来转去，简直不知道该怎样规划才好。毛榛仍能记得1996年那个春天的下午，陈米松拿着钥匙领她第一次去看新房的情景。他们手拉着手，脚踩着3月底的芬芳，闻着楼下小公园里3月泛青春草的气息，一步一步，欢天喜地来看他们的新家。

楼下是一排忍冬青，还有几株樱桃树，树上的花儿正开，好年轻呢！他们家所在的六层白楼外表洁净、优雅，像扇子一样，铺开在小公园门口的上方。周围全是塔楼，高高尖尖的，还有几幢红楼，是老居民住户。唯有他们这座楼是六层，国家机关的，新盖的楼。很牛气，凹陷进离三环路边有1000米远的胡同里去，隔开了噪音。

他们打开了他们的房门。空空荡荡的小屋，洒满了一屋的阳光。这是朝西的房子，正是下午，西晒时。他们俩在这温暖的春日阳光里，满心欢喜，筹划着未来。

毛榛噼噼扑扑地，拉开这道门，又打开那道门。其实总共也没有几道门。但是，它们是带门的，不像后来私人买的毛坯房那样只是一片片钢筋水泥的巨大空敞。

厨房和浴室的地面、墙砖，都是单位出钱给统一铺好了的。连同厨房墙上的小立柜、过道上方的挂墙衣柜箱，都被单位给事先安置好了。这些东西，后来只象征性地收他们一点点钱。

有个单位可多好啊！这就是在国家大机关所能享受到的好处。

不光这些，连后来的油烟机、热水器、防盗门等等，也是单位集体给办的，批量采购时价格便宜不少。他们要做的，就只是到时候在家里留人等着就是。

这房子住的，他们简直就没操过一点心。这就是公有制下福利分房的好处啊！公家把职工的什么事都想到了，都帮着办到了。因而造成毛榛对“房事”当中的种种事情，也包括装修细节两眼一抹黑、浑浑噩噩，只知道擦擦玻璃、扫扫灰，然后就可以进驻。

现在,他们居住在温暖灿烂的小家里,享受着温馨平静的有了户口本的家居日子。他们头一次有了户口本,以前在学校住筒子楼时,他们的户口都是“集体户”,因为没有房子,没有固定居住地,所以就没有户口本。现在他们有了一个单独的将两个人写在一起的褐色皮的户口本子,户主是陈米松,毛榛与户主的关系是“夫妻”。他们觉得两人是第一次真正独立了。

陈米松高高兴兴去上班,毛榛安安静静在家里守着马桶写作,一边还享受着阳光、下午茶、小公园里的旖旎风光。电话直通四面八方,电脑、打印机、上网软件、扫描仪、传真机……各种办公设备齐全,全是当时的最好配置,因为毛榛离了这些没法工作。

毛榛先熟悉附近的菜市场和商场。无论走到哪里,只要先搭好睡觉的地方,有个厨房,再找到菜市场,另外再有两盆花,就可以活得很好了。这是典型的女人的感性活法,也许来自于祖上遗传的巨大的农民基因。反正毛榛是很容易知足、很容易快乐的。

晚饭后,他们还经常一起去小公园里、去三环路边上散步。当站到高高的过街天桥上,俯瞰三环路上川流不息的车河,遥望远处城市的万家灯火时,他们不由得感叹:他们原来住的清华东路北沙滩那边,那简直就不叫个城市、不叫个北京啊!原来这么多年,他们一直都住在北京的农村。

陈米松好玩的天性没有变。当年,在1996年时,他还是多么有趣啊。毛榛家里的门板上到现在还原封不动贴着刚搬来时,陈米松画的这个楼里同事的游戏联络图。他把楼里坐同一辆班车的同事名字列成一个表,分成ABCDE五个组,每组四至六人,同时,在名字后面打上每个人家的电话号码。

每个人姓氏前头还有标记，有的是实心五星，有的是小闹钟，有的是四方块，全是从电脑里找出的小图形。分类法是按班车上常分的牌局分伙决定的。

下面还有俱乐部成员常用电话。电话不写“电话”，而是用一个个具体的小黑色电话机图形来代替，足可想见他的玩心、耐心和闲心。从障碍台、长话费、电话查修、电话局，到他们单位附近的隆福医院、机票预订处、王府饭店、礼士宾馆、和平宾馆、柏树旅馆、烤肉季，再至楼下商店、居委会、出租投诉、房屋保修、单位门卫，全都一一打上。

取名“SX 俱乐部”，在电脑里编辑完了，又开始打印，要发给班车上的人每人一张。毛榛听见他在咯吱咯吱打印，凑过去一看，不禁又气又乐：“还 SX 俱乐部呢，干脆叫 SEX 俱乐部得了。闲的嘛不是？别费我的打印机，别费我的打印纸，拿你们单位打去。”

陈米松说：“哎哎，没几张，没几张，一会儿就完。我故意叫 SX，逗大家伙儿玩呢。”

“SX”是他们楼下的小公园“双秀”的拼音字头。那时的小公园令他们有多高兴！那时的班车令他有多高兴！

有了班车了。上班距离也缩短了一半。再也不用搭别人的车上班了。

从那个脏兮兮、破败不堪、乱糟糟的遥远的筒子楼里出来，住上洁净、近便的单元楼，感觉像是上了天堂。

他每天兴高采烈地坐班车上班，每天下班回来，都有一大堆从车上听来的奇闻逸事要对毛榛讲。他自己一边讲着也一边乐，还叨咕着："以后我就写个小说，叫《班车上》吧。"

毛榛说："我写吧我写吧，授权给我。"

他们那些班车上的人有时牌还没打完就下车了，单位的人就边往楼上去边回味着战局，相约明天再战。

苦日子可以锻炼人的耐受力，让人身在苦中已然不觉其苦；好日子同样也会消磨人，让人慢慢生出怠惰和厌倦。

日常生活的一切都已经安顿好，扫帚抹布各归其位，锅碗瓢盆添置完毕。周围环境业已熟悉，小公园散步已经散得不爱散，某个停水的晚上陈米松还到靠墙根处拉过屎，毛榛站一边给他看着人；班车里的新鲜劲也已经过去了。

陈米松开始给自己找事做。他本来是一个欢笑、活泼、耐不住寂寞的人。他决定要写一本书，写一本海峡对岸出版史方面的书，因为他 1994 年曾去过台湾，发现对方的出版制度行规比大陆要健全。后来想找这方面的资料来看，想参考、学习和借鉴。但是发现对岸竟没有一部大概齐完整的出版史，大陆也没有人做这方面的工作。

于是，他给自己定下了一个选题，写一部完整的海峡对岸出版史。

没有人逼他做，完全是他自己要这么做的，完全出于个人志趣和爱好。

就是这本出版史，就是这本倒霉的、该死的、狗日的出版史，断送了他们的幸福生活，断送了毛榛和陈米松的幸福婚姻。

当时他们并不知道。当时他也意识不到。他雄心勃勃，准备大干一场，准备填补空白，准备做大陆专门研究这方面的第一人。

哪里想到，他这是挖个坑，先把自己埋下去了，接着，又把毛榛拽了下去。此后，他们漫长的一生中，都要在这个坑里扑腾，在婚姻失败的阴影里扑腾。

他当初在选题立项的时候，完全是年轻力壮，初生牛犊不怕虎，成竹在胸，志在必得。

实际上他选的是一个需要由一个课题组来共同完成的、可以申请国家课题基金的大项目。

现在，他却要单枪匹马来干，而且，完全要在业余时间内完成。

其难度可想而知。

所以她最初对他的选题很不以为然。最初觉得太枯燥了，担心他会做不下来，觉得没意思。她知道其实他是很性情的人，诗书画摄影下棋，他什么都会，什么都热爱。第二她也担心资料会把他卡住，说不定哪一天就把他卡住，做不下去了。她是专职搞学术研究的，深有体会和经验，哪怕就是一个索引，一个小小的索引来历不清，也会给搅得十分闹心，整个题目都做不下去了。

她倒宁愿他写一些性灵随笔啊、散文啊什么的，那些东西都是边角余料，纯粹怡养性情的，千把字小文，不用动脑筋。不像写一个完整的长东西，需要记，像下棋一样，一步一步记，不能写了后面的忘了前面的。伤筋动骨，耗尽心力。

况且，他这又是学术著作啊！老天啊！一个人要完成一部学术著作，完全是业余时间，是一个没有任何人涉足的领域，又想在短时期内出成果。

啊！天啊！

诗歌、散文、随笔、小说、报告文学、评论、政论小品……写什么不好？写什么不行？写什么不都能见出你的才智？

不。他就认准了，就要写这部出版史，而且志在必得。

他要成为行业里的专家。要成为本行业中最好的。

有什么不对？

想想，对。他是对的。没有什么不对。

只是，太难了。太难了。难得超出了他们的想象。

而且，他这是自己逼自己。自己跟自己较劲。

他总是要当最好的。

实际上，他已经是他这个年龄段里最好的了。在同班同学里，在同龄人当中，他都已经做到了他的力量所能达到的最好程度。

他相貌英俊，一表人才；他洁身自好，清正廉洁，奉公守法；他知识渊博，喜爱读书冥想；他对朋友谦逊，仗义疏财，两肋插刀；他爱护公物，经常打扫楼道公共卫生，常给楼下的小树丛剪枝；他孝敬父母，尊重老人，给弟妹做出了很好的榜样……

可是啊，这北京啊，无边无沿、无涯无际、日益全球化了的北京，让人生长的欲望太多了！让人能奔的目标太高远了！上不着天，下不着地，目标总是长着脚，自己总在往前跑，让人总是能追上，却又总也够不着。

他也是太要强了，太好强了，对自己的期望值永远是很高，很高。

这时，这却像是没有尽头的马拉松。

他就绷着、绷着，每天都绷着，跑。

这一跑，就是三年。

三年哪！

三年，正是他们搬到北三环、他的选题立项开始，到 1999 年他书稿完成、提出离婚的这三年。

这三年，他是被这部书稿压着过的。

直到书稿完成的一刹那，交到出版社的一刹那，实际上他就崩溃了。

这个无边无际的压力，他再也承受不住了。

一个星期后，他留下一封信离家出走，提出与毛榛离婚。

其实，他那时候也说不清自己为何要仓皇出走，为何要将发妻毛榛甩下。

毛榛现在是明白了，他就是因为那一阵儿连续的工作压力太大，书稿的压力太大，一旦完成，就立刻崩溃了。

他只是想躲出去清静一下，想找一个地方清静一下，远远地离开那个压了他三年的书桌、书柜、铺天盖地的堆砌的资料，他只想换个环境待一会儿。

只是，他的话没说好，他的事没做明白，脑子昏昏的，一下就把事情引到邪路上去了，一下就把两个人，都打进深渊里去了。

一封离婚出走的信，一下就把两人全都打入深渊。

毛榛也被他吓得立即崩溃了。因为那会儿毛榛刚报考博士，正是最后的复习冲刺阶段，大脑神经已经高度紧张，容不得有半点闪失和惊吓。

后来，她才明白，在离婚两年多后，毛榛一点一点平静下来，治好了自己的精神抑郁症，沿着因特网上介绍的有关陈米松这部出版史的事迹，慢慢慢慢一点一点往回捋，才把事情捋出个头绪来，才明白了导致他们婚姻离异、后两年他们俩婚姻陷入沉闷的真正原因究竟在哪里。

尤其她见了一个条目上写《历经三载，血浓于水》，她一下子就联想到已崩溃的婚姻。她眼泪出来了。碜得慌。

她一下子就知道这症结出在哪儿了。不是“血浓于水”，而是“呕心沥血”。他是真正的呕心沥血，为了这部书，把自己都熬干了，榨干了，急躁干了，焦虑干了。

以至于他最后连家也不要了，什么也不要了。他连自己想要什么也都不知道了。

他完全是给累昏了。他完全是给累坏了。

他是在一个长途马拉松跑到终点后，一头栽下去的。

但是他却把危机转嫁出去，以一种昏头涨脑的离婚出走方式，转嫁到毛榛身上。

可惜毛榛当时一点也没意识到。

她一点也没能体会到这些。

假如她能当时就明白这些多好！

假如她能当时就明白这些该多好！

其实他当时迫切需要的，不是闹离婚。他当时需要的，最迫切需要的，只是去休假！

彻底的休假。彻底的放松。哪怕一个星期、哪怕三五天也好，远离工作环境，把书稿的程序也彻底从脑子里删除，一心一意，什么也不想，哪怕就是回一趟老家，回到父母身边，和弟弟们玩一玩牌，和小侄子讲一讲童话故事，只要有那么三五天，紧张的情绪立刻就能缓解过来。

只需要那么三五天，换上一个环境，缓解一下心情。

可惜，中国人不懂。刚刚学会进入现代社会进程的中国人民还没有“休假”这个概念，还没有每年的“带薪休假”这个概念。个别单位有这个假，也都是虚设的，没人确切知道该怎么用。

他就疯狂地、看似不知疲倦地这么转哪，转哪，结果，神经绷断了。

咔嚓一声，断了。

可怜的是，断了之后，他们俩都不知道原因出在哪儿。还在到处找毛病，总是在旁门左道上找毛病。

毛榛想，假如我能早一天认识到这些，我还能有以后一系列的悲剧事件发生吗？

假如我早一点有这方面的认识和常识，当时立刻停下手头的工作，立即陪陈米松去休假，出去待上那么三五天，把神经休息、缓冲个那么三五天，我的个人生活，我和陈米松的家庭生活，还至于像今天这样糟糕、落得个这么糟糕的下场吗？

工作,是永远都没有个完的;

焦虑,有时也是能够焦虑死人的。

这三年,从1996年底到1999年底陈米松最后完成书稿的北三环这三年,他披肝沥胆、焦头烂额,全部心绪都凝结在他的出版史上。

1997年,他第二次去台湾,这回是有目标的,广泛接触业界有关人士,搜集出版信息、资料,拍摄大量照片。回来时,什么也没给她买,只带回一箱子出版年鉴,里头全是大32开本的硬皮年鉴,两箱子资料。行李超重了,在机场还被罚了款。

第一次去,1994年,盲目游玩,新鲜无比,给她带回大量好玩的东西:包、手表、金戒指(据说台湾的金子便宜)、情趣内衣……

现在,他已没有那份心思。并且,也觉得他们已是老夫老妻,没必要再来那一套了。

这几箱子材料,更增加了他的信心。

他的全部生活目标,就变成了只有这一个:一定要把这个出版史写出来。

可事实上,一天天过去,离完成仍旧很遥远。

一个人,完成一部庞大的书写历史计划,首先遇到的障碍是他没有时间,没有整块整块的时间来供他写作。

一般来说,作为一名国家机关的公务员,他的作息时间是这样:

早上差十分钟七点起床。七点零五分,会听到楼道里各家各户防盗门使劲撞响的声音，所有坐班车的人全都下楼，往停车的地方赶。每天还都有一个小学生嗲声嗲气说话、咚咚咚跑下楼梯的声音。那个小孩是五楼一户人家的孩子，天天跟他爸搭乘班车赶往城里上小学一年级。

毛榛算了一下，每天从七点零五分出门，到晚上六点钟左右陈米松再坐单位班车归来，他每天共要在外面待上11个小时！

这其中包括了路上来回的两个小时。

1997年，北京的私家车开始发展，交通状况开始拥挤不堪，尤其每天上下班高峰时间；1998年，北京城市的大气污染一下子就达到了历史最高点。猛增的车辆，让北京在那一年里，几乎就没见过蓝蓝的天。城市上方，永远是灰蒙蒙、雾蒙蒙的。

陈米松就一路带着被交通堵塞、被大气污染过的脑袋，带着一天在外11个小时积累的病毒，疲倦地赶回家来。往床上一瘫，就什么也不想干了。

但是，他还不能像那些一下班回家就没事干、就不想事儿的人一样瘫过去，自由自在地看肥皂电视剧、无所事事地休闲。他还要爬起来，搞他的研究，完成他的著作。

到他吃完饭，洗洗脸，看完《新闻联播》，已经快八点了。开电脑，上机，进入写作状态。11点左右，脑子已经烧起来，正好使的时候，一看表，必须关机睡觉了，否则明早起不来。

洗漱，躺下。大脑仍处于兴奋思考状态，关不上了。于是就失眠，辗转反侧。

第二天一早，又要在六点五十分起来。又要去赶班车。又是在外11个小时。

每天每日，周而复始。

三年，三年哪！

这三年，他可是怎么过来的？

这期间他还要不停地出差、不停地处理日常的大量的繁琐事务。每一件事，都能使他的写作中断。于是他就焦虑，越发着急没有整块时间。

他已没时间没有心思干别的了。心思被缠绕着。吃饭饭不香，睡觉觉不甜。因为写作，他已变得孤独、焦灼、内向，沉湎于内心。原来生龙活虎、有说有笑的一个小伙子，逐渐变得沉默寡言。

这时他的身体完全进入了“亚健康”状态。莫名其妙地就浑身疼，胃疼，头也疼，关节疼，总是便秘。心脏不对劲。频繁地跑医院检查，查不出什么来。

他总怀疑自己有病。每次验血，验尿，全都正常，没问题。查不出问题究竟在哪儿。

同时，研究资料的问题对他也构成了一个大难关。

他打过多少港台电话，写过多少封求助信？不记得了。他求过多少人帮忙，认识的、不认识的、转弯抹角搭上关系的同行，帮他在那边查找、复印、捎带、邮寄资料？不记得了。他跑过多少次图书馆、台办、国关，为着一个索引、一个人名，查烂了抽屉、一查就查掉了大半天时间？也记不得了。

毛榛就记得那一阵子，台湾人的电话不断，还总是习惯于在半夜十一点以后打进来，搞得他们刚一睡着，就总被电话铃声惊醒。

毛榛就睡眼惺忪，不高兴地嘟囔："台湾人怎么都这么缺德啊？过了半夜还往人家里打电话？"

陈米松就哄她说："哎哎，都是帮忙电话，帮忙电话。"

"帮忙电话就不能早点打来吗？"

"哎哎，人家跟咱们不一样，人家是半夜十一点以后才半价……"

"你得了吧你，他们哪在乎那点小钱儿。你就哄我吧，哼。"

毛榛随手拧了他几把，又咕哝着睡着了。

其实她知道是两岸生活习惯不一致，他们的工作时间是早九晚五，可以有夜生活，有充足睡眠。陈米松这边，却是早六点五十到晚六点都在上班，每天十一点以前必须上床睡觉。但是，他是求人帮忙，不好意思说让人按自己这边的作息时间来调整他们打进电话的时间。

家里现在变得书山书海，全是陈米松的出版史资料，卧室里、书房里、柜子顶上、地上到处都是，简直已经下不去脚了。家庭空气也变得异常沉闷而紧张。白天，当陈米松上班时，毛榛就抓紧时间写字和工作，等到晚上回来，就把地方全让给他，能躲就躲，能让就让，尽量不去打扰他。

他们不再一起散步，没时间一起玩，连两个人亲昵的打打闹闹也没有了。白天他不在家，晚上回来了又没有力气说话，星期天和节假日他要么闷头写作，要么出去查资料。他的全部心思，满腹牵挂，都集中在这部著作上头。

毛榛那些日子,总是避免打扰他。星期天一见他在家里写作,她就溜出去玩,一个人逛逛商场,要么就泡泡酒吧。他不跟她玩,她就出去找人玩去。

第五章　酒吧地图

穿过许多幽暗的长街，穿过许多灰瓦青石的小巷；或者，再穿过许多座明亮的厅堂，穿过那些华灯初绽的城市立交桥和地铁站，就到了酒吧。

有时候，他们豪情一来，就会唱：穿过了，山和水，夜色中的村庄……

他们是这样聚起来的：闲了一天的人们，或者是忙了一天的人们，闲极无聊的或是累得瘫痪的人们，都想放松一下，就电话里相约："今晚出去喝一杯？"

"喝一杯。"

好，那就出去喝一杯。

说是"喝一杯"，其实也未必。有时候女人们就是在干嚼冰淇淋；再比如，不会喝酒或不喜喝酒的人，端上一杯饮料，或矿泉水，也能在酒吧里泡上一晚。

有时是为了说话。

有时是为了沉默。

有时干脆就是什么也不为，就为找一种跟人在一起的感觉，找一种身在其中、裹进时尚里的感觉。

从南城到北城，他们是跟着酒吧一起成长起来的。他们这群30出头，刚走红未走红、刚出名未出名、刚出道未出道，被叫作“新生代”“新状态”“新体验”“新××”的年轻作家们，他们30来岁最后的青春，30来岁的青春余韵，就像狗尾巴花一样，在泛沫儿的北京大街小巷啤酒桶里一朵一朵呼啸着开放。

北京的酒吧，跟北京那些高楼大厦一样，仿佛没来由地，突然某一天就集体从地底下冒了出来，齐刷刷的。

就说他们常常去的那些酒吧。先是团结湖和三里屯，因为那里太有名了，惹得人不得不怀着好奇先瞻仰它；不不，也许先去的北大，因为经常在那里接见来人，在它的南门和西门附近排列着一长溜：尼尔斯酒吧、霸比龙酒吧、乡谣分店、雕刻时光酒吧……不不，也许不是，也许最常去的应该是二环路和三环路之间的“丑鸟”酒吧，它坐落在一个隐秘的地带，地下防空洞里，用水泥雕塑和圆木秋千改装得像山顶洞人的乐园。一些文化和娱乐界名人经常光顾那里，在防空壕出口处的门板上刻下自己的大名。1997年第一届鲁迅文学奖颁奖的时候，他们那一群获奖的人和一些当地的编辑记者，一窝蜂扎向那个地方，因为他们颁奖的地点华北大酒店离那儿很近。那次聚会被毛榛记录下来发表，还配了一张发黄做旧的照片，是当时防空壕的秋千索上照的，那张照片被毛榛命名为“坏小孩的狂欢节”。

那时候他们真是年轻，能闹。

还有一次，他们在长城酒吧喝掉两瓶茅台、一瓶干红后，意犹未尽。尤其从广州方面来了一位旗袍女子，毛榛和她酒逢知己。他们就去“转吧”，就是从一个酒吧转到另一个酒吧。打车去了“豪福门”，到二楼喝了一些“山羊”牌德国黑啤酒，还没喝够，嫌闹，想找个安静地方继续喝，接着又去三里屯，晃晃悠悠，探头探脑，哪里人少往哪里钻。结果一不小心，踏进“断袖”酒吧，一看全是男性，搂搂抱抱，第一个两分钟之内没闹明白，第二个两分钟之时她们大叫一声“呀——”，扭头就跑。

一不小心，踏进了男同性恋酒吧。

最后落脚在“幸福时刻”，各自要些黄的、白的，听一个女歌手咿咿呀呀哼唱些什么。他们当中的郭子敬也上去唱了一首，有钢琴伴奏。他们小口啜着酒，轻声说着话，不一会儿，就酒醒了。

他们后悔不迭，说：“这酒喝的，全喝反了。”

原本，是想找醉的，却由于喝得尽兴，谈得尽兴，反把自己喝精神了，喝清醒了。

他们不免有点泄气，说：“唉，老了，老了。连酒，都喝不醉了。这日子，还有个什么盼头。”

北京的酒吧，真是没来由、没来头。小一点的，学习美国西部牛仔风格，用原木，破破的长条凳，桌子随便一搭，墙也是破破的，用刀子刻上几道划痕，拴上几个破破的脏了的马鞍。会有一个破破的女歌手，不知道从哪儿捡来的，穿得很乱，坎肩、牛仔裤、高跟鞋，手套是那种售票员戴的露手指头的镶皮革式的，用薄薄的声带，故意学唱美国式的破破的乡村流行歌。

喝德国黑啤的地方，装饰得稍微豪华一些。二层楼的铺面，全用水曲柳板子贴起来，地板是复合木。吧台里面是文化墙，有的是用纸贴面，有的是用文化石砌起来的。吧台的外面，还装饰有一些铁艺。角落一侧里还会有台球桌和飞镖。有时人们坐累了，就拿起一把镖或球杆，到那里舒展舒展腰。投镖的地方有酒保侍立着，监视。因为有些喝得五迷三道的人，手脚已经不听使唤，极有可能将镖投向站在前边数镖眼儿的人脑袋。前边的人侥幸没被投中，听得“嗖”的一声，镖贴耳旁飞过，还迷瞪着眼睛，扭过头来问：“干哈呀？我还站这疙瘩呢。”投镖者打了一个酒嗝，脚底一趔趄，稍微明白过来一点，说：“哦，原来这是个人头，不是靶心。”

这些，都是发生在他们这伙泡吧人里面的故事。

还有位于黄庄和人大之间的“猎奇门”，现在它已经被夷为平地，不知是哪一家房地产商正在那里大兴土木。当年那里出售自酿黑啤。店面宽敞整洁，靠紧里面是几个巨大的洋铁皮啤酒罐，仿佛有油罐车那么大，当然只是形状像罢了，规模上要小得多。夏天里，那几个啤酒桶桶芯冰凉，但看上去又像呼呼冒着热气。战了一天的酷暑，手里活搁下来，他们就相约来这里，几个人，守在啤酒桶的周围，守着它喝。这就是纯粹为了喝酒而来了。临街能看见白颐路风景的位置，让给那些来观景说话聊天的人。他们这伙人却只是为了喝啤酒，只是为了喝这里的鲜酿啤酒而大老远地跑来。

然而，这酒喝起来，入口爽倒是爽，可是喝起来不醉，度数太低，一大扎下去，肚胀得够呛，脑子里面渴盼的晕眩还没有上来，远远地还没有上来。跑了两趟厕所，就全没了。于是又喝，把四五种自制鲜酿都各尝一遍，这回用小扎，或者向酒保要来了小杯子，能喝多少喝多少，只要是肚子里的体积能容得下。玉米花和炸薯条是通常的下酒菜，嚼谷，边说话边吃打牙祭的东西。最后，怎么喝也不行，这酒，仿佛故意的，就吊着你，胀着你的胃，却不给你“醉”受。最后，只好还是要瓶干红来结束它。红酒，一口将一杯子下去，后劲准返上来。

为了找“醉”受，为了要那个微醉的美妙，他们就不得不做牛饮。好好的酒吧情调，就糟蹋了。

其实哪里有什么情调？哪里是寻什么情调？只是为了放松，片刻的，和人在一起的感觉。就把酒吧，给当成了过去的农业生产大队，社员们夜晚来开个会，过过集体生活。当然，能使劲喝、放开了喝、管够喝，这样的时候，也不是太多，总是等到有公款消费，什么时候有出版社来人请客买单的时候。他们都是文人，都很穷，不太舍得花自己太多的钱请人喝啤酒。

喝到凌晨四点，该走了，倒不是醉，也不是不醉，而是坐不动了，屁股疼，腰也太累，急需找一张床放平一下身体，把身体尽快舒展。

晃晃悠悠，出了酒吧门。一阵冷风袭来，打了个趔趄，摇摇晃晃，互相拉扯着，站住，一横排站在马路牙子旁，谁脱口而出，冲着黎明时分空旷的北京白颐路大街，朗诵诗人食指的诗：这里是凌晨四点零八分的北京，啊北京……

可不是嘛，在“尼琪娜”，三里屯路口最显眼的那座二层楼酒吧，他们一大帮人呼啸而来，七八个人，只要了一瓶红酒。小姐不高兴，一个劲问他们再要点什么，没人吭声。这多半是在穷玩穷聚的情况下发生。实在问急了，就说，再来袋玉米花。小姐说甜的咸的？回答说，甜的。小姐闷闷不乐又无可奈何地离去，又过来，先放上扑克牌，再拿来魔方和积木，知道他们来，就是要集体凑手打牌的，他们早已有了前科，是回头客。但没办法，不能拒客。生意清淡，竞争得太厉害，一下子满街筒子里全是酒吧，互相争夺客源。他们这一伙人来，尽管消费不高，但可以造一造人气，营造出繁荣的假象——往往，越是闹哄哄的酒吧，越是能勾来客人。

就这样，他们就用一瓶酒，对付着玩了多半个晚上，摸着牌，抓着王八，下一点小的赌注，争得面红耳赤，投入得很。不玩牌的人也愿意陪着，在一旁玩积木，或扭魔方，间或有一眼无一眼地瞄瞄窗外。

这是二楼临高点位置上。11 月的夜晚，西北风呼号。窗棂上流落着秋天最后一片黄叶，在半夜十二点的风里，抖得瑟瑟的。越过那根电线杆和抖动的枯树枝杈，却看到，三里屯街口，出入口处热气腾腾，现在，正是酒吧上人的时候。

来泡吧的人都喜欢在街口就停下车，然后走进去。巷子窄，开车不方便，再说，也没确定究竟去哪家，就靠自己的脚来量，走到哪儿算哪，看中哪家是哪家。多半是前卫的小姐，还穿着皮短裙呢，上身则是短裘皮氅。头发，基本上都是黄的或红的。男的，都把一个小手包紧紧夹在腋下，迈小碎步，紧赶慢赶往里蹿。

出租车打着黄灯，送来了人后很有耐心地趴在这里等活。有的，干脆就空驶过来，就等这里来的人或散的人。

如果你不到这里,不曾在“尼琪娜”酒吧的二层里俯瞰过北京三里屯 11 月份北风呼号时热气腾腾的夜色,没看过这么多不好辨明身份的小姐先生子夜时分在这里香艳袭人,摩肩接踵,那可能就真以为北京人民都蜷缩在一个个拥挤不堪的胡同院落里,守着老婆孩子睡下了。

北大南门的尼克斯酒吧就不一样。那儿多半聚的是三三两两的学生、教师、外地来京进修人员,要在这里会客、聚会、访友、谈话,所以安静。去过许多次,竟然没有一次遇到的酒保面孔是相同的。原来是学校里的学生在这里打工。怪不得! 连门口迎接的小姐也总换呢!

学生们经常是一大群聚到一起,围一个桌子坐成圈儿,中间有生日蛋糕、蜡烛。是给谁过生日的。切了蛋糕,唱了“祝你生日快乐”后,学生就散了。每人分别掏钱,是 AA 制。有时有一个单蹦的学生,大概应是研究生,如若是本科生,叫着啤酒到酒吧看书,太豪奢了,样子还不太像。见他独自拣一个角落的桌子坐下,面前摆一扎啤酒,几乎不怎么动,专心看着手里的一本外文书,间或点点画画,一扎啤酒,坐一晚上。没人惊动他。酒保也不去管。因为这酒吧不缺座位,永远坐不满员。

尼克斯那里的音响相当不错,他们三四个人,总是拣当中靠窗的座位坐。那里听音乐的效果极佳。有一天,就是在张雨生刚去世后没几天,他们一落座,猛一嗓子“我知道,我的未来不是梦”,那么高亢,从鼻腔直打到太阳穴里的人声,是早就耳熟能详的,这下,在这个时刻传来，从音响里传来，他们都惊愕了，谁也不出声，呆呆地坐着，呆呆地听，直到那一支曲子唱完。他们竟有点想流泪了，慨叹明星的陨落、这人生的无常。

又有一次，他们两男两女，在尼克斯酒吧里，聊啊聊啊，从海湾战争谈到中南海的人事变动，从文本的疏密度到哪个哪个人又作秀丫挺的，不知不觉忘了时间，喝了两瓶红酒。一看表，夜里三点多了。那时正是春天，她不胜醉意，无意间伏在桌子上望向窗外：呀！春天的绿树都像猫一样静静蜷伏在夜中纹丝不动，美妙极了！神奇极了！

那是4月里的最后一天。那会儿，陈米松奉命到广东打击盗版去了。回家以后，她奋笔疾书，愉快记下了当时的心情，而后把它加在了一篇评论文章的结尾：

实在说，阿真，有时候，我也在想，咱们女人，是不是不该把来路和归途看得太明白？太明白，就活不下去了，等于踩在了地狱的脚踏板上。罢了，罢了。不再想。阿真，咱们还是喝酒去吧！醉眼看人生，模模糊糊，摇摇荡荡，像是攀在了通往天堂的秋千索上。你没见今夜晚的树都蜷在风中懒懒洋洋，你没闻到葡萄酒美丽四溢的绛红色醇香吗？阿真，把儿子托付给丈夫，且放开尘世的羁勒，今晚咱们出去喝一杯！

咱们荡起秋千上天堂。

毛　榛

4月里的最后一天

在北大边上的霸比龙酒吧里，毛榛还参加过学校诗歌社团组织的女性诗歌朗诵会，她还上场朗诵了诗人也是她的女友闹闹的诗。她们的请柬印制精美。毛榛想象不好即将来临的这个“女性”诗歌朗诵会将是个什么样子。但是，既然是朋友闹闹主持的会，答应了前去捧场，理所当然态度就要认真些。白天她和她的小师妹阿莲就在她家楼下的小公园里，一页一页翻阅着闹闹的诗集，又边走边试着朗诵，看看哪一首的效果最为理想。那时，也正是 4 月里，满园春色，桃树、苹果树全都开出灿烂的花朵。毛榛和阿莲两人举着诗集轮流念着，很忘情。一路都是鲜花在忘我地开着，芳香扑鼻。偶尔，甬路边的长椅上会有一对谈恋爱的青年男女，女的正以跨骑的准性交姿势坐在男青年大腿上，发出吭哧吭哧的春天的欢叫声。

她们对这些充耳不闻，一心沉浸在春天的遥远的诗意里。走到那株樱桃树下，毛榛站住了，诗里的两行句子深切打动了她：

合唱队的低吟把我击中
哦，那络腮胡须的大个子情人
……

当这首诗在夜幕四合、灯光幽暗的酒吧里朗诵的时候，它有一股神奇的嗡嗡嗡的回声效果。嗡嗡嗡的震颤在幽暗的霸比龙酒吧里经久不散。来了那么多女孩子。毛榛不知道用“女孩子”来形容到场者对不对，反正，她们都住在学校院里，跟酒吧只有一墙之隔。还有几个从外边来的女诗人，朗诵她们精挑细选的诗作。一个姑娘唱起了藏族的吟诵曲。她们虽不知道那歌词是什么，但无疑是献给神的，那种虔诚的曲调只能萦绕于天堂。自愿而来的小伙子们也不少。还有个是搞摄影的女孩子，蹲在地上，以各种很专业的姿势抓取着角度，给会场照相。

合唱队的低吟把我击中

哦，那络腮胡须的大个子情人

……

泡吧生涯的初期，他们爱去红杉酒吧，因为那里有一个长期坐台的新加坡女歌手，个子不大，却长着一个大嘴叉，眉眼都很重，大眼睛，双眼皮，眼窝深陷，像马来人种，声音却走的是西方流行歌曲的路子，吱啦吱啦的，很有磁性。很难相信那么个不到一米六的身材的姑娘能发出黑人女歌手一般的宽厚声音。他们当中的叫松子的家伙给迷住了，爱看她的长相，喜欢听她的歌。一有人张罗聚会，他就把人给往那儿领。姑娘对他也认识了，见他来，总显得很热情。松子就点唱“沙啦啦啦啦”，她就轻轻扭动身体，手里还拿一面小鼓，有节奏地敲着，放声唱起来。旁边电声乐伴奏的，据说是她的哥哥。后来，那家酒吧的歌手换了人，来了一个长相像大陆妹的呆板的小妞，松子不愿看了，他们一伙人也就跟着无兴趣再去。

毛榛还在酒吧约会不相识者。跟球迷女友罗珠珠的约会，就是在乡谣酒吧里进行的。罗珠珠在电视台体育部，管田径节目，却是个足球迷。她们的名字和照片，同时登在某一期时尚杂志的女球迷专页上。后来罗珠珠托采访的小记者捎来她的名片，说很喜欢毛榛的书，希望能认识一下。毛榛也托小记者给她捎了书，也表示了自己很爱看体育节目。她们就打电话说改天见一面。

相见的地点就定在乡谣酒吧。那天罗珠珠说她做了一天的节目，累坏了；毛榛也是打了一天的电脑，也累坏了。罗珠珠开着车来接她，然后一起奔酒吧。路上罗珠珠讲她的夏利如何半夜里轮子被盗去，只盗去了轮子，肯定是夏利出租车司机干的，不偷车，只卸掉俩轮子。早晨起来她出门一看自己的车，怎么看都觉着有点不对劲，近前一瞅，两个轮子没了。可把她气的，都气乐了。说这丢东西丢得太离奇了。赶明儿再不能买跟出租车同一牌子的车。

初次见面，她们丝毫不感到陌生，像老朋友一样，有说有笑。到了酒吧，她要坐一号位，说是她的固定座，在角落里，安静，可以总览全局。毛榛也坐下，发现果然如此，以前大队人马来，集体坐长条椅上，没发现这个位置的妙处。

罗珠珠要了一桌炒菜，苏打水。毛榛则要了啤酒。罗珠珠说她做节目累得脑袋都木了，毛榛说她打电脑也累得眼珠儿快要掉出来了。她们又一起惺惺相惜地说，女人真是不能太累，太累了不是人过的日子。罗珠珠又说她自己的工作，自己的学业（她还在职读学位呢），说老公，说婆婆。她们的经历很相像，年龄相仿，又都是同学夫妻，没有孩子，能够说的话特别多。

出来时她们都觉得很畅快,像遇到了老朋友一般,说了那么多,又休息得差不多了。夏夜很畅快。新装的夏利轮子很轻捷地划着北京入夜大街湿润的马路,一直把毛榛驮回家,一直把她自己也驮回家。她们都一夜无梦,好好地睡了一个职业女人的安稳觉。

他们还到猎奇门酒吧投过票,1998 年夏天,世界杯足球赛那会儿,各个酒吧都借机会安装了大型彩色电视,为了吸引球迷顾客,还设投票箱,对当晚的比赛进行竞猜,猜中者奖励啤酒。

三里屯一条街里的男孩女孩酒吧,兰桂坊酒吧,知名的不知名的酒吧,都被他们去过,都被他们的身子挤过,脚踏过。球迷有球迷酒吧,诗人有诗人酒吧,长虹桥下的 CD 酒吧则是音乐人的酒吧,崔健也是那里的常客。他们到那里听过爵士乐,坐下不一会儿,很快就被那种面对面的大分贝给震出来了。酒吧太小,乐器太大,耳朵有点受不了。他们毕竟是从事写作的一群人,相对于音乐人来说,他们还是习惯于安静。

圣诞节的时候,三里屯酒吧一条街爆满。他们一群人扎堆,先在东直门鬼街附近吃完了饭,筹划得很好,入夜时分接着去三里屯酒吧继续体验圣诞气氛。没想到还没进去就已经把气氛深深体会着了。家家张灯结彩,远看着都像是外国。洋鬼子们这一天来三里屯街上流窜的最多。他们进一家一家客满,进一家一家客满。下一家还没进去,酒保就客气地挡在门外:先生,对不起,里面没位儿了。

他们就丧气，就惊诧，就知道明年的圣诞节不能往这儿来了，这酒吧，本来也不是北京土生土长的，都是舶来的，现在，总该让它归归根，知道自己大概齐哪个路上来的。

他们这时都已经喝高了，又带着寻不到去处的老大不满意，像一群丧家狗一般，心有不甘地在圣诞夜的三里屯一条街上东挤挤，西撞撞，往各个灯红酒绿、笑语喧哗、烟气瘴瘴的小屋里探头张望。

张小小气愤、失望加迷醉，一个飞脚蹦起老高。他是这一群里最小的、红得很早的男孩子，70 年代以后出生，他们都把他当作小弟弟一样看待，眼瞅着他一天天长大。他也就以小卖小，据此养成了在各位老哥老姐面前时不时撒点小娇的好习惯，撒娇的特点就是爱当众练飞脚。那会儿他还没有找着女朋友，飞脚还能飞得挺高，后来当他有媳妇以后，两条腿就再也蹦不起来了。那会儿他的酒醉飞脚一脚正好踢到自己手上，一下就把手里提的书袋子弄散了，古龙的一套武侠小说撒得满地都是，他自己却浑然不觉。

毛榛弯腰替他从地上一本一本捡拢起来，说："借我看看吧。"张小小借着酒兴，很大方地说："给你吧。"毛榛就捧回去，花了一礼拜工夫看完了。她想等张小小醒过劲来以后非哭不可呀！谁都知道他是个武侠迷，在收藏大师们的著作方面可抠门着呢！

泡酒吧的日子，全是扎大堆的日子，呼啸而来，呼啸而去，人和人之间都没有什么感情瓜葛，只为临时聚在一起，驱散寂寞。没有谈恋爱的，谈恋爱的人，都急匆匆上床了，没有多余体力再来泡酒吧。泡酒吧的人,都是没床可上的人,才把精力泄在这儿。

久而久之,他们普遍把从南到北的酒吧都泡上了一圈,新奇感过去了,感觉自己也有些泡不动了。泡来泡去,也就是那么回事,酒吧都泡成了旧吧,今天死一家,明天活一家;生人也泡成了熟人,今天走了两个旧的,明天来了两个新的。没有什么太亢奋的东西再能够引起他们兴奋,再能够打动他们日渐疲沓的心。

将近世纪末,最无聊无稽无着无落的时候,毛榛不玩了,决定考博。因为她们那种科研单位里,像她这个年纪的,都在纷纷考博。她那一伙泡吧的人,一转眼也熬成了三十四五岁,升官的升官,分房的分房,生孩子的生孩子,连最小的那个张小小也结婚娶媳妇去了。各单位里又一次机构调整人事改革,最后一次福利分房,千年虫即将莅临……

一时间,人心惶惶,一个充满不安全感的世纪末在意想之中,又在意料之外,按部就班地悄然来临了。

可是,到底哪一个才算作世纪末?是1999年还是2000年?不知道。反正人们在1999年底消耗了辞旧迎新的热情和想象,迎接完了澳门回归,敲响了新搭起的世纪坛的钟声。在2000年底,当真正的新世纪即将来临时,反而已经变得静悄悄的,没什么动静了。

第六章　新东方外语学校

“新东方”是一所闻名全国的民办外语学校，在出国考试辅导方面具有绝对权威性，在国内的考研辅导班中也是数一数二的。它位于海淀中关村中科院的一条街上，320路公共汽车站终点站的地方。当年毛榛住在清华东路，骑车去中关村加油站买煤油的时候，来回从这里路过。那时这里还是一片荒地，中关村那条路上也完全不是什么电子一条街。那时候，十年前，像“电子”“硅谷”这一类词还很少见，更别说能在这块儿——中科院各个所汇聚的地方形成什么规模。那时刚刚兴起的词汇还是“下海”和“教授卖馅饼”。

现在，十年的工夫，什么都变了。一幢幢大楼拔地而起。再也没有那条窄窄的逼仄的小路的痕迹，从海淀中关村路口到人大，以至于到北图的紫竹院一带，那一条中间被绿化带隔离出来的、左右只能单向行驶一排车的充满绿荫和人情味的路，也不见了踪影。现在它被扩展成了宽阔的、无遮无拦的白颐路，两边全是电子商店。

新东方的大楼很有气势。毛榛来这里报名上学习班的时候正是“十一”，陈米松陪她来的。当然不是专为陪她报名而来，而是因为“十一”放假，陪他们家的两个台湾来的亲戚家小孩出来玩，请他们到海淀黄庄的“鸿宾楼”吃饭,顺路过来的。

台湾来的两个小亲戚,是堂姐弟俩。姐姐在中国音乐学院,学二胡(一个台湾小姑娘花着钱,拿着父母给的可以随时签航班和日期的 open 机票,来大陆就学个二胡),弟弟则随他父母来大陆做生意,上高中,正在新东方复习托福,准备到美国去念书。

两个小孩都很可爱,很健康,说着嗲声嗲气的国语。不像他们家大人那样来做生意时,一门心思赚钱,市侩气,充分免费利用一切可以利用的陈米松他们家在大陆方面的亲戚资源,而且用人白用,分分计较。小孩子永远是可爱的。那个姐姐一个劲儿地教育弟弟,那个一米八五的豆芽菜弟弟就驼着个腰,不爱说话,憨厚地笑。姐姐的眼睛很圆,弟弟扎耳朵眼儿,戴耳环。席间陈米松听他们俩老是叨咕托福、雅思、GRE 分数和学校什么的,他就像顺便说起似的,说:“哎,你嫂子现在也正准备考博士,正准备跟班复习外语呢。”

毛榛听得出来,陈米松这是有点炫耀、有点在人前找平衡的意思。不管怎么说,她是他的骄傲。毛榛很得意。她一直是陈米松在外面的骄傲。这一点她心里有数。陈米松在外面是个要脸面、要强的人。她就间接听朋友反馈回来的消息说:“你们家陈米松在外总夸你,动不动就说‘我们家毛榛如何如何,我们家毛榛如何如何’……”

听得毛榛挺不好意思的,回家来还跟陈米松说:“往后在外面别总提我了,一个大男人总在外人面前夸自己老婆,不会让人笑话吗?”

陈米松觉得她说得有道理,往后就尽量注意不再提了。

这回听到小堂弟堂妹说到考试什么的,他就忍不住又提了一下毛榛。

他堂弟就说:“那就让嫂嫂上新东方吧。新东方出来的人,一考一个准儿。”

毛榛以前也早听说过新东方,但自从几年前考完职称后,再没有什么外语考试机会,也就没太注意打探这方面的事情。

于是他们吃完饭,就四个人打车,陪毛榛去观摩新东方。

一见到熟悉的路,陈米松和毛榛都百感交集！尤其一见新东方大楼里出出进进一张张朝气蓬勃、布满雄心壮志的脸,年轻的脸,他们的热血又不免沸腾!

这是跟机关里完全不同的脸;是跟酒吧里、跟古老的研究院里完全不同的脸,是朝阳般的、新鲜的、未来栋梁的、睥睨一切的、狂热妄想的、生猛激情的、自负而又稚嫩的脸!

说这里凝聚着中国的未来和希望,一点也不夸张。

虽然,这么说话看起来太官腔,有点《人民日报》社论色彩,但是它真的一点也不夸张。而且,毛榛和陈米松当时真就是实实在在这么想,只能用这样的形容词这么想。

36 岁的处长陈米松和 34 岁的作家毛榛看得怦然心动!

被社会生活折磨得、拖拽得疲沓的陈米松和毛榛怦然心动!

甚至陈米松的兴奋劲儿比毛榛还甚。

这次对他们震动很大。回去的车上他们默默无语。

正是在实地考察了新东方后,见到了那么多张脸以后,才唤醒起他们的书生意气，引起他们向前走的激情。

陈米松下定决心，一定要在本世纪末以前把自己的书稿完成；

毛榛则在这时候，才下定了一定要考取博士的决心。

毛榛在最初决定考博的时候，想法是朦胧的、模糊的，微微怀有一点浪漫色彩。就像陈米松最初决定写出版史一样，只觉得兴奋、刺激、好玩，而且知道一旦成功之后，会很受用。

在这一点上，他们是同类人。她和陈米松是同路人，书生意气，浪漫十足。

现在，他们要把它当成一项事业来完成了，要脚踏实地，把它完结，获取成功。

他们都摩拳擦掌，加油努力。

毛榛一旦开始报名、报考后，就无法再停下来。

有各种辅导班，专为对付国内外各项考试而设，真可谓兵来将挡，水来土掩，有什么样的病毒，就有什么样相应的杀毒程序、软件问世。魔高一尺，道高一丈，水涨船高。托福、GRE，雅思，为公派出国留学人员准备的水平考试，现在叫WSK，应有尽有。

破解题型，讲解规律，辅导词汇、语法、翻译、写作几大项。

毛榛报的是周末班，硕士英语辅导班。这里什么都有，还就是没有个考博辅导班。因为考博命题是各招生单位自己出的，无法统一预测和讲解。其他类型考试，都是统一命题，尤其是像托福、GRE等国外命题，有极强的规律性，掌握好规律，再掌握好基础，一般都能拿个不错的成绩。

而国内的题库就不一样,多变,无规律,无秩序,每年命题组的人员都要有所变动,所以出的题总是那么奇奇怪怪的。毛榛的女伴既考过托福,也考过国内考题,感慨说:老外傻,国人奸。国内的人整自己人时总是那么狠,故意把题出得曲里拐弯的。老外的题则直来直去。

她参加的班是周末班,每周六、日上课,每天六小时,从早八点半开始上课。报名的人十分之多,学校租了万泉河畔原来印刷厂废置的厂房作为授课地点。到了那个厂房里一看,十分空旷,比一般学校的阶梯教室的容积还要大,是平面的并且各种教学设施齐全,桌椅板凳、黑板黑板擦、播音器小喇叭,应有尽有,后排的同学也能清晰地听到声音。

看来这里早就是他们专门的授课地点了。隔壁教室还有托福班在上课。连门前卖摊煎饼的、卖汉堡包和热牛奶的,也都拉着煎饼鏊子车、端着微波炉,每天中午学生们下课放学时按时开业。

中午只休息一小时。老师们是上下午轮流换人的,可以回家吃饭,学生就只能简单对付一口,下午继续听课。

就业紧张,留京难,新世纪未来对高素质高学历人才的需要,都促使世纪末的时候考研人呼啦一下比往年多出几倍。高学历也许不等于高素质,但是没有这个学历,招工单位根本就不要啊。这个事实是客观的,也是无情的。像毛榛他们研究所,以后只进博士了。

一共八周课,这八周却正好横跨了北京秋冬季最冷的季节。

从 10 月底到 12 月中旬。暖气烧得半死不活，况且屋子太大，顶棚太高，只能稍微有点热乎气，保持在不冻手的状态。但是脚还是凉的。

坐到这里，毛榛才能明显感觉出自己岁数大了，体力不行。一天六小时冰冷的屋子坐下来，窝得肚子疼，腰疼，腿脚关节凉。这等于是体力强化训练，更是脑力强化训练，大量大量的单词、语法往脑子里硬灌，塞得满满登登，脑仁儿都涨得慌，消化不了，必须经过一星期的反刍，回去之后自己做题、复习一遍，才能加深一点印象。否则，听完课就全忘了。

再一看，来的基本上都是应届生，往届生也有，但是少。应届大学本科毕业生，那正是十三年前毛榛第一次来北京时的青春年龄，无论是体力上，还是心理上，毛榛怎么能跟他们相比呢？他们的体格多好，骑自行车来，活蹦乱跳的；再说，刚刚二十出头的小孩儿，脑子多空啊！除了复习、考试，偶尔可能再有一点校园恋爱，别的，什么也不知道，对未来，只有期盼、憧憬。

毛榛不行。参加工作十来年，带着一脑子的社会病毒重新走进课堂，难以精力集中。况且，吃饱穿暖喝酒聊天的舒服日子过惯了，再去艰苦，就有些承受不住，身体本能的抗拒性反应。在第一天听课时，课堂上就冻得跑了两趟厕所（老师压堂，不及时下课）。中午一小时休息她顾不上吃东西，打车就跑回家，现套上条厚毛裤又忙打车跑回来。陈米松在家开着电脑写出版史呢，对她突然跑回来略觉诧异，因为他知道她要上一天的课。毛榛对他表示羡慕，说:“你多幸福,暖暖和和在家写字,我都快要冻死啦!”

陈米松给她冲上一杯热咖啡,她匆匆忙忙一口喝下,转身背着书包又跑掉了。

艰苦的复习,就从万泉河畔的印刷厂厂房里开始了。新东方的老师是厉害,对于历年的考研题了如指掌,出了一个句子、一个句型、一个单词、一个语法现象会告诉你说这个在哪哪年的题里出过,然后举一反三。讲课完全是有针对性的,就告诉你面对考试怎么处理。作文写作,完全是八股式的,三句话就得分,单词别错,语法别错,就得了,不需要你像写中国文章似的非要天花乱坠。

毛榛就暗自感慨:考硕的学生,这要是考不上就只能怨自己太笨,太笨。应试训练已经练到这种程度,怎么说也得考个及格。新东方,太厉害了! 太厉害了!

难怪人说,托福600分以上的,都是在新东方学过的学生,曾经有几个答满分的同学,更是新东方老师一手调教出来的。因为新东方讲课的老师本人就曾得过满分,据说他的脑子,不装别的,本身就是一个巨大的题库。一考一个准,一答一个准。

中午休息的那一个小时,有的学生骑车回附近学校吃饭,有的买盒饭(盒饭也跟进来了)、煎饼、汉堡包,在教室里吃。

毛榛通常一个汉堡包一杯热奶,先在教室里吃完了,然后自己出去走走,沿着万泉河边散步。室内暗无天日,外面,冬日的阳光却正好,照在水面上,波光粼粼,荡着些许寒意,也漾着几丝温暖。

去的时候,是迎着阳光,太阳在东南方向,和蔼地照耀。枯了的树梢,是金色的,行人的脸、自行车的轮廓也是金色的。回来的时候，是背着太阳，能够看到自己的一点影子，在真实的自我前面走。她在踩着自己的影子走。冒出这个念头，她感到好笑。

她并不知道，自己这样悠闲地走着的时候，离陈米松离家出走提出离婚的那个时刻，愈来愈近了。

一天天地临近了。

每次散步回来，会看到前面座位上一个小孩，应届的小男孩，他总不吃饭，一到中午大家都吃饭休息的时候，他就趴在桌子上，似睡非睡的，就那么趴着。满屋子里饭菜的香味袭来，他无动于衷，依旧把面孔埋在胳膊里，在桌上趴着。那孩子看起来白白净净，个子很高。有一米七五左右，很内向，很腼腆。总去听课的同学，都有了自己固定的座位。他的座位就在毛榛的前边，一直不变的，旁边还有两对女生，她们是按时吃饭的，唯有他不。他一到吃饭的点就趴桌子上。

有时毛榛会好奇地猜想，他为什么不去吃饭？是不饿吗？不可能。试想早八点半上课，怎么着也得七点多就出来，一直坚持到中午，四个多小时。下午还有三四个小时要过，他怎么能说不饿？

那就只有一个原因：他想省钱，省下一顿饭的钱，回学校去吃晚饭。一个汉堡包，也无非是三块钱。也许这是个家庭困难的同学，立志考研，希望留京。如果是那样，他只靠助学金或困难补助上学，上这个学习班的学费对他来说，可就是一笔不小的费用。再加上教材费、未来考试的报名费等等，对他来说，的确是压力很大。但是，也不可以不吃东西啊！

毛榛起了恻隐，几次都想开口问，又怕伤了那个同学的自尊心。越是家庭困难的学生，越是有顽强、敏感的自尊心，说不得，碰不得的。

她就眼睁睁地看着座位前面的他，一顿午饭没吃，听完了新东方的补研课。

不知那孩子现在已在何方，最后考上了没有。

家里，陈米松也在进行写作冲刺。他的出版史书稿已近尾声了。他为了尽快了结这桩心事，曾经租单位旁边的招待所住，为了能离得近点，为了能熬夜，能早点起，能有充足的睡眠。离家时他把电脑搬走，拿去写。她不用电脑，她只是做题和背单词。但他只住了不到一个月，心疼钱，一个月要三千多块钱，又回来了，在家里继续完成剩余的一小部分。

家里的气氛异常沉闷和紧张。两个人几乎是顾不上说话，一人伏一张桌子，各干各的。她疯狂地做题、复习、预习；他疯狂地在电脑上敲击；她恨不能长出八个脑袋来，按题型分别记忆，一本书只输进一个专门的脑袋里；他则恨不能长出二十六根手指，一根负责敲击一个字母，最后它们自动归总，将意思合拢。

他们不怎么说话，按时髦的说法是“都在为自己的事业而拼搏”。

这两个月，就在1999年最后这两个月里，他同时要应付的还有最后一班福利分房问题。分房子、评职称、提升……每次都是为这种事打破了脑袋。这就是体制下所统辖的各机关单位的特点。人们要去争，去说理，盯着上家，防着对家，踏破房产科门槛。尤其是，这是最后一次福利分房，谁都不愿错过这最后一班车，错过去，以后就没人管了。

他们也不例外，也得去争，去游说。

这个艰苦的任务完全落在陈米松身上，因为是他们单位在分房，她的分数累加在他的分数上面共同计算。能够分上显然是没有问题的，问题是要分得位置好一些，楼层好一些，这个就显得比较困难。

陈米松费了九牛二虎之力，吵了不少架，红了不少脸，才争到了安贞桥一带三环边上塔楼的一个大两居，建筑面积有80多平方米，比现在住的房子几乎大了一倍。但是他仍然不敢懈怠，不到最后签字画押时，是很难说最后就分到了你手里。

他们都战战兢兢，同时又热切等待着。知道年底以前，肯定要全部分完，要落实下来的。

毛榛这时候也赶到了节骨眼上，一年一度的职称评定工作又在这时候开始了。她要参加评高级职称。在他们这种科研单位，每年的职称评定是一件惊天动地、振聋发聩的大事。因为这种单位唯有学术头衔是认定个人自身价值、成果高低的标准。

毛榛已经连续两年参加述职，但是都没有评上。名额少，人员多，每年还总有新来的博士要插队、转正，优先参加评定，一下子就把名额搞得更紧张。毛榛受刺激，这也是她想考个博士，准备以后直接去插别人队的原因之一。

说起来很痛苦。尽管痛苦，也得进入游戏，不然，也没别的选择呵！

又是一大堆手续，虽然是重复的，但一年比一年增加了新内容：今年又做的工作，今年又出的新书……一项一项，加在去年的工作述职里。填表，打印，请人写推荐，给评委送书，将有代表性的科研成果复印若干份送评委会审定……

这时已经进入了12月，她在准备这些材料时，与准备博士报考资料时间完全撞在了一起。报考是在12月初进行。先期要找单位领导谈话，倾诉自己求学的意愿，希望他们能允许她边工作边读书。他们表示支持。然后是一大堆复杂的表格和材料，从单位意见、研究室意见、人事处盖戳，到十年前的那些硕士学位证书、考试成绩、硕士论文评审意见，再到体检表、两名具有高级职称的推荐人意见……就光是为了填这一大堆表，跑来跑去找人，就忙晕了头了。每一个环节都不能疏忽，疏忽一下，就意味着前功尽弃，一年来的工作和辛苦全都泡汤。

前者是为了获得一份职业合格证书，后者是为了换取一张人生又一次向上进阶的准考证。仅仅是准考证而已。更艰苦的工作还在后头，在紧接而来的三个月里。

毛榛在忙着这一大套赶到一起的各种表格，一边在做着新东方教材上的题。陈米松则一只眼睛在电脑上完成他的书稿的最后一遍统稿，另一只眼睛死盯着即将到手的房门钥匙。

12月9号，陈米松去安贞桥看房，决定楼层和楼号。剩下可供挑选的不多了，一般是可着分数高、职位高的人首先挑选。分到大两居的队伍中，他们排到了后边，因为没孩子，吃亏，少了一份“独生子女”分数,比同时参加工作的一家三口的人要少几分。那天上午,恰巧毛榛要填职称申报表和相关的一系列材料,很不好填,不能写错,不能打印和复印,一张一张全是手写,下午就要求送到所里去。

陈米松要她一道去看房,毛榛说:“我太忙了,要赶紧把这些表填完交上去。你去看吧,看完你就拍板决定。”

她怎么能知道,这番话,竟成为她终生的痛和永久的悔!

那个大房子,他们共同居京十年,苦苦等来的分在北三环安贞桥边的单位分的大房子,她今生竟然连看也不曾看过一眼,从此就永久不翼而飞了。

连同她的家!她的爱人!她自认为已然铁板一块的家!她自认为已然是生死不渝的爱人!

全没了。

听说她没空去,陈米松也没说什么。

他也是刚刚忙完,刚把出版史书稿拷进软盘,让河北的出版社来人取走。还拿走一些准备用在书里的珍贵照片,都是他千辛万苦,打了一遍又一遍台湾电话、香港电话,写了一封又一封电子信件、普通信件,才一个一个地征得授权,最后同意他放在书里的。

现在,书稿总算是付梓了。

12 月 9 号那天,他就跟着房产科的人,拿着钥匙,没有毛榛陪着,自己一个人去看房。毛榛则在家里火烧火燎地填着她那些个表格。

有11层和12层共三个房间可供他挑选。陈米松拿不定主意，回单位办公室后，还打电话来跟毛榛商量，说他看中了其中12层的一间，厅很大，书房朝阳，就是卧室靠角落里，没有窗户。他怕毛榛听不懂，还特地画了一幅房间平面图，用传真传回来。

毛榛停下手里的活计，看了一下，觉得还很不错。只要书房采光度好就可以，她一天的绝大部分时间都是待在那里的，卧室阴一点，没多大关系。

然后她就回电话说："就要这一间吧。"

陈米松就在分房表上正式签字画押。

至此，这座房子才算真正到手了。

心里一块石头落了地。

晚上，陈米松还去华北大酒店见了一家出版社社长，商量给毛榛出文集的事。"房子一分下来，就得买。赶紧帮你出一套文集，先挣些钱。"他说。

到了10号，是个星期五。陈米松上班。毛榛又到单位去了一趟，提交有关科研成果。成果要原件，放在会议室里展览，供评委们信手翻翻，甄别真伪。

11、12号是双休日，毛榛依旧去新东方上课。

接下来的一星期平静如水。画在毛榛挂历备忘录上的，每个小格里都只有匆匆几个字：13号，周一，复习；14号周二，上班，下午"星期二对话：女性话题"，请几个当红女作家到场；15号周三，复习；16号上午，单位会议室，当代文学研究会二十周年纪念会；17号上午，师大，取样书二十八本，"90年代文学思潮丛书"，她是其中一卷的主编;18 号周六,新东方上课。

19 号,周日,1999 年冬季里最冷的一天,-13℃。新东方考研辅导班最后一次课。

1999 年 12 月 19 日呵！你让我忘了今生吧,我也不会忘了这个日子。

1999 年 12 月 19 日。

1999 年 12 月 19 日!

第七章 “我走了……”

1999年12月19日。

这一天，早晨起来，毛榛照旧简单喝一杯牛奶，啃了两口面包，就背上大书包，匆匆出门了。今天是新东方考研辅导班的最后一次课。总算就要结束、脱离苦海了。自从上了这个班以来，她差不多已经有两个月没休息过星期日，每天连续七八个小时的课，就跟挣命似的。

陈米松依然酣睡在床上，睡得扁扁的，一点声音都没有。他睡觉从来都是很老实。毛榛一边在镜子前边梳妆一边还在想：两个人好久没好好在一起过个礼拜天了。今天晚上回来买两条平鱼烧着吃，好好吃一顿。电视晚上要直播澳门回归，吃完可以横躺竖卧地歪在沙发里看。

走到书桌前收拾笔记时她发现上面放着一张纸，是昨晚陈米松打印出来的，为她的文集做的一张详细的宣传企划方案，准备提供给出版社。这是他的职业。对他来说，出版是个“产业”，版权是种“贸易”，整个这一套出版活动都是工艺流程。他多次给毛榛灌输这种观念，毛榛每次都左耳朵听右耳朵冒，还嬉皮笑脸说：“我知道那么多干啥，我只管把文章写好，剩下的事，咱家有你就行了呗。”气得陈米松也懒得跟她说。毛榛的所有的出版合同都是他代议代签,凡是有跟出版方面打交道的事,全被他大包大揽。毛榛认为这是理所当然,他也认为这是理所当然。

毛榛记得昨天晚上睡觉前,陈米松在电脑上一边敲字一边问她:“李越的‘越’字怎么写?张潘的‘潘’字是哪个潘?”毛榛在睡意蒙眬之间告诉了他。李越和张潘都是电视台女性节目和读书节目的著名主持人,他知道她跟她们相识,在一起玩过,希望文集出版后能请她们帮助在电视上做一做。

毛榛无论如何也想不到,这将是他们,她和陈米松在这间屋子里说的最后一句话。

她只匆匆扫了一眼企划方案,见一步一步都写得很详细,不由得暗暗佩服他的能力。也没来得及多看,就赶紧出门赶车。

八点半赶到了印刷厂。人还是那么多,厂房还是那么冷。昨天上课时没暖气,工人说管道的哪个部位临时坏了。这是严冬里的12月19号呵!暖气管子冰冷,百十来号人靠彼此的哈气取暖,老师讲课也不敢脱羽绒衣。一天六个小时下来,毛榛冻坏了,回到家来一头就钻进被窝,气愤地跟陈米松叨咕。陈米松也生气,绷着脸,找出他们办公室的电话打过去,口气严肃地说:“你们怎么着?这么冷的冬天不及时把暖气修好?是准备负责包赔学生们的医药费是怎么着?”对方连忙道歉,说马上派人去修。毛榛猫在被窝里,从被头上只露出一个猫脸来对陈米松鬼笑,对他的像领导一样威严的有威慑力的声音表示佩服。陈米松没说话,那意思是这只是小事一桩,不值得一提。

今天的暖气果然热乎点儿了。一切都如往常一样进行。下午的主讲老师又给从头到尾串了一下习题，讲了几点同学们在考场时的注意事项，并说凡是今年考研过关、分数达到九十五分以上的，可以拿着学员证回到新东方来，新东方将给退回三百五十元听课费作为奖励，另外名字还可以上光荣榜，鼓励下一届的学员们好好学习。

最后老师祝大家都能取得好成绩。同学们也哗哗哗地鼓掌，起立向老师致意，一个个年轻的脸蛋上都燃烧着兴奋的、志在必得的红云。

毛榛也很兴奋。经过这样一段漫长的预热，她的考试情绪终于被彻底调动起来了！尤其是当拿到研究生院准考证的那一瞬间，更是感受到一阵既兴奋又紧张的猛烈刺激。为什么考试前要跟班学习？意义就在于此，调动考试情绪，使整个大脑神经都处于高度兴奋状态，能从日常疲沓、松懈的状态中猛地紧绷起来，让浑身的每一根发条都上紧了弦。

早上毛榛是打车来的，又窝了这么六个小时，身体已经窝憋得难受。于是她就兴致勃勃地走出课堂，抄近路穿小胡同到了硅谷，又路过“国林风”书店，从北大南门那条路一路走回来，迎着下午三点多钟暖融融的太阳。街上也是欣欣向荣，硅谷、海淀图书城、北大这一带，到处走动的都是学生，一张张年轻的朝阳般的面孔，生活在这里的人永远都年轻，永远不会变老。

她又兴致勃勃地继续走，往前是中关村电子城、海龙电子大厦、罗杰斯、艾德熊、麦当劳快餐店、海淀医院，旁边原来就是“猎奇门”酒吧，过去她常去那儿喝鲜啤，现在已经拆了，用洋铁皮围上，房地产公司正在里边建楼。

再往前是人大出版社读者服务部、人大东门,对面是当代商城。这里的人流比较杂,人大门口的车站是七八条公交车线路交汇的地方。当代商城为了促销,在门口摆上了一架巨大的退役波音747飞机。她家里的“海尔帅统帅”冰箱也是陈米松在这里买的。买完以后,在当年陈米松生日的时候,商场还给他往单位寄了一张生日贺卡。陈米松把生日卡拿回来,还感慨地说:“我还合计呢,这个时候谁还记得我的生日,能给我寄贺卡来? 打开一看,是商场寄来的。”毛榛就逗他:“你是不是以为是哪个多情女子寄来的呢? 极其失望,对吧?”商场在电脑里储存了顾客的身份证号码,然后按时送去祝福信息。从那以后,他们果然对这家商城顿生好感,再买东西,首先想着来来这里。

一切都显得万分祥和,丝毫看不出灾祸即将来临的迹象。拐过立交桥,就到了三环路上、双安商城对面巨大的“利客隆”超市。毛榛进去,走到海鲜柜台前挑了四条中等大小的平鱼。陈米松喜欢吃海鱼。太大了味道烧不进去,太小了尽剩些骨头,不好吃。然后她又到面包柜台自选了一些松软的新烤出来的面包,也是挑陈米松爱吃的那种。看看表,已经四点多了,该回家做饭了。于是过了天桥,到对面双安商场门前招手上了302路小巴,情绪热烈地奔赴回家。

一路上太阳依然照耀。在大钟寺桥下那边不知道怎的尚留有一块菜地。冬天的太阳照在城市当中那一片神奇的褐色土地上,如梦似幻的,让人疑心不知此时身置何地。桥上车水马龙,桥下静谧芬芳。

毛榛眯着眼睛,享受着疲惫之后的松懈和宁静,体会着车厢里暖融融的阳光。坐了四站地,在她家楼下的小公园门口下了车。小巴继续朝前驶去,她顺着公园绿色的栅栏,拎着鱼和面包往巷子里走。巷子纵深进去有一个好处是躲避开了三环路上走车的噪音。

一切都那么宁静、平和。毛榛上了楼,按了按门铃,没人应,心想陈米松可能又出去买东西了。没听他说今天有应酬,要去见什么人。于是她自己掏出钥匙来把门打开。

一进门,略微感觉到哪里不对劲儿。是哪里不对劲儿?她也没细想。换鞋,把手里的东西放进厨房,出来,脱衣服,挂在门架上,又去洗脸池旁洗了洗手。这一切程序做完,才回身走进书房里。屋里收拾得很干净,很空旷。往常,陈米松的书总是堆得一座座小山一样的,把房间挤压得显得小。茶几桌面上也收拾得很干净。几页纸摆在桌面显眼的地方,让她一进门就可以看到。毛榛拿起来,厚厚的好几页,是陈米松留给她的:

榛儿:

我走了。

这十年是我永生难忘的十年。到目前为止,我们是彼此最相知的人,也是最志同道合的朋友。今后我想也依然会如此。

但理智告诉我,我们不会是完美的婚姻……

我必须得走了，如果再在你面前强作欢颜，我的精神就要崩溃了。

我本来应在你答辩完走开，可是，我必须要出差。

我在外面找了一个招待所住，希望你在此好好复习，力争考好试。当然，也不要有太大的压力，考不上也没什么损失。不过，既然准备就要一心一意，全力以赴，你太贪玩了。

这间房就一直由你住吧，我新分的房子也会由你去住，直到你分上房子再说。

你周二上班可别忘了申请房子，这是最后一次了。我 12 月 21 日出差，25 日回来，需要的手续我会立即办。

家里的一切如何处置，完全由你决定，只是我出差回来，先需要给我一点钱，我住招待所的钱是从单位借来的出差钱，回来后，我可能就没钱了。

我们分手，我尚未和任何人讲，如果家里来电话，你就先说我出差了吧。

我本来要去利克（客）隆为你买些吃的东西，但我心情太难受了，我做不到了。

我们虽然不再生活在一起，但我们彼此却依然会是最值得信赖、最真诚的人，是生死可托的朋友。

棒儿，希望你能坚强些。相信你会做到的。

我明天下午会在办公室，如果需要我陪你一会儿，请你打电话或传真到那里：

FAX：25341321

TEL:25432111 - 2701

又一页,只有巨大的一行字:

棒,我走了。

米　松

12,19,11.

下一页:

棒:

1. 新电源已安好,请注意用电磁卡的事。

2. 水电费现在都是在单位收,我每月会交。

3. 空调我已盖上。

4. 晚上别忘了反锁上外面防盗门。

5. 几个邻居的电话:

……

6. 本楼物业(小张)7 门地下室 22344786。

住房、水电等有问题,都可找他修。

毛棒看了一遍,没看懂,大脑一片空白,不知道这是什么意思。她手脚冰凉,站在那儿,又使劲定下神儿来,从头看了一遍。再抬起头来,有点看懂了。她的第一个反应是陈米松出事了。这是一封诀别书,给她的绝命书!她陡然间吓得手脚凉了,心一下子从子宫里坠了出去,哆哆嗦嗦,原地站了半天,才敢拿着信,四下里打望。是走了,是人没了。她刚才进门来时的异样的感觉,就是因为屋里太整洁、太空落,所有他自己的东西:衣服、拖鞋、牙刷、书等日常用品,都没了,都拿走了。屋里陡然间显得空落、静寂起来。

这是怎么回事?这到底是怎么回事?出了什么事?陈米松他究竟出了什么事?毛榛慌了,带着一片空白的脑袋,来来回回,从这屋走到那屋,看看这儿又看看那儿,找不出任何陈米松出事的痕迹。

这可怎么办啊?这可怎么办啊?她望着外面五点半钟已经逐渐黑下来的冬夜,迷乱而又吃力地想这可怎么办啊?他要是有个三长两短我也不活了,我也就跟着从这个窗户跳下去得了。

她又拿着这封信傻呆呆地站在屋子中央,不知道该怎么办,不知道该做些什么。那会儿陈米松还没有手机,那时候她也还没有手机,他们联系不上。她也根本无法知道他现在在哪儿。

她想着该跟谁求救,就拨打了女友阿贞的电话。头一句话,她就发着哭声说:"阿贞,我家里出事儿了。陈米松出事儿了。"

"人走了?"阿贞问。阿贞的反应极其迅速,甚至根本就没反应,而是本能地这么回问了一句。

"是。我刚下课回来,就见留下一封信,人走了。"她几乎要哭出来了。

"你别动,榛儿,你听着,千万别乱动。我马上过去,你在家等着。”

“唔。”

说着,她们同时撂下了电话。毛榛这回略觉有点心理安慰。她什么也不能做,现在只有等待阿贞来。什么叫朋友? 朋友就是你遇到险情时,能够第一个打电话过去求救的人。

她当时不明白阿贞为何反应得这么快,为什么一下子就猜中了“出走”这一要害。过后阿贞告诉她说:“咳! 所有的家庭悲剧,其实都是一样的,大概齐就是那么几条路。”

阿贞从金台路开车到她这儿来,要四十几分钟。她又坐立不安,望着茫茫的夜,黑沉沉的夜,还是想不明白究竟发生了什么。没有任何迹象表明他要出事或要出走。一切都显得太正常了,一切都显得太平常了。她想她得问问,总得找个人问问,到底是怎么回事,到底他发生了什么。

她就找平常跟他熟悉的人的电话号码。可惜,尽管这个楼里平常住的都是一个单位的人,但是人们平时很少交往,关起门来各过各的日子。搬来几年了,毛榛连楼上楼下住的是谁都没太搞清。陈米松平时只在屋里写书,很少串门子,不像楼下小钟,星期天还召集人来家打麻将。自从搬进单元楼,他们基本上就断了跟邻居们的来往,远不像筒子楼里那么打成一片、各家各户推门就进。

直到她想找人打听情况的时候,才知道自己平时原来是多么疏忽! 多么的疏忽! 自以为是幸福婚姻,却连他跟谁交往都不大知道,连他身边谁是了解情况的朋友她都不知道。他们那个班车“SX 俱乐部”的好玩的列表还贴在门上,可她只认得那上面的汉字符号,至于那些人名都是谁,她依旧不知道,对不上号。

想一想,他每天十一个小时上班,他们每天都是十一个小时地在单位上班,班车来、班车去,而她每天在家写作,每天只下一次楼,跑步、买菜、锻炼。他们彼此的作息时间是岔开的,遇不上,根本就碰不上。如果不是因为陈米松每天回家吃饭睡觉,与她同住一个屋檐下,也许他们俩也会同住一个楼里,而相互永远不相识、碰不上。

"各忙各的"。"各忙各的"是他常说的一句话。现在,"各忙各的"的悲剧性效果显示出来了。她想找个人问问他出了什么事,都在忙啥,却不知道该找谁问。

好不容易,等到阿贞来了。一坐下,毛榛就将信拿给她看。看了半晌,她也没看明白。又挨张纸"哗啦""哗啦"翻阅一下,说:"他最近到哪出差了吗?"

毛榛看了一眼挂历上的简单记事表,说:"去过广东,打击盗版。"

阿贞接着又问:"他最近得过什么病吗?"

毛榛说:"……好像没有。他总是隔两天就去医院检查身体,也查不出个什么来。前两天说右腿关节痛,说抽空去北大医院检查一下。结果我也没细问。等着,我去找一下病历。"

毛榛一下子慌了,心想,对啊,他是不是有病?查出了什么不治之症,怕我知道以后伤心,要自己去面对痛苦?想到这儿她的心又揪起来了,忙到书柜里乱翻,去找陈米松的病历。原先放病历袋的地方是空的。他连病历也带走了。

又迟疑了一会儿,阿贞翻看着这几张纸,又问:“你知道……他外面有人吗?”

毛榛说:“不知道。”

阿贞说:“你看他临走时情绪肯定特别不好,连利客隆的‘客’字都写错了。”

毛榛一看,可不是嘛。

阿贞说:“他在单位里没受什么刺激吧?”

毛榛想了想,说:“不知道。”

阿贞又说:“肯定是有什么事。先别急,慢慢来。反正你们俩谁也跑不了。走,先领你去吃点东西吧。”

毛榛这时已经略微镇定下来。本来她一点胃口都没有,可一想,让阿贞跑这么远,还没吃饭,是得陪着出去吃点东西。于是就锁上门,一起出去。

上半天,还生龙活虎地从海淀镇直走到人民大学,这会儿,经过剧烈的打击和惊吓,她的腿却一下子就软了,下楼也下不动,在迈脚跨那几步楼梯的时候,双腿直要往下跪,直要往下坠,关节不好使,支撑不住全身的重量。阿贞扶着她,一步一步,艰难走到三环对面的马兰拉面馆。

西北风呼啸。天气预报说这是今冬最冷的一天,－13℃,气温骤降。阿贞出来得匆忙,围巾忘了带,立起领子。毛榛则已浑身麻木,对冷热失去了知觉,只知身边还有个人,领她干什么她就干什么。

面端上来,她没情绪吃。为了陪阿贞,还是假装往嘴里划拉。

阿贞受她情绪影响，也没吃多少。两个人又出来，过天桥，顶着呼啸的西北风回得家来。

已经八点多了。正是家家户户打开电视，准备看实况转播的时候。阿贞被冷风吹了一下，有点咳嗽，面颊上起了潮红。毛榛心里过意不去。她觉得已经定下了心神，就让阿贞先回去吧，没什么事儿了，明天她先打电话找找陈米松问问情况再说。阿贞看她挺平静，说话很有理智了，也就表示同意，让她晚上先好好休息，等到天亮了再说。“反正陈米松又没有调动工作，总是可以找得到他的。”阿贞说。

毛榛一听，也是。他再走又能走到哪里去呢？

送走阿贞，毛榛就反复拨他办公室的电话。先是没人。十点以后是传真机的声音，证明这期间他到办公室来过了。

她就含着眼泪，写下一封信，发 FAX 给他：

毛榛的传真：

TO：25341321　陈米松收　1999 年 12 月 19 日夜

回家吧。今天下课回来，我在利客隆给你买了几条平鱼，想过一个“回归夜”呢。结果，一进门，就呆掉了……看了你的信，我只想从楼上跳下去，也一走了之……

你一定遭遇了什么突发事件，超出了你所能正常承受的能力。是工作吗？个人生活吗？还是身体？为什么不能事先让我知道？离开家，有助于这些问题的解决吗？如果我们，或者我，做错了什么，你也应该给我一个改正的机会啊！

你放心，无论是以何种理由，我都不会让你走。你知道吗，你这样，是活生生在抽我的心！你不在家，这个家还有什么意义?！要走，也是我走，虽然我不知要走到哪里，以及为什么要走……但是，你出走，要受苦的，各方面生活条件都不方便。

你这个样子出差，我不放心啊。明天回家来，后天从家里走，行吗？至少，陈述一下你的理由。有什么理由能致使我们连面也不能见、连话也不能对面说吗?

不知你这会儿在哪，不知你今夜怎么过？回归夜，真是一个惨痛的夜，我今生今世也不会忘了它。假如真的有人在你身边照顾，也好；假如是因为健康原因，更会让我心疼的——我才知道，这么些年来的共同生活，早已使我们骨肉相融，合为一体。现在，你突然抽去了我身体的另一半，像把一个健康的我，活生生劈开一样……我只有疼得鲜血淋漓……没有你，我什么也看不见了，眼前的世界模糊一片。你也不会不知道你对我的意义，怎能这样一狠心就走?

如果明天还见不到你，后天我会直飞你出差地点，去寻你。没有你，一切活着的努力，都变得毫无意义了。

回来吧。我是绝不会放你走。你也冷静地想一想，这么做对得起谁。

爱你的榛儿

虽然我已经多年没说过“爱你”了，但此时此刻，我才知道爱你的分量，才知道它是一种怎样剜心挖骨的疼……

信发过去，然后再无动静。

毛榛两眼盯着传真机，盯着电话，等啊等啊，盼着它能突然间响起来，能够听到陈米松那熟悉的声音，能够告诉她这一切到底是为了什么。

可是，一直没有声音。

毛榛泪眼模糊，拿着陈米松的信，看一会儿，哭一会儿，终归想不出个道理来。电视机一宿一直开着，制造出一些声音，来给她在这个冬季最寒冷的夜晚驱寒、做伴。

她受了过度的惊吓，她太累，到早晨时，才肿着眼睛，疲倦地和衣上床倒了一会儿。十点钟时，电话铃响，她慌忙想要爬起来去接，却发现身体怎么也起不来了。过度的惊吓，太强烈的过激性刺激，一下子就击垮了她的身体。

她听得传真机响，大概是陈米松发来了回话。于是她深吸了两口气，手臂支撑着身体一点点从床上撑起来，到书房里去。果然是陈米松传过来的字迹：

榛儿：

我看到你的传真，大哭了一场。

当初选择在一起，我没有想到要离开，所以，当我要离开时，就感到万分地对不起你。

榛儿，我没有说你做错过什么，所以，也不存在改正的事。我们在一起，都是你照顾我。

我也未有突发事件，无论哪方面，请榛儿放心。

如果说有变的话，就是我的心的变化，当然也是渐变，而不是突发，但我们终于不是学生了，理智可能更多些。所以，感情也慢慢地不完全外露了。

榛儿，我们可不可以什么也不说了呢？至少在这一段。这样我们彼此也会都好受些。

我昨天的选择，我已经想了好久，我什么都可以和你谈，只是这一件事没有办法。请原谅我吧，榛儿。

我现在不走，你连向单位要房子的机会都失掉了。所以，我才走的。但，我最担心的是你明天的答辩。当然，我们终于是30多岁的人了，比过去坚强了许多。

榛儿，我不是有了其他人才离开的，我不会这样做。我们都是孤独地度过昨夜。

榛儿，不要说为什么了，好吗？就像我们当初走到一起一样。

我们过去的十年，我不后悔。因为那是我们的真情。

榛儿，到目前为止，你是我唯一志同道合的人。虽然不再为夫妻，但这一点不会变。在彼此今后的人生中，我想我们依然会最真心最无私地支持对方。因为我们有过十几年共同的历史。

榛儿，我们能慢慢平静地对待吗？

也许，我从长春回来再见面会更好。否则，我怕我们都太难过。

先写到这好吗？

米　松

1999 年 12 月 20 日

看完信，毛榛又哭了。他这是干什么嘛？他这到底是干什么吗？看来他没事，各方面都好端端的，很理智，也很清醒。一切都是井然有序、安排稳妥的。她就慌忙地打电话过去，办公室没人接，一直都没人接。她想，不行，我得找他去，我得把他找回来，我得问问这到底是怎么回事。

毛榛简单抹擦一把脸，就出门、下楼。腿依旧是软的，像是骨质疏松了。这次没人扶她，她就像个老太太一样，双手扶着栏杆，一个阶梯一个阶梯地蹭下去。在北三环路边上，招手，把自己的躯体挪上车，她好像就瘫在那儿，再也动不得。坐在车后座里，看着窗外忙忙碌碌的景色，看着冬日温暖阳光下来去匆匆的人们，看着雍和宫通往东四南大街路上仍挂着的那些新中国成立五十年大庆的红灯笼，她恍恍惚惚，不知身置何处，仿佛做了一场噩梦，醒来睁眼一看，外面的世界依旧。

中午的机关大楼里很静。临近年底，刚刚精简完毕的机关里寂静得有些怕人。以往这里是多么喧嚣的地方。这会儿，精简下来的送出去学习去了，一些处级以上干部到郊区去“三讲回头看”，还有一些人到各地检查打击盗版。在家的人也都吃饭的吃饭，休息的休息。毛榛上了7楼，从陈米松原来的716找到新搬的701，都没有人。716是敞着的，里面摆放着许多桌椅，像是变成了大会议室。701房门紧闭，毛榛敲了敲，没人搭理。她又不敢出太大动静，怕把别的办公室的人给敲出来。

她不知道该到哪里去找他。想起他信上说的他租了招待所住下。她就下楼，出来，问门卫，这附近有哪些招待所。收发室里有几个汉子在聊天、抽烟，毛榛到现在还能记得那种干辣的烟草味落在她的头发上，堵在她的嗓子眼里的难受劲。那些都更增加了她悲痛欲绝的滋味。其中一个汉子瞟她一眼，没好气地说："不知道哪有。你找招待所怎么找这儿来了？外边打听去。"

毛榛说："我是来机关办事的，没找到人，需要在北京住下。"

汉子说："那你就顺着马路往东走，去看看吧。"

毛榛就从机关收发室出来，顺着东四南大街晃晃悠悠往前走。看见路边有个旅店她就进，到柜台上低声下气问人家："劳驾，请问一下有个陈米松陈先生住几号房？"

她这会儿的脑子已经全然不清醒了，只知道两脚拖着身子在往前走，在傻呆呆地问。她现在唯一的想法就是想见陈米松，想见到他。

1999年12月20日正午的北京东四南大街上，一个叫毛榛的痴呆的女人，在一步一晃，探寻着每一个招待所和旅馆，在找寻着离家出走的丈夫陈米松。

她也不知道自己究竟走了多久，找了多久。她也不知道自己的腿又是怎样驮着自己的身体，打车回家，一步一步爬上楼来，一头把自己卸载在床上瘫倒的。她那时脑子里仍旧只剩一个念头：我要找到丈夫陈米松。我要找到丈夫陈米松。

她想啊想啊，想到他最近每次出差都是跟局长一块出去。也许可以顺着这条线索打听一下，说不定可以到长春找到他。

可是她又哪里去问局长的电话啊？

她这才发现她对他太一无所知了。他的通讯簿一带走，她几乎就没有任何有关他的电话号码。

怎么会是这样？怎么会是这样？

她想也许她可以先飞去长春，住下来，然后再托当地的朋友帮助查一查，有什么出版方面的会议正在那里召开。剩下的事，到那儿再说吧。

她就起来，收拾行李，找出存折，要先去银行取钱，然后买机票，奔机场。看了一下表，发现已经五点钟了，银行已经关门。她全身无力地瘫倒在沙发上，知道今天是走不成了。陈米松也不知现在正在哪个地方。想到这里她不禁悲从中来，一个人在渐渐降临的黑夜中，痛哭不止。

她现在既没有陈米松地址，也没有电话，无从去找他。他是故意不让她找到他，故意找个出差的机会躲起来了。

毛榛这时才想到他是故意的，一切都是预先计划好的。他这一走，她就连申诉和反抗的权利都没有了。

他太狠了。他也太狠了。毛榛愤怒地想，愤怒而又委屈地想。即便是想出走，也换一个日子，为什么要选择今天？这一天有什么紧迫的？又那么突然，猝不及防的？他不知道我有多紧张吗？不知道我马上要职称答辩、要考试了吗？

急匆匆的，干什么呢？

她强打起精神，简单吃了几口面包，喝了点水，然后坐下来，准备明天的面对学术委员们的评职称述职。本来这些东西无须准备，写过无数遍，早已印在脑子里了。但她现在，已经神志混乱。她怕自己到时候说着说着会忘了，就把发言内容用笨办法一个字一个字写在纸上，明天照着念，以防万一。

在1999年12月19日—21日的挂历记事栏里，留下了毛榛这样几笔简单的记事：

"12月19日，冬季里最冷的一天，-13℃。上课。陈米松出走，留下信。"

"12月20日，以泪洗面，痛不欲生。几次欲哭晕过去。手脚都凉了。"

"12月21日，下午述职。一辈子的泪，在两天之内哭干了。哀莫大于心死。"

第二天的职称答辩，十几个评委全票通过。

从会议室出来，一直等待在办公室的同事告诉她，说刚才有个长春来的长途，一个男人，可能是你老公。问你答辩怎么样了，我说你已经进去、开始了。

毛榛听了，泪险些当着众人的面掉下来。

原来他是知道的，陈米松是知道的。她把自己的几件大事都记在了墙上挂历备忘录上,他看见了。他是明明知道,却又在这个忙乱的时候走了。又知道会给我带来刺激,可还明知故犯,过后又表示担心。这到底是为什么?

这一切到底是为什么?

第八章　分居是一种永远的痛

毛榛个人历史上最黑暗的日子,到来了。

接下来的日子,是冰里雪里,火里炭里。

无处去寻陈米松,她只有提心吊胆,惊恐张皇地过日子,每天都往他的办公室里打电话,都是无人接听。她知道办公室里还有另外两人,一个刚刚在机构重组时调到别的处,另一个毕业才来一年的小孩恰巧出去学习。打到别的办公室去问?一来她不知道别人的电话,不知去问谁,二来,在没问清楚情况之前,她也不想把事情扩散,家丑不可外扬。

终于等到那头有声音了,已经是 12 月 27 号,一听到陈米松“喂——”的声音,毛榛一下子就哭了,准备了好几天的一肚子的话,却一句也说不出来。陈米松也不说话,在那头等着她说。

她忍住泪,努力使自己平静下来,才说:“你跑到哪去了,你?你这是为什么?”

陈米松那头也哽咽着说:“榛儿,我……”

毛榛说:“我以为你在单位出了什么事。到底出了什么事?”

陈米松咽了一口唾沫说:“没有,没事。”

毛榛说:“那么是你身体出问题了吗?那天去查体,结果出来了吗？有什么问题?”

陈米松抽动着鼻子说:“没事,棒儿,真没事。”

毛棒说:“都没事？那你为什么?”

陈米松又要带着哭腔说:“没事。别问了,棒儿,我请你现在别问了,我……”

毛棒说:“你总得说出个理由啊,为什么要走？你是不是外边有人了?”

陈米松说:“没有,棒儿,我能那么做吗？没有……”

毛棒说:“可是,什么都没有,你突然决定出走,总得有个什么原因。”

陈米松说:“真的,我不能说,棒儿,你先别问了,咱们俩都好好平静一下。真没有。我就是听你们社科杂志社的张卫民说,礼拜二是你们最后一次福利分房交表时间,我想能给你一个身份,赶上这趟分房……”

毛棒听愣了,一时没明白,说:“什么分房？你是说想跟我离婚,然后我作为单身无房户可以向单位申请要房?”

陈米松:“唔……以前想分开,不是没有条件嘛。我寻思着你别错过最后一次分房机会……再有我看到我们单位李庆军也是分居,也给了他房子……”

毛棒脑子都乱了,说:“待会儿,我能不能待会儿再打过去?”

她放下电话,心乱如麻。他这叫什么话?!这是什么意思?!出走的信、劝我跟他离婚的信写得那么客气、诚恳、情意绵绵,唯一的目的,就是能立刻办手续,然后我到我单位申请分房,他带着新分的房子走，是这个意思吗？并且他们单位已经有人这么做过了，而且得逞，是这个意思吗？

她又想不明白了，拿起电话打给他："你是说，咱们离婚，只是一个苦肉计，是为了能多占一套房子是吗？"

陈米松说："榛儿，我能那么做吗？你还不知道我？"

毛榛说："那是为什么？还是为了要离婚是吗？"

陈米松不吭气。

"可是，你究竟为什么要离婚哪？你总得让我知道个理由吧？"

他还是那句话："榛儿，你现在就别问了，问，我也不会说。"

她说："你不给我个理由，不说明白，我怎么能平白无故就跟你离婚呢？我究竟哪点不好？究竟怎么把你逼出家门？"

陈米松一听，又哭了："不是，榛儿，不是你不好，是我，是我自己的原因……"

又说不下去了。哽咽着放下电话。

毛榛实在想不出个名堂来，又打电话向女友阿贞求助，把这番话复述给她。阿贞听了也觉得奇怪，想不出个头绪来，说既然所有能够想得到的离婚理由都被他否定了，那还能有什么原因呢？

毛榛说："我也不知道。肯定有原因。肯定有什么事他在瞒着我，导致他做出离婚决策的大事，突发事件，被他隐瞒着。一问就哭，就说不下去。"

阿贞说："那……现在，我能帮你做些什么吗？要不，你们俩不好说，我去给你问问？"

毛榛说："好吧。也许他当着第三者诉说时，就不会太感情用事，就能把话说明白。”

毛榛就把陈米松电话号码给了阿贞。然后像等着上帝判决一样等着阿贞的回话。

好不容易到了傍晚，上帝的旨意由阿贞传了回来。阿贞说：“我跟他说了，你这么对待榛儿可不行，你得负责任。周围朋友谁不说榛儿是个好姑娘啊？怎么能毫无理由就提出离婚呢？”

陈米松说：“让我怎么说这个理由呢？婚姻就像鞋子，舒不舒服，只有自己脚指头知道。”

话说到这个份上，就没法再问了。

阿贞换了个话题，问陈米松说：“你产生这个想法，有多久了？”

陈米松沉吟了一下，说：“半年多了。”

复述到这里，阿贞说：“我估计，他可能是外面有人了，但是在这个时候，他不能说。这半年多，你一点也没发现什么吗？”

毛榛此时的心，又被这个“鞋子理论”刺伤了一次，尤其当这话从自己的亲人陈米松口里说出来的时候，更显得毫不留情，冷冰冰的。听到阿贞的问话，“半年多”的时间概念，她一时也迷糊了，想了想，说：

“没有。我根本没往那儿想，我根本没有怀疑过他。而且他的一切表现都挺正常，一直对我好，就说这半年里，我感冒发烧，他陪我一起去扎点滴，报考博士生体检，他帮我找医院里认识的人，分房征求我的意见，临走前一天晚上还给我打印出我的文集出版的策划方案……没有什么异常的。”

阿贞说："可能你太疏忽了。半年，是个不短的时间。"

毛榛说："让我想想吧，让我想想。"

放下电话，毛榛左思右想，欲想出个究竟。话说到这份上，她的心隐隐地被伤着了。现在已经不再是替陈米松担心，担心他在单位受了刺激、身体不适什么的。怨尤和愤恨开始袭上内心。她想自己多么可笑，首先想到的是他，是本能地为他担心。可人家好着呢，人家活得欢蹦乱跳的，而且这一切是精心策划，早在半年前就开始琢磨着了。人家是嫌她这个"鞋子"不合脚了。

"半年前"这个时间概念伤了她，使她略微从最初的震惊和担心中清醒，开始怀疑和追溯他的不良行为。

毫无疑问，这是个阴谋，是个精心策划的阴谋。她现在冷静下来，给事件予以定性。而且他假装无事地隐瞒了这么久，欺骗了她这么久。对了，他还说到了房子，分房。他是知道今年要有最后一班福利分房的，他就等着这一天了，把房子一分到手，然后立刻就走。

真是"立刻"呵！刚签字画完押，钥匙还没拿到手，他就迫不及待地提出离婚了。

半年？这半年来他都做了什么？她不知道，没太注意，就知他整日地忙，上班忙，开会忙，写稿忙，忙得他三天两头感冒，三天两头拉肚子，身体十分不好。她翻查备忘录挂历，逆着时间顺序往回查，那上面就简单记着他飞广东，飞香港，飞南京，飞上海，去北戴河讲课，去郊区"三讲"，入住本市河南大厦，开一个各省知识产权负责人的会议。

天啊，他真的是飞广东飞香港飞南京飞上海、去郊区三讲、入住本市河南大厦开会了吗？她检查过他的机票吗？没有。她盘问过他都跟谁同去了吗？没有。她往郊区打电话、往本市河南大厦打过电话查验他的行踪了吗？没有。通常都是，他说去哪儿就是去哪，他说住多少天她就认为是住多少天，收拾好东西就走。而且，她当时还满心欢喜地以为，他每个月出去走这么两趟，是对沉闷不变生活的一种调剂呢！往往，都是他前脚走，她后脚先是在床上打个滚，表示欢呼，接着一溜烟跑出去找人扎堆喝酒玩去了。

他一走，就不用每天按时做饭，简直像妇女解放了一样。

对了，他还在8月4号入住过红十字宾馆，住到8月20号才回家来。他搬去了电脑，说是要写完书稿的最后两章，还要专心统一遍稿。

她竟完全相信了他，也没有去看过他。半个月，16天的时间他在外面找旅店住，她死心塌地认为他是一个人，在用功，在改稿，一点没起另外的怀疑。问过他房间电话，他说宾馆的电话坏了，房间里的分机不好使，有事就白天打到他办公室里联系。这个她也信了，而且，愚蠢的是她根本没对他跟谁同住产生怀疑，却在担心住宿费是不是花钱太多？过后能不能让出版社给报？

这些，这些，这些，她真是太大意了，他说什么，她就信什么。

可是，换句话说，就算她不大意，假如他想有女人，谁还能阻拦得住、还能防得了吗？现代社会，人们活动的自由空间有多大啊！

这期间他有过什么频繁接触的女人吗？不知道，不太知道，他周围都接触些什么人毛榛都不太知道，也没太大兴趣去打听去问。

若说这半年，似乎有一个从美国来的叫孙淑伟的女人跟他来往频繁，他说他们是在法兰克福书展上认识的，到美国时，那女人热情招待他们，开车带他们出去玩。回来后他嘴里时不时会念叨出这么个人名。来北京后，那个女人频频找他，往家里打过电话，听声音年龄不小了，有40来岁，也正在倒腾国际版权贸易。备忘录上能够查到的，是他请她吃过三顿饭。后两顿出去跟她吃饭，还吃得特别密，前一天在“鸿宾楼”，转天又到了“东来顺”。因为那天陈米松又闹肚子，第二顿的东来顺的饭是硬撑着去的。毛榛记得自己当时还劝他，不行就别去了，打个电话解释一下原因，对方会理解的。陈米松说不行，执意要去，说已经事先约好了，要守信用。看他那个可怜样，蜡黄着小脸硬撑着在穿衣镜前穿西装、打领带，毛榛当时挺为他担心的。所以这件事情毛榛记得特别清晰。

难道是这个女人把他勾走了？她有什么？有车？有钱？有绿卡？有国际身份？能把他带到美国？能帮他全球化？他倒是最近以来学习外语的热情极其高涨，一套一套地买来英语书和磁带，还买了步步高学外语复读机。以前也没见他这样。毛榛还一直以为是WTO逼得他，逼得他们这些相关产业部门的中层干部外语必须过关。她却没有想过是一个有美国身份的老女人在勾引他。他似乎还隐约提起过想到香港去发展。是否是那个老女人给他出的主意，要找个美中之间的中间地带，他们双宿双栖啊？她有那些国际旅行、操作方面的经验，而他对内地的版权贸易活动相当熟悉，他们俩联手，互惠互利，正好是天造地设的一对伴侣，和生意上的好搭档啊！

毛榛自己把事情越想越像，越想越觉得有可能。

也许，他是勾上了哪个年轻漂亮二十出头的小姑娘了？比方说，那些无缝不钻、无比厉害的小女记者们，她们重实利，讲效率，傍上一个有妇之夫就不撒手。他这年纪，正是到了男人拈花惹草的花季，以前没有条件，没钱也没房，还有个黄脸老婆，想“花”也“花”不起来；现在可倒好，机会来了，两室一厅的房子分到手，把老婆一甩，他们一对狗男女就可以坐享其成了！

越想越气，越想越有形。毛榛想，这毫无疑问是他外面藏着一个女人，女人一直逼迫着他跟老婆离婚。但苦于时机不成熟，没有机会下手。“半年”？半年正好是够一段婚外情或床上戏从朦胧打到火热，再到可以说婚论嫁的时间段。是了，就是这么回事。一定是得知他最后分到了房子，那个女人逼迫他摊牌，跟老婆打离婚，否则就跟他闹，让他鸡犬不得安宁。

到这时，毛榛的情绪全由哀痛转向愤怒了。一种被欺骗、被掠夺的愤怒油然而生！

怒火烧得她简直要不行。她能听见自己的每一根头发都在被愤怒烧得“吱吱”冒烟。她简直快要被烧焦了。

从这时起，从把陈米松的出走定位为“婚外恋”时起，她就开始走上歪门邪道了，她的哀情、担忧就完全变为了愤怒。这愤怒又完全失去了对象，没有出口。

她转眼就跌入抑郁症之中。

其实是从看到他留下的信时起，她就片刻之间从复习备考的高速路上摔了下来，掉在地上摔成了八瓣，陷入了深深的抑郁之中。

改天，毛榛打电话责问陈米松："你有话好好说，就这么地走可不行。是不是你外头有女人了？是不是已经怀孕，弄大了肚子，逼着你离婚？"

陈米松说："榛儿，没有，真的没有。你还不知道我，我能那么做吗？"

毛榛说："不管你是什么情况，肚子大了也好，要生了也好，你们都自己先去处理，不能就这么拿我当垫背的。"

陈米松说："榛儿，真的不是那么回事。"

毛榛说："不是那回事又是哪回事？今天你不把人交出来，就别想跟我提什么离婚不离婚。"

说罢，放下了电话。

他们的谈话进行不下去了。毛榛精神恍惚，胡思乱想，蓦地又想起陈米松提到的要房子。要房子？要什么房子？他不是不知道，多年来她所在单位分房都是以男方为主，以职位高的一方为主，她根本就没有资格排队分房。再说，就是排队也排不上。他们这里是高学历高职称人员成堆的地方，是房子最紧张的地方，有的博士也还暂时栖居在一居室里，她从年龄和工龄上，到目前为止仍然是个小字辈，连评个职称也要等上三年，即便分房，也就会得个一居室罢了。他怎么能这么浑哪，好端端就提起了给她一个单身身份、想让她现去要房的念头？况且，他也没事先问问，他们院里，单身未婚的，不到40岁不给解决住房。他这是唱的哪一出啊他？

这肯定是那个小老婆干的，肯定是跟他勾搭上的那个小婊子干的。要不然他想不出来,他不会这么狠地对待自己,不会的。看在他们相识十七年、结婚十一年的分上,他也不会这么无情、这么绝情。

新房已经分到手了,这个房子肯定要给别人腾出来。万一到时她走投无路,无家可归可怎么办?

怀着这样模糊的恐惧,她悄悄打听了一下自己单位里,离婚以后她还能不能分得上房?单位答复她说:第一,截止到上周二为止,最后一次福利分房已经结束;第二,院里有规定,离婚者必须在三年以后才有资格排队。仅仅是有资格排队。分不分得上还不一定。

完了。这一条路是堵死了。

我可怎么办?我住哪儿去啊?毛榛万分惊恐地想。那会儿她曾问过陈米松单位分房的日程表,因为她担心钥匙到手后单位会立刻要求他们搬家,那样就会影响她的考试复习。陈米松问了一下,安慰她说不会立即搬,大概要等到过完年,大概 3 月以后。当时她还长出了一口气。到那时她就能复习得差不多了。

她的考试日期是 4 月 1 号到 3 号。

这下可怎么办哪?她可怎么办哪?陈米松如此绝情,铁了心要走,她怎么办?住哪?他们单位到时候来撵她怎么办?她还能跟他去新房住吗?他已经不想跟她过了。新房她还怎么搬?

怀着一大堆"为什么",她走进了律师事务所。说起来,这个事务所还是他们同事的老婆开的,刚开不久,发了封函给他们这些相熟的作家学者,标明代理的业务,主要是说如有版权侵权事宜他们可以代理。同时若有婚姻、遗产什么的业务也可代理。同事的老婆小红还跟她通过电话,热情招揽生意。

当时毛榛没放心上,把信随便扔在抽屉里。现在她在毫无主意之中,战战兢兢拿着这个有电话、地址的信走进了律师事务所咨询。因为这会儿,她没个说话的人,没个讨主意的人。

小红很热情,还应她的要求,两人进了她自己的小房间里聊。毛榛硬着头皮,说了一下大概情况,尽量遮遮掩掩不把家丑外扬,然后问:"如果我坚决不离,他制造分居坚决离,最后离婚官司打起来,法院会把新房子判给我吗?"

小红说:"不会。"

毛榛说:"为什么?我是无过错一方啊。"

小红说:"法院只是按法规办事,不追究你们之间的道德责任,会将房子平分,你们俩一人一半。"

"可是……同住一个屋檐下,怎么分?"

"那要由你们自己协商,你住大间他住小间,或你住小间他住大间。或者,再譬如,你们实在不愿意同住一个屋檐下,可以将房子折价,你给他钱或他给你钱,一个人留下,另一个人出去找房住。再不行,也可以把新房子变卖,再买两个小间你们分开住。"

毛榛蒙了。她简直想象不到她和陈米松的未来将会是这个图景。

她又把陈米松的出走信以及他们俩在那晚通的传真件拿出来,递给小红看。小红看了一遍,说:"从这几份文件来看,一切对你有利。这并不是他要走,而是在撵你走。因为他明确提出,离婚动机就是让你去单位要房，新房只是暂借你住，到最后还是归他自己。”

毛榛一听，脑子里“轰”的一声。

她垮了。毛榛彻底垮了。就是在她得知不是陈米松要走，而是要把她从这个家里、从这个房子里撵走这个结论时，她才垮掉的。

她害怕，害怕呀！相亲相爱的人，怎么一夜之间，变成了这个样子？在她不知情，什么也毫不知情，完全一无所知的前提下，他把一切都琢磨好，一切都算计好，来制造一场骗局，来无情地盘剥她，无情地撵挤她。

她的精神就是从这一刻开始崩溃的。

她已经精神崩溃了。

见她痴呆呆地坐着，两眼发直，小红又说：“还有另外一种解决办法，就是新房你们干脆谁也别去住，你还留在原来这里，让他再补分一间房子，你们就此分开，也省得今后倒来卖去的麻烦。”

律师的话是客观的，冷冰冰的。

毛榛的心也是冷冰冰的。

从律师楼出来，她晃晃悠悠地走，独自走在 12 月底冬季的寒风里，浑身一点知觉都没有。

上了楼，忍不住又打陈米松电话，哭着说：“请你回来吧，回家来吧。如果我做错了什么，你也得给我一个改正的机会啊……”

陈米松也夹着哭腔说：“回啥回啊，都这样了……”

她忽然想跟他倾诉许多话，断断续续哭着，从担心自己职称评不上，工作有压力，到整个决定考博士的过程，断断续续哭着跟他讲，这时才想到把自己在工作在事业上承受的巨大心理压力以哭腔告诉给他，说自己是个女的，怕人瞧不起，单位里全是棒小伙子，谁都比她强，她很艰难地往前走……

他耐心听着，电话时间太长，中间他还让她放下，由他从单位挂回来。

哭啊，讲啊，一肚子的委屈和压力。最后还是说请你回来吧，回家来吧。

他说："榛儿，咱们还是先都冷静一下，先分开吧。我走了，你能好好复习。"

她说："你走了，让我怎么办哪？我还复什么习？我活着还有什么意思？还不如干脆死了算了。"

他说："榛儿，你别那样做，那样多不值得啊。你想想，多不值得。"

他的口气、态度是那么生硬、客观，一点没有体恤、怜悯，没有回转的意思。

她放下电话，已经哭得浑身没有力气了。桌上放了一大堆擦鼻涕纸。她站起来，摇晃了几下，差点摔着，站都站不稳，血液都不流了，浑身麻木，一点知觉都没有。

她又坐下，呆呆地坐着，想着这下算完了。他是不肯回来了。房子也没法住了。考试也考不过去了。已经有多少天没有看书了？她已经没有心思看书了。

什么都没有了。家没有了。房子没有了。考试也过不去了。

他竟然那么对我。那么狠心，那么算计、剥夺我。他是亲人吗？是亲人怎么能对我这样？还有什么意思？活着有什么意思？什么都没有了。再活下去，全是坎儿，一道我也过不去。我太痛了，心太痛了。我已经没有力气了，没有了。结束吧。解脱吧。一切都过去吧。

她用残余的力气站起来，扶着墙，慢慢踱到厨房。很奇怪，好好的一个人，人到极度痛苦的时候，怎么会没有力气？肌肉皮肤全都失去知觉，失去痛感，全都像打了过多的麻药，全都不像是自己的，随便割掉哪一块，拆掉哪一块儿，根本不知道痛，没有痛感。

她已经被无边的痛楚给麻醉掉了。她这时才体验到了，切肤切骨体验到了人为什么会自杀，人为什么在自杀时会视死如归。就是因为痛得已经没有了知觉，刀割上去的时候，一点没有感觉。

她找到了那把瑞士小刀。刀刃寒光闪闪，黑柄白刃，中等长度的一把水果刀，还是陈米松同事出国回来后，从瑞士带回来送给各科室的人当礼物的。她握着这把刀，心想，待会儿把它割在手腕上，只要轻轻这么一割，就能透一口气，就能解脱了。

拿着这刀的时候她又想，我应该告诉爸妈一声，跟他们道个别。他们远在家乡，还什么也不知道，一点都不知道。我应该留个条子，把事情告诉他们一下，要不然，这么大的女儿，说没突然间就没了，他们不知是怎么回事。

她就握着这把刀子，又艰难地踅回到书房里来，艰难地一点一点屈腿坐下，坐在椅子上。她不知道为什么全身都不好使，像个高位截瘫病人。她把刀放在桌子上，铺开一沓稿纸，又很费力地攥紧

了一管笔,颤巍巍地在白纸上写下:

“爸、妈——”

刚刚写上这个“爸,妈——”两字,她就不行了,突然间就不行了,身子一瘫,就滚落到了地上,躺在那里,像一个全身都瘫痪了的病人,一点也动不了,一点也起不来了。

她那时脑袋里什么也没有了,只是还很清楚地在喊着:爸、妈,只是在不断地,一遍又一遍地很清楚地喊着:爸、妈,爸啊,妈妈——

然后,她开始哭了。她能够哭出来了,眼泪也不知从哪里流出来的,有那么多,那么多,流啊,流啊,浑身的水分,全从眼睛框子里流了出来,流得她的身体都虚脱了。她什么也不知道了。

等到她稍微醒过一点神来,睁开红肿的眼睛,这才看清了自己在哪儿,正躺在地上。她知道自己已经死过了,已经彻底死过去一次了。是爸妈把她唤了回来,唤到这个阳间的世界里。是爸妈这人间最后的牵挂,把她又拽回到这个惨淡无情的世界里。她想,为了爸妈,也要活着。

她费力地用肘部支撑着,一点一点从地上爬起来,扶正了那把椅子。接着她又把那把刀拿着,晃晃悠悠走到厨房,把它丢进垃圾筒里。她到水龙头前洗了把脸,又将桌上的大把鼻涕纸都收进垃圾筒。然后她想着,她该吃点东西了。她烧上热水。翻了半天,冰箱里、食柜里到处空空如也。记不清这些天是怎么过的,究竟吃没吃过东西。完全记不得了。她从橱柜里找到一包红糖,还是去年单位献血时买的补品,没吃完,剩下了。她也不管过期没过期,先用热水泡上一杯喝喝。有时候,她觉得自己脑筋不够用的时候,常要喝点甜的。

一杯甜水下去,精神头好了许多。现在,她的脑子运转起来了,血液也开始循环了。她这时才有精神抬眼看看窗外,正是下午四点钟的光景,冬天的太阳正好。

窗外的风景都没有变,太阳照旧升着。

可她却已经在生死线上走过一遭了。

她拨通了陈米松的电话,平静地跟他说:"你走吧。我同意了。我哪儿也不去,就住这里,把这个房子给我留下,你愿意去哪就去哪吧。"

第九章　妇科体检

那是冬天最凄冷的日子。毛榛守着冰冷的空屋，守着巨大的伤痛和对未来的惊恐不定，为了即将到来的入学考试而紧张复习。

说是“紧张”，还能紧张得起来吗？说是“复习”，还能复习得下去吗？她好不容易，花了两个月的精力，花了钱，花了时间，进了新东方听课，费劲巴力地把自己的临考状态调动起来了，却就在考研辅导班结束的那一天，陈米松留信出走之日“咔嚓”一下子解体了。一辆上好了油充好了电的奔驰汽车，已经以一百八十迈至两百迈的速度上了高速路，现在，却刹那间从路上飞了出去，摔成一堆破碎零件。她得怎样才能重新修理组装啊？就算她还有力气，可是时间也来不及了啊！

对于长期疏于考试的在职人员来说，要想过关，一般怎么也要煞下心来，拼上个半年时间。前三个月拼外语，找考试的感觉，后三个月，集中复习专业课，同时大量做题，做外语考试真题，一周抽空做上两套，这样直到考试前，就基本上复习到位。卷子上再出什么东西，也都大概齐掌握在你的脑子里，胜出率在百分之八十左右。

当然，这样说的前提是，你必须平时就是在专业领域里的拔尖人物，对专业领域的科目相当熟知。并且，外语的基础也不要太差，至少，原来要有四级水平，这回，往上爬六级。

毛榛现在精神涣散，不要说复习，你就是让她煞下心来好好走道、吃饭、睡觉，她都不能够。脑子里边总有个小人儿，在那里说话、晃动，在那儿比画来比画去。那就是陈米松，那个她一直认为是亲人、爱人，共同生活了十余年的人，最后搞突然袭击，在一个不恰当的时候以一种不恰当的方式突然出走提出离婚的人。

她怎么也拂之不去，赶之不走。白天黑夜，凝神蹙眉，间隙片刻，脑子里晃着的都是陈米松、陈米松、陈米松！

陈米松折磨得她要发疯了。

其实，她不知道，这时她已经陷进抑郁症的深渊，只是她不知道，她还不懂。她的一系列视死如归的行为，其实都是典型的抑郁症表现。只是她当时一点都不明白。后来，她看到一本专门介绍抑郁症的书说，人们平时都是有一点抑郁的，但是能够自我调节。但往往在遇到人生大事，比如：升学、失业、怀孕、生产、离婚、搬家、调动工作等等时，压力太大，抑郁就会积到一起，大规模爆发。这些人生大事，只要有一件，就足以引起抑郁症。毛榛现在是三项并罚：离婚、升学、搬家赶到了一起，又是突如其来，什么铁打的神经，也都会垮了。

以后，等她好了以后，她就明白了调节自己的生活节奏，每一次，只专心处理一件大事，心无旁骛，决不给自己加压。

为什么人生经验都要用血淋淋的教训来获取？

要去陈米松单位闹的想法屡屡喷薄而出。女友阿贞劝慰她，千万千万这时候不要去闹。“榛儿你现在什么也别想，就想着好好考试。考完了,就什么都好了,听见了没?你想想,考一次博士,多不容易啊。现在社会上有多少人都在考呢?况且,你也不可能来回考,最好一次就成功。什么也别想,听见没?”

毛榛点头答应。阿贞是在她濒于死亡时挽救她生命的人。阿贞是她在北京这个地方的亲人。她不知道世界上还有什么情谊能抵得上生死之交。

她平静了,努力使自己平静,去搬山,搬自己桌上那一摞摞厚厚的书山。要把它们一个字一个字、一个单词一个单词地输入进脑子里。阿贞说得对,她不可能来来回回反复参加考试,考一次,就要考好。况且,在他们那里,那个精英荟萃的“翰林院”里,也很少听到有人说“没考上”“没考好”这样的词儿,无论是职称考试、出国水平考试还是升学考试什么的,只要听说谁报名去考了,结果都不用问,肯定就是通过了。明知道自己通不过,你还费力去报那个名考它干啥——这是一项反向推理,在他们那里完全成立。当他们报了名想考什么的时候,都是觉得自己有了相当程度的把握才去的。不然就不会去。都是成年人,又都是科研中坚力量,谁也不会闲着没事瞎考试玩。“考试无常”这句话不在他们那些人的辞典里。

这又无形中增大了毛榛的心理压力。她越是拼命想记,却越是什么都记不住了。

她给自己买了几盆过年的鲜花。十几枝银柳,两盆杜鹃,还有一盆风信子,摆在窗台上,希望它们能使她振作起来。银柳一插进瓶子里,立刻带来春天的气息,就是那种柳芽儿即将吐绿的信息。

长长的枝条，绿嘟嘟的骨朵，似鲜花欲绽。杜鹃是桃红色的，开得正旺。荷兰风信子竟然长出两个花头，也是朱红色，十分喜兴。

她就着一盏孤灯，满室鲜花，左手书山，右手一排笔管，对着窗外寒风冷月，开始了考试冲刺的过程。

但是，记不住了，什么都记不住了。一走神，一恍惚，就跳进来个陈米松，跳进来个陈米松，丝丝缕缕往事，断断续续，胡乱拼贴，恩爱，怀恋，愤怒，委屈。只想他现在不知跟哪个女人在一起，温香软玉满怀抱，一点不考虑她一个人该怎么过。陈米松你真狠哪！你真绝情啊你！

这么一想着，陈米松就把她的脑子占满了，就把她的眼泪逼出来了。泪水模糊了眼眶。她擦了擦，然后继续抄单词。她想不用背诵的方法，而用“写”的方法，可能会强迫自己集中注意力，让句子往脑子里记一记。

可是当她抄酸了手腕，抄满了一沓稿纸，磨秃了一支2B铅笔，把一本新东方教材完整无误地都抄下来一遍以后，回过神来她却发现，她什么也没记住，一点也没记住，笔在动着，眼睛在看着，却就是什么也没记住，一点不知自己在写什么，完全是下意识的动作，脑子里还是陈米松。一页一页的稿纸全被泪水给浸模糊了。

这可怎么办啊？这可怎么办啊？

她发现她的泪腺破了。自从陈米松走的那天起她的泪水袋仿佛就破了，随时随地都会流泪，眼泪一流出来就哗哗不止。她哪来的这么多泪水？这么多年，跟陈米松来北京的这十多年，她几乎没哭过，除了谈恋爱那会儿跟家里人斗争时还哭一哭，往后她就没哭过。陈米松带着她，呵护着她，没让她受过委屈，没让她受过什么气。她根本没必要哭。根本没有什么能惹起她哭的事儿。

可现在不行了。好像身体里所有的水分都从眼睛里流出来了。不，那不是水分，是心血，是骨头里的蛋白质、维生素、钙质，它们都顺着眼泪一起流跑了。

毛榛发现，人过了三十几岁，连哭也哭不起了，哭完一次，脑袋里嗡嗡的，眼泡浮肿，面有青色，连续几天都缓不过来。不像小时候，年轻的时候，遇到委屈，哭一哭，会好受得多，把晦气让眼泪冲走，然后脑子像水洗过似的，清爽。

现在不是，现在流走的全是有用的东西，钙、维生素、蛋白质。她明显感觉身体不行了，腿软，一走路总晃，有时自己会左脚绊右脚。同时还失眠，睡不着觉，整夜整夜地睡不着，伤心、焦躁、愤怒、委屈。

从前她可以在电脑前在书桌前一坐坐上十个小时连续工作，脑子仍然运转，状态良好，直到把电脑烧得风扇都不转、程序出现死机，她还两眼放光、精神百倍呢！现在她不行了，身体里的气场破了，那股青春的饱满之“气”被破了，被捣了个窟窿，人的“真气”就顺着那个黑洞洞的伤心和愤怒的疮口汩汩往外流失，白白流失，不知去向。

她现在平均每天只能集中精力两小时。两小时啊！只有这两小时才是她注意力最集中、能往大脑中装进去东西的时刻。而且这两小时还不知出现在什么时候，上半夜还是下半夜，上午还是下午，都说不清。其他的时间，就是出神，想昏睡，想一睡过去就不醒来。

她就把时间的概念抛在脑后，乱睡、乱醒。想睡就睡，想醒就醒，刚醒来的那一刻脑子里最干净，就赶紧看上一段，挑最主要的看上一段，然后再睡。

她的生活已经完全没有章法了。这样做的直接后果是生物钟紊乱，她的内分泌严重失调。但是她自己并不知道，也管不了那么多，一切为了考试，只要能把眼前的这一道关通过，无论付出什么代价都在所不惜。

她还开始乱吃药。凡是广告上听说过的补脑的、能增加记忆力的，全都吃。她买了脑白金，上面写着里面有褪黑素，能增加睡眠，她吃了；她买了“记得快”，外包装上是一个戴了博士帽的中学生，说是专为学生考试前准备的，她也吃了；她还吃了鱼肝油、乌鸡精、钙片、安利维生素A、B、C。一捧一捧地吃药，大把大把地进补。

吃吧。她对自己说。仗着她的肝好、她的胃好、她的肾好、她的脾脏功能好，能把这些毒药都消化。吃吧。她对自己说。反正就这一两个月，用药顶过去，过去，我就胜利了，就解脱了。

她还开始乱找精神支柱，乱找楷模。戏匣子里那会儿每天中午都有长篇连播，一个残疾母亲培养孩子成才的故事——《妈妈的心有多高》，据说很受欢迎，这回已经是重播了。以前她没在意，有一天偶然间打开收音机，听到正在朗诵妈妈怎样帮助女儿复习参加高考的那一段，从填报志愿到复习过程，讲得很细。她不由得认真听起来，并由此跟着连续听。她想人家条件那样艰苦，终于还是让女儿考上了。我自己呢，缺什么？缺吃的，还是缺穿的？胳膊、腿儿、脑袋什么也不缺，怎么就不能好好考呢？

她还上网去找 IBM 名女人吴士宏的事迹。当时她正红遍 IT 业，她写的《逆风飞扬》那本书正在畅销。从前在电视里见过她作秀，一看就是个很厉害、能干的女人。从她的书里人们知道她原来是从一个护士、一个端茶倒水的清洁工，考成了 IBM 公司的中国代销经理，虽然这不是一个 CEO，而只是一个 manager，行政管理干部，但是，能当上一个 IBM 公司的行政干部，也是够伟大的了，况且她又是从一个小护士通过自学考上去的！简直像神话一般。毛榛那时候对她的书没留心看。现在，当她面对考试，乱找考试榜样的时候，一下子想到了这个神话，她想看看人家是怎么通过自学考试成才的。

于是就到网上去查。吴士宏的书被挂到了网上，给掰成好多好多章。她就一章一章地点击，终于找到了吴士宏现场接受考试、疯狂答卷子那一段。很不容易，她答的还是英语卷子。虽然没有答完，但是外国老师还是被她的精神所打动。她被破格录取了。

毛榛非常感慨，把这一段存了下来，用以激励自己。心说看看人家，没念过大学，完全是自学的，还能考试通过。为什么自己面临这一关却过不去了呢？

毛榛这时候的身体和生活已经完全乱了规律。恰巧，临过春节前，她所报考的研究生院里办了一个为期十天的考博英语辅导班。她去了，绝大多数报考的考生也都去了。各个专业的冤家们、竞争对手们在此相遇。原定几十个人的班，呼啦一下来了二三百人。连办班的老师都没想到,说今年这是怎么了?怎么人们都来考博?原来的辅导教材不够用,只好临时加印。大教室不够用,也改在了学术报告厅里上课。

毛榛在这里还碰到了两个十年前跟她一起下乡的本院别的系的同学,他们几乎是不约而同地都在这个动荡不安、令人心神不定的世纪之交里,回过头来攻读博士。还有一个原来读硕士时接受过同一个导师辅导的女朋友小丁,多年不通音讯,竟也不期然在这个班上遇见了。她们见面都嘻嘻乱笑,互相拍拍打打说:

"咦,你也来考啦?"

"你也来考啦?"

然后,接下来的话就不用问了,比方说,为什么来考之类的。那些都已是不言自明。

2000年以后的高校和研究所的人才梯队建设,基本情形就是:凡50年代出生的学术骨干和科研带头人,现在都已陆续当了博导。尽管他们中有些人由于历史的原因,没有机会读到博士学位,但是他们仍然可以凭借本人的学术能力胜任博士生导师职位。

凡是60年代出生的一代人,基本上都具有了博士学位,这也是由于历史原因造成的,因为他们正好赶上了国家学位制度比较完善的年代,获得博士学位虽然不能完全代表个人才干和能力,但却是受过完整专业训练的一个基本标志。所以原来没有这个学位的,也在纷纷回来补齐。

至于70年代以后出生的一代人,不是博士的,根本连这些地方的门也别想进。

以后的博士也不是什么稀罕物了，而是时代水涨船高、对人才受教育程度要求也不断增高的一个自然趋势。读学位变成了一个实实在在的生存竞争需要，来不得半点虚的伪的。

毛榛和那个一起来听课的女朋友小丁，每天上课互相为对方占座，下了课和大家闲谈，相互交流情况。在座不少人都不惜倾家荡产、抛妇弃雏、辞职停薪，跑来听课考博，为的是新千年在北京谋取一个新的发展机会。也有一些是应届硕士毕业生大老远跑来听课备考，为的是暂时摆脱就业难的危机。

那些外地来的考生很苦，要么挤在同学、朋友的宿舍里借宿，要么住十八块钱一天的邻近招待所的地下室。毛榛还跟小丁去看过她们住的旅店，很不像个人住的地方，坚硬的地下室，穿过黑黢黢的走廊，一间10平方米的屋，四张硬板床，上下铺，冷飕飕、硬邦邦，挤的全是考生，每天互相干扰。

一进门，楼梯拐角处还间壁出一间小屋，是单间，但没有窗户，只一张床，一张桌，小丁说她本来想住单间，但一看，像监狱的小号，瘆得慌，没敢住，还是跟那些人一起挤。十天一百八十元，外加饭费、路费、听课费、资料费，加起来，是一笔不小的开销。

从小丁那里，毛榛还知道，她们每个人为了能有充分的把握考上，每人都不止报了一个学校。最多的，有人连报了三个：北大、社科院、复旦。每个学校考题不一样，说不定在哪儿就对上了路子，希望总有一个会碰上。小丁她自己也报了两个：师大和社科院。因为她没把握会考上哪里。

现在招博的学校也充分考虑到这一点，考博不是像高考和考硕士一样,统一时间全国考试,而是比较人性化,给考生以充分的选择余地,各校之间,都有默契,考试时间都是前后岔开的,完全可以让考生在考完北大后,再来答社科院的卷子,接着还能来得及坐火车直奔上海,参加复旦的考试。

但是,不管前后怎样岔,北大的考试时间,总是每年第一的。由此可以看出它要最先筛选人才的牛气。在高精尖人才的选拔中,它也显得牛皮烘烘的,坚决要过第一道筛子,不捡别人的漏。其他院校也都知趣,让着它,没人抢到它前头去。

看到了这些情景,被离婚拖得皮松肉垮的毛榛,又一点一点地被上了发条,重新紧了起来。

谁能想到呢?正是考试击垮了她,也是考试又召回了她。一场考试拽她渡过了最初的那一段艰难岁月。

那一阵子毛榛整个人神情萎靡,面目浮肿,表情呆滞。她记得4月初刚考完试那会儿,她去参加《小说选刊》的一个发奖会。这是囚居半年多之后,她第一次有心思出门,参加行业内的社交聚会活动。已经是春天了,别人都穿上了西装和裙子,她还穿着冬天考试复习时的那套厚衣服。那一天与会的人很多,都是熟面孔,彼此亲切地打着招呼。

到了中午吃会议自助餐的时候,一个常跑文学口的新闻社女记者名叫晓辉的朋友,特地端着盘子走到她坐的位置来,看看四周无人,凑到她耳边悄声说:“毛榛,我跟你说,你可胖了。”

毛榛听了,还略微有些发愣,微微扬起头说:“是吗?”

晓辉接着说:“你现在可大变样了,比过去胖多了。你可得注意。”

毛榛说:“谢谢,谢谢你告诉我。”

晓辉说完这些话,就走了,忙着跟别人去打招呼。原来,她就是特地过来跟她说这些话,提醒她这一事实的,并且还特别注意给她留面子,不让别人把话听见。

晓辉曾去过她家采访过她,后来两人经常见面,成了好朋友。

毛榛一方面不解,一方面感激之情油然而生。这也就是真朋友才可能说这些体己话。

起初,她还在猜测,是不是晓辉听到了外界什么关于她的风言风语,然后一眼就观察出了她的非同常态?分居、离婚这些事传得快。尤其像她和陈米松,算是在一个相近的行业做事的,有点风吹草动,整个业界就都知道了。

回到家里,她站到体重秤上一称,天啊!她已经到了67.5公斤!这么个才160厘米高的矮个子女人,体重在三个月之内达到了空前不可饶恕的67.5公斤!她已经好久都没有量体重了,不光没量体重,好久都没在镜子里好好看一眼自己了。

隔两天她收到了会议上照的照片,一看,那个双下巴颏、体态臃肿、眼睛挤成了两道缝儿、满脸蠢相的老娘们儿,果然就是自己吗?怎么会,怎么会?!

一夜之间丈夫出走的打击,三个月的考博冲刺复习,一次自杀未遂的生死考验,无数瓶大把大把的营养药片的吞咽,终于把一个还算是青春女子的活泼形象,变成了一个内分泌失调、胖得连裤子也快要提不上了的老娘们儿！

太残酷了！太残酷了！

毛榛有点害怕起来。她有些担心自己是不是得了什么病？是不是落下了什么后遗症？这一阵子的刺激太大了，她的营养药也吃得太多了，它们的副作用终于一股脑儿爆发。

于是在那一年的4月19日（毛榛现在翻查她的体检记录时见那上面写的是4月19日），她去医院查体，验尿、验血，看看有没有什么问题。她把尿样送去，她把血也挤出去，坐在那里等待结果，内心变得十分忐忑。一会儿，化验结果出来，一切正常，各种指标都正常。毛榛大喜。这都是她年轻时注意锻炼、过着学生一样的有规律生活而储备下来的好身体啊。如今在关键时刻，它的各个零件都挺过来了，经受住了考验和压力。

她忽然想到，顺便做一个B超，查一下子宫。她现在有点担心自己的妇科会不会发生问题。多年以来她都不参加单位年度例行体检，妇科更是没查过，仗着自己年轻、没事儿、活蹦乱跳，不愿意跟老同志们挤在一起瞎耽误工夫。现在她忽然有些不自信起来，对自己的各方面都没有了把握，开始想到要做一次B超。可是由于她已经变得过分肥胖，腹部脂肪囤积，进去两次，到机器前，子宫都显示不出来，被大夫毫不客气地撵下去，命令她使劲喝水、憋尿，把脂肪撑起来。

这下可苦了她了。坐在人来人往的医院过道长椅上，一连买了五瓶矿泉水死命地喝。春天的水，还凉着呢，放到嘴里不爱往下咽。喝完了第五瓶，她实在不行了，直喝得她眼冒金花，肚皮和膀胱简直要爆炸，这才憋得歪歪斜斜走进 B 超室里。这回行了，子宫轮廓可以很清晰地显示出来。

终于做完了。毛榛下来，提着裤子，问大夫："有问题吗?"大夫在纸上刷刷写着，说："没事。"毛榛也顾不上看结果，先忙着跑到厕所放了一回水。放得差不多了，感觉舒服了许多，这才展开那张纸，蹲在厕所里看。见上面写着：

超声波检查结果：膀胱充盈下，子宫前位正常大小，机层回声均，左右卵巢正常大小。

超声波提示：子宫正常。

医生签字

年　月　日

看着这些她头一次读到过的句子，她这才长舒了一口气。

紧接着就是一系列的锻炼、减肥计划。没出一个月，身体就又恢复如常。

身体肥胖问题得到了解决，可是内心的恐惧和抑郁仍旧不能平息。现在他们，她和陈米松什么也不能说，什么也不能做，只好等待着，不知等什么，只能听天由命。他们的感情已经受伤到这个程度，一时根本不可能修复。他们都在等待着有个结果，但却又不敢想那结果究竟是什么。至少，在毛榛方面，不敢想，怕面对。

在这漫长的分居的岁月里，毛榛开始疯狂地想他、思念他，甚至比初恋、热恋时还要想，想得万分疼痛，想得不可遏止。

想的，都是他的种种的好。奇怪。人一走了，回不来了，从前他对她的种种好处，却又一一浮上心来。

到洗碗槽去洗碗，会想到陈米松在家时调皮捣蛋耍无赖的模样，每次吃完饭命令他去洗碗时，他就故意把水龙头的水放到最大，“哗哗”地往碗和碟子上冲，然后把自己溅成一身水。一会儿扎煞着手过来说：“报告，碗给你洗完了。”毛榛一看他那浑身弄得湿漉漉的衣服，气都不打一处来，说：“还不赶快脱下来，扔洗衣机里？”

——从此，他就有效地逃避了洗碗这项劳动。

到微波炉前去做饭时，也会想到陈米松从前猫腰站在这里，拿着菜谱做清蒸鱼的情景。他对吃鱼情有独钟，毛榛说他是属猫的。搬到北三环这边住以后，离大钟寺水产批发市场近了，几乎每星期天他都要去那里买鱼买虾。毛榛的任务是买回后负责洗，负责备好葱姜蒜等作料，最后的一道工序：往鱼身上抹明油、再放进炉子里以及按下电钮的工作就全归陈米松，然后这整条鱼的功劳就全算成他的。他做得津津有味，她吃得乐此不疲，总是表扬他，不断鼓励他发扬光大这种爱好。陈米松走了以后，她的微波炉除了热热牛奶，就再也没有发挥过作用，每天吃饭，都是一个人瞎胡混着对付着吃。

变成一个人以后，每当她觉得身体疲倦，像要发烧时，就赶紧准备好一杯热水，再把各种药都拿出来，放在床头，然后立即上床拿大被捂上，手里还要拿上女友阿贞的电话和红十字急救中心的电话，怕万一起不来时好找人求救。一个人生活的张皇、不安全感让人对昨天的一切痛心疾首。回想从前这个位置，经常是陈米松一有风吹草动头疼脑热就立即爬上来歇着、拿大被捂汗的。他这个动作一出来，毛榛就要给端水送药、煮大米稀粥、做容易败火去燥的食物。后来毛榛也学会了，一旦当她什么时候有点心烦、不爱做饭也不想做饭时，她就故意当着陈米松的面，一个箭步跃上床去，然后拉开大被子钻进去，一手捂脑门，一手量体温计，嘴里还不住地哼呀嘿呀："哎哟我不行了，我头疼，我要发烧。"陈米松就关心地过来看她。体温计一拿出来，37°，低烧。于是陈米松就给她端水拿药，又返身毫无脾气地去厨房做菜做饭。

一次两次，还能得逞，次数多了，陈米松未免起疑心，说："我看你怎么一到做饭前就嚷嚷发烧感冒，怎么一吃完饭就好了呢？"

毛榛一看，阴谋露出破绽，不禁捂着肚子嘻嘻哈哈乐得在床上打滚儿。陈米松就一把揪住她，说："坦白交代，你的体温是怎么量出来的？"

毛榛更笑，上气不接下气地告诉他："我也没怎么量啊，那就是我正常的体温温度，每到排卵期，总是浑身发热，身体胀得慌。嘻嘻，哈哈……"

把个陈米松气得，照她屁股拍了一下，说："以后谁敢做饭以前再量体温，我就揍她！"

……

这也是陈米松，那也是陈米松，这屋子里的一碗一碟、一衣一柜，哪儿哪儿都是陈米松，都是跟陈米松的爱情、嬉戏、共同生活留下的痕迹。

走到外面，碰到一点小事，也会联想起陈米松。看到吕梁人民送给他们这些去讲课人的大枣，她怕拿不动，又不爱吃，就说你们谁要就拿去吧。同去的葛米立刻接口就说："不要就给我吧，我们家里红云特别喜欢吃枣。"红云是他媳妇，葛米平时在单位是爱家、爱妻儿出了名的。

一句话又勾起了毛榛的伤心事。以前，陈米松在家的时候，也是这么时时刻刻惦记着她，知道她爱吃荔枝，他出差去广东，给她带了一箱回来，怕托运摔坏了，就把箱子抱着，在机场上那么抱着进进出出；还有一次，陈米松为给她买草莓，竟把照相机都落到卖草莓摊上，回到家想起来，惊出一头汗，忙又跑回去取……

自己的好日子，怎么就丢了呢？陈米松，他为什么就不要我了呢？

那次，都在他们分居半年以后了，她去贵州，当地同行请吃饭，一见面还问："陈处长好吗？等你回去给他捎两瓶茅台过去，我们这里正宗的茅台。"——当初他们通过毛榛求陈米松帮着办过刊号和评职称的事，彼此结下了善缘。毛榛嘴里答着"好，好，好"，心里却是充满苦涩。

那一年她在爱尔兰皇家剧院里看王尔德的话剧《莎乐美》，莎乐美和古代希律王爱恨情仇的故事震撼人心。台上莎乐美那反复吟诵的台词不断勾起她的心事：

这月亮今天晚上好奇怪
它可真像是一个疯女人
一个发疯的女人在寻找她的爱人
她要取他项上头颅才会解恨
……

一出古老的话剧，经过改良，以俳优的形式，唱诵着反复表达，台词说得极慢，加上夸张舒缓的太空漫步式的身段舞步，把爱情杀人的意思表达得淋漓尽致。就连毛榛他们团里一点不懂英语的人也把这剧看懂了。

毛榛沉浸在悲痛的思绪里，在莎乐美和她恋人诀别、跳起那段著名的“七重纱”舞时，一边擦着眼泪，一边为莎乐美的复仇举动而快意。她不停地用手背在脸上抹着，冷不防小林妖在旁边说：“你是不是特别想杀了陈米松？”

毛榛听了，凛然一惊：“知我者，小林妖也！”

小林妖聪慧、美丽、善解人意，是毛榛终生的朋友。得知了她被丈夫遗弃的处境后，小林妖时时从遥远的北国打长途电话来替她宽心。到北京来出差开会，还特地陪她去玩，出去散心，在大街上转悠了一天。最后吃完饭，她们手拉着手从麦当劳里出来时，小林妖说：“我们把天都玩黑了。”

……

在挪威，他们从奥斯陆赶往卑尔根时，挪方特地为他们一行人选择了一个人们不常走的路线，坐大巴翻越一座大山，为的是中间让他们一览挪威的森林。

挪威的森林！全团的人听了，无不兴奋又激动。这个著名的森林，从最早披头士乐队哈里森的乐曲，到日本作家村上春树的小说，已充满诗情画意，成为青春浪漫和爱情感伤的代名词。毛榛从二十啷当岁时开始就为那缠绵忧伤的气息所打动，她总在想着，什么时候，有机会能亲眼目睹一回挪威的森林？

现在，挪威的森林，那个高纬度的充满寒气和静谧的森林就呈现在她的眼前。那是一幅童话和精灵的世界，山妖出没，鬼影幢幢。远处似乎有雪山闪动，一道冰雪的飞瀑砸下崖涧，然而却是落地无声。高寒带的植被，很静谧，很安详，一层绿色阔叶林带蜿蜒而上，接着又铺卷上一层针叶林带的杏黄。越往上走，叶子越发稀疏，路两旁布满了深深的灌木丛。

雪水流淌，冰河淙淙，雾气瘴瘴。

在毛榛悲痛的肿眼泡中，挪威的森林都像是在哭。

分居从来都不是和好的前奏曲，而不过是敲响了离异的自鸣钟。

陈米松突然之间提出离婚出走的奇异举动，把毛榛一夜之间推进了抑郁症的泥坑；而毛榛死而复生后的绝情决定，又进一步推走了陈米松。

陈米松按毛榛的要求，留下了原来的房子，将新分到手的大房子退掉，等待二次分房，按职位给他补差面积。

他们谁也不知道，正是这一决定，将他们自己彻底交了出去，也将他们的婚姻最后断送掉了。原本是他们两个人之间的感情问题,现在变成了国家机关有关行政部门的分房问题。

从此他们谁也摆布不了自己的命运。他们的命运,连同婚姻,全都落在了分房委员会的手里。

最后的结果,分房委员会说:你说你们夫妻要分开单过,有什么证据?拿离婚证来。要不,凭什么分给你们大房子你不要,非得要变成两处房啊?只要你拿出离婚证来,拿出来,我们就给你解决。

那下面的潜台词不便于出口,也就是:你们这是搞苦肉计、假离婚想多占一处房是吧?

毛榛听了陈米松电话里的复述,不由得怒从心起,同时也悲从中来:这场离婚,闹得我都成什么样了,死去活来,差一点就丢了命。到了归齐,还要被人说成假离婚、苦肉计、多占房!我招谁惹谁了?!

这个婚,要是不离,让人背后指脊梁骨说三道四,我还怎么做人哪?

离!

坚决离!

我给你们离!

第十章　离婚登记处

终于，终于，终于，他们走进了月坛公园，走进了那个离婚登记处。

他们像两个被自己推上绝路的羔羊，无可奈何而又毅然决然地奔赴断头台。

进去，再从那里面出来，他们知道，那就已经不是他们了。

转眼又是冬天了。多快啊！转眼！离陈米松出走之夜，离毛榛自杀之夜，又过去了一番寒暑，春夏秋冬，四季循环。世界上什么都没有变，只是他们的心变了，憔悴了，老化了，枯干了。

毛榛这时已经是一年级的博士研究生，陈米松的《海峡对岸出版史》也已经正式出版。

他们不知道为什么区民政部门的离婚登记处会设在月坛公园。这是他们俩今生最后一段共同走过的道路，是他们俩的双脚最后一次共同完成对北京大地的抚摸。

此时，距离他们俩 1986 年春天双双第一次来北京，已经过去十四个年头了。

距离他们俩 1982 年在大学校园里的初次相识，也已经有十八个年头了。

十八年,是人生不短的岁月。

离婚这一天终于来到了。

这天,毛榛早早就起来。昨晚,她睡得很早,把那些离婚文书最后检查了一遍,发现没有什么遗漏的,这才放心地将它们放进夹子里,装进书包。她甚至还准备了一支黑色签字笔,水分充沛,很爱下水,不会到了关键时刻滞涩住,写不出来字。陈米松将“离婚登记须知”传真了一份过来,那上面提到要用黑色钢笔或圆珠笔签字。她担心登记处万一临时没有黑色笔,可就抓瞎了。实际上她这种担心完全是多余的。

临睡之前,她又反复叮咛了自己几遍:不许哭,不许哭,千万不许哭!明天无论遇到什么情况,都不能现场掉眼泪,否则,人家一看立场不坚定,就不给办理,那可就白忙乎了。还是赶紧的,一次性办完吧!她可不想再第二次走进那个离婚办事处大门。她没那个勇气,也没有那么大的承受力。

早晨起来略微梳妆打扮。瞟一眼日历,见昨天的那一栏备忘录空格上写着:在单位开出离婚介绍信。痛断肠。

直到临去离婚的最后一天还在痛,这婚有他们这样离法的吗?

她早饭也没吃,先奔附近的一家医院,挂号,进行妊娠尿检。像他们这样没孩子的家庭,离婚时必须出具医院里的女方未妊娠证明,不知什么意思。大概以前发生过这方面纠纷吧?故而离婚受理部门开始防患于未然,把妊娠尿检作为手续当中的固定一项。

毛榛往医院走着,同时一股屈辱感时时袭上心头:他要求离婚,却要我来做尿检。真是倒霉透了。

她得早早去,挂上号,才不至于耽误时间。进得妇科诊室去,里面人还不多。一个年轻女大夫问:“怎么不好?”

毛榛也没坐下,就说:“验尿,查怀孕。”

大夫头也不抬地问:“叫什么?多大岁数?停经多久了?”

毛榛不想让过程变得太复杂,赶忙实话实说:“办离婚,需要一个未怀孕证明。”

大夫这才从她的大口罩后面抬起头来,瞟了她一眼,那眼光中,分明充满了探询的意味,是恻隐?怀疑?或者两者兼而有之?不知道。总之是,态度柔和了点,不像她刚一进来时那么冷冰冰的显得职业化。

大夫开了张化验单子,给她,说:“先去交费。”然后又冲着墙角一堆塑料小瓶,“喏,那儿拿杯,去接尿。”

毛榛先划价交费,又去厕所接了尿回来,重回诊室交给大夫。大夫像模像样地拿一张妊娠试纸插入里面。毛榛看着好笑,心说:怀孕?我怀个屁呢!分居一年,我许久都不曾闻过男人味了,只听过公园里的蛤蟆叫。要怀也只能怀出个癞蛤蟆来。

不一会,结果出来。大夫在报告单上写:阴性,未发现妊娠。

毛榛揣好了化验单,出来,来到明晃晃的大街上,抬手叫了一辆出租车。司机问去哪,毛榛说:“月坛公园。”

才不到十点钟,正是上午塞车的时间。陈米松打到她手机上一个电话,问毛榛出来了没有。毛榛说刚验完尿,正坐车往那里赶。陈米松说他也已经出来了,现在正在路上。

冬季里的冷风阵阵，但是因为阳光很足，感觉不出太寒。司机又开了车里的空调，就更令毛榛对车窗外的世界温度一无所知。收音机里播放着路况信息，报道着哪儿哪儿又塞车了，提醒司机朋友们注意绕行。

隔一会，陈米松又打来电话，说他快到了，问毛榛在哪儿。毛榛说："西直门。"

又隔一会儿，陈米松的电话又打过来，说他已经到了，在月坛东门口等，又问她司机能不能找着。毛榛有点烦，心说是怕我中途不去是怎么着？就说："司机会认识路。待会我就到了。"陈米松可能听出她的不耐烦口气，也就不再打。

远远地，就望见一个黑影在路边站着。他们的车子一点一点地趋近，那个人影一点一点地靠来。是陈米松，穿了一身黑衣黑裤，站在月坛公园东门口 12 月的冷风里瑟瑟地等她。

毛榛看着，看着，忽然觉得时光倒转，仿佛又回到十二年前，1988 年冬天放寒假，他们在沈阳市皇姑区的妇幼保健医院婚前体检那会儿，陈米松先检查完出来等她，他也是像现在这样一袭黑衣黑裤，手插在裤兜里，神情很严肃。

毛榛体检顺利过关。虽然体检过程十分厌烦，她还是咬着牙强忍住了。那个老太婆很缺德，手指伸进肛门里去，叫作"指检"，特别屈辱，又特别烦人。毛榛那时才 22，还不到 23 岁，从来没有得过什么病，更没查过妇科，哪受过这个啊？最可气的是老太婆还要问她："你跟他到一起了吗？"毛榛撒谎说："没有。"心里边却嘀咕着，你管得着嘛你！

可是那个年代，就是随便什么人都可以介入你的私生活、随便对你的人身进行道德盘检的时代，谁有胆子敢反抗，谁有胆量敢说不服啊！

毛榛也是，战战兢兢，很怕出什么麻烦。她还是头一次如此这般，将身体最隐秘的地方打开，给心爱的陈米松以外的人看，尽管这个老太婆是个大夫，她还是觉得这个两腿分开的姿势，在外人面前很显得屈辱，十分别扭。同时她也很担心，不知陈米松的男科那边检查得怎么样了，会不会出什么麻烦啊？

从妇科那个体检室里一出来，她就直奔陈米松而去，见他正站那里等他，就略有些焦急地问："查完了吗？有事吗？"

陈米松一脸晦气，语调低沉地说："没过。"

毛榛一惊，忙上去抓住他的胳膊，说："啊？真的吗？有什么事啊？"

陈米松见她一脸害怕焦急的样子，忽然"扑哧"一乐："没事呀，骗你的。过去了。"

"啊？你骗我？你敢骗我?!"毛榛扑上去，小拳头雨点一般擂到他的胸脯上。陈米松一面嘻嘻哈哈笑，一面用手抵挡着，嘴里还说："妈的，那个大夫真损，往人卵子上捏，还把鸡巴头撸起来看看……"

毛榛一听，脸色又变，说："啊？男的女的呀？"

陈米松说："女的……"

毛榛叫了一声说："啊？"拳头又雨点一般追上来，打得陈米松连忙告饶说："男的男的。小傻瓜，男性婚检能派个女大夫来吗？"

毛榛这才饶了他，嘴一噘，说：“罚你，背我！”说完，一个猴蹿，跃到他的背上，四爪将他牢牢箍紧。陈米松四下望望，见胡同里没人，也就大摇大摆背起媳妇，嘴里还吆喝：“卖狗肉喽，今天不买明天就臭喽……”

他们俩嘻嘻哈哈的幸福笑声，响彻在1988年冬天沈阳市皇姑区妇幼保健医院门前的大街里……

在月坛公园大门对面，车子停下。毛榛在车里给司机掏钱，然后下车，出来。陈米松在车门口迎她。

两个人现在面对面了。已经有两个世纪不见面的一对分居夫妻现在终于见面了。陈米松首先受不住了，一见她，立即就哭了，转过脸去抹眼泪。毛榛的心也受不住了，眼圈红红的，眼泪只在眼眶里打转。千般恨，万般怨，一见了面，还是受不了，感觉上还是亲人，是那个认识了十八年、共同生活了十一年的亲人。就好像他们根本不曾分开过，根本不曾离开过。这半年，这十个月，这足足跨越了两个世纪的出走、分居，只是打了一场浑仗，都不知道为什么要打，只是因为负气，谁也不肯服输，不知道这一仗后果的严重性，就互相把对方推到深渊里，互相把对方推到这里来，彼此要在这里团聚，为了分离而进行最后一次团聚。

陈米松擦干通红的眼睛说：“走吧，咱们进去吧。”

他们就一起穿过马路，到了对面月坛公园的大门口。陈米松说：“等着，我去买票。”他就去售票处那儿买票。毛榛说：“我给你拿书包。”陈米松就把书包交给她拿着。他们的动作那么默契、自然，自动分工明确，就像他们这十多年来一直都做的那样，毫无生疏感。他们也不像是来这里办理离婚，而像是多年前，也像是每一次，陈米松领她逛公园那样，就是来玩，单纯来这里玩的。

毛榛从后面看着陈米松，明显地，他瘦了，背也驼了下去，显得人像比从前矮了许多。尤其穿了一身黑，更显得人小。但是她不觉得有距离，也不觉得有陌生感，就像他们昨天还在一起吃饭睡觉、昨天还刚刚见过一样。毕竟，这是同床共枕了十一年的丈夫啊！

检完了票（到公园离婚还要买票，真是荒唐），他们一起进了公园。这里是陈米松单位所属的辖区政府办事处，跟他们家户口本上的辖区不一样。因为是陈米松先在他单位开出的介绍信，电脑里边，都是统一的名头和格式文本，等到发现那上面的名头与户口所在地不一致的问题时，他也没去再改，只是在电话里让毛榛的那张也照着他的写，两张上的名头统一也就行了。

他们没有说话。陈米松在前，毛榛在后，侧离开半步的样子。她已经没法和他并肩走路，但是也没法拉开彼此间的距离，步履走得很沉重，对周围的一切视而不见，知道是一步一步走向他们俩的断头台。

她的心里很慌张，很害怕，想拉他的手，想像他们生活中无数次共同携手克服危机时一样，紧紧拉他的手，靠在他的肩上。可是，她伸不出去手，已经不好意思、不能够伸出手去。这两三年，他们的生活太平静了，没有危机需要克服，所以他们很少拉手，感觉不到彼此的依赖和需要，尽管这种依赖和需要就发生在每天的日常起居饮食当中。只是,没有家庭大事的时候,就感觉不到。

这却是他们最后一次联手,去完成彼此的分手。

一步一步拖沓,走得慢了。陈米松走着走着,眼泪又掉下来,噼里啪啦,也不去擦。毛榛这时反倒坚强,没有落下泪来。通常,总是这样,他们俩偶有一方不顺心、身体生病或遭遇不测时,总会有另一方变得坚强,给对方打气。这已经成了夫妻间下意识的协调习惯。就像他有病感冒,她却从来不会同时染上一样,总是等到他得完了,她才找个机会得。一个家,总得有一个人挺住啊。他们在一起的时间,实在是太长了,什么东西,都能够心照不宣。

陈米松伤心得厉害了,眼泪不住地往下掉,他就用手背去抹。毛榛上前一步,掏出包里的面巾纸递给他,说:“别哭。一哭人就不给办了。”

她并没有想到,其实,她在说这话的时候,还是在想着,我办的这个离婚手续,是为了给你单位办的,是为了能够安妥好你陈米松,让你能顺利补分上房子,而不是我们俩有什么理由非要分开,非要离婚不可。他们的离婚,完全是被他们自己逼到这份上来的,也并不是人家单位要逼他们。

但是,说这些已经晚了。没有什么用。

陈米松也并没有意识到。他接过面巾纸,把眼泪擦了擦,没说什么话。她能感到他的眼泪正在源源不断地涌出来,就说:“要不,咱们先在这里转转吧?月坛公园我还没来过呢。”

他没有表示反对。他们就在假山石那里中途折转了方向,不去奔向那个离婚办事处,而是沿公园的甬路转起圈来,像是一对清早起来没事干闲着散步的夫妻,或是一对逛公园轧马路的恋人。他们都各自穿着一身黑色衣服,因为北京这个年头流行以黑色为酷,各自的身体型号经过一年的惨痛折磨后都有所变小,又都背着一个巨大的书包,所以远看起来,更像一对穿着情侣装、逃学出来谈恋爱的学生。

她看见他把领子立起来,头缩进去,一副怕冷畏寒的样子,就说:“这么冷,也没多穿点?”

他说:“不冷,里面穿着毛衣呢。”

她说:“也不戴个围巾?露着脖子容易感冒。”

他说:“忘了。出来急,忘了戴了。”

说过几句话后,两人之间的紧张空气被排除了些,陈米松眼泪不那么流了。毛榛尽量把话题转向另一个方向,说:“今天又不是星期天,公园里怎么来这么多人啊?”

陈米松告诉她说,这里有个劳务市场。好多人前来这里都是求职找工作的。

噢,怪不得。大上午的,人就缕缕行行,大门口还不断有人在往这儿进。不年不节的,又是冬季,晨练的人早该散场,哪会有那么多闲人来逛公园呢。多亏是来找工作的,要是这么多人都是来这里办离婚的那可也麻烦了。

转了一圈,看到假山石、树丛、土堆,没有找到那个祭月的坛子。天坛地坛她都去过,那里的祭坛都还完整地保留着,有股子与天地交接的气势。可是这个月坛在哪儿?问陈米松,他也说不知道。

见她这么平静友好，他也就逐渐平静下来，好像把要来这里干什么给忘了，仿佛两个人好不容易抽空一起来逛趟公园，神情放松，不再慌张。毛榛又顺便问了问他单位的情况，他就仍像以前一样，还当她是他妻子似的，一五一十给她讲单位里怎么怎么样。以前他们在家里也经常这么闲聊唠嗑，有一搭无一搭的，都是他说话的时候多，他爱说，O型血，一张口就有话，而她主要是负责听着，A型血，话少，“一锥子都不容易扎出个屁来”，这是他形容她那个不爱说话的蛮劲儿时用的词儿。

但是，有多久，他们没有这样在一起亲昵、自然地说过话了？不是指他出走以后，而是在那之前，尤其在她备考博士、去新东方外语班听课的那两个月里，她忙得几乎就没跟他说过什么话。太忙，太累，太紧张了，满脑子全是单词、外语、职称。他则是出版史，出版史，出版史。他们好久都没有空跟自己说话了，更不用说跟对方说话，一有空就想睡觉，想就此昏睡过去，好好大睡一场。

现在，再想说话，也晚了。

他们就这样转着，转着，一人背着一大包离婚文件，在公园里转圈，像夫妻一样拉着家常。

他们就这样一面被暂时的“聊天止痛膏”给止着痛，谁也不再提从前电话里的龃龉、争吵，就像那些斗气、拌嘴、伤心、苦痛从来都没有发生过，一面还是转回到了他们当初避开的那个地方，还是最终要走进去的。

他们绕不开。他们非走进去不可了。他们自己把自己逼的。他们说什么也没法不走进去了。

走到西北角的尽头，便是区政府办事处。进去一看，有各种办公室在此处办公。其中结婚登记处在外头，离婚登记处在里头一间。

他们进去以后，见里面已经有两对在里头了。办公室不大，10平方米多一点，有三张桌子。进去后对门正中间的一张桌子后头有一个女工作人员，40多岁，正在电脑前核准桌子外面坐着的一对年轻人的资料。外面两张桌子，是给来客准备的，靠里面窗的一张桌子前是一对中年夫妻，个子都敦敦实实的，男人穿皮袄，女人穿貂皮毛领大衣，很富裕有钱的模样，看样子像是商贾与他的原配，他们正在那里忙着理顺带来的材料。

也没有人跟他们打招呼，毛榛和陈米松就很自觉地坐在靠外的一张桌子前等待。陈米松让毛榛把书包里的材料都拿出来，和他自己带来的那些一一往一起对。介绍信和介绍信放一起，身份证和身份证放一起，照片和照片放一起……陈米松在那里忙，毛榛则腾出眼睛，忍不住转过身去往正在办理手续的柜台上看。见那一对正在办着的夫妇，实在太年轻了，女孩子面条似的长发，清秀的身材，小细眼睛，样子也就二十四五岁，男的也还是个毛头小伙儿，脸盘宽宽的，样子也不超过二十七八岁。

他们在办理的过程中，几乎不需要什么对话，一共有七个人在场的屋子里，竟然没人说话，气氛显得有点肃杀。一会儿只听得工作人员对小伙子说："拿着，隔壁交费。"毛榛不知她让交的是什么钱，反正小伙子拿着一张单子，起身出门了。接着，又听得小姑娘说："他还没给我钱呢。"女工作人员说："管他要！待会儿盖完章，就生效了。”语气平平板板，如同例行公事。

待会儿小伙子进来，又重新坐到原来的位置上。工作人员在写着什么。等到他们都站起来时，那姑娘对小伙子说：“你把钱给我吧。”毛榛见小伙子眼圈红了，低声说：“待会儿，等到外边给你。”

两人移到桌子右边角落又一张桌前，坐下，工作人员也移到这个桌前，站在里边，拿着两张绿色证件做最后一道工序检查。她的左手边就是一个压钢印机——那么个象征法律与国家权力的不起眼的小小机器。

这时，门开了，又一个小姑娘进来，满屋子扫一眼，说了声：“哦，这么多人——”就径直走到长条桌后边的电脑前坐下。原先的那个工作人员说：“这一早上从开门到现在，连腰都没直一下，已经办了五对了。”说完，她将手中的绿色离婚证分别插入钢印机，就听“咔咔”两声，一个家庭应声解体。

那对年轻人各揣一个绿色证件起身而去。

轮到那对商贾夫妇了。他们俩就走过去，也不坐下，就站在放钢印机的那个桌子前边开始了咨询。

工作人员先看材料，然后问话：“都商量好了吗？”

两人先是默不作声，接着是男的声音：“是她非要离。”

工作人员又问：“孩子的事商量好了吗？”

女的一听，眼泪下来了，说：“孩子我自己养，我养得起。我要送他到国外去读书。”

工作人员说：“去国外读书，要花大钱的，不是闹着玩。学费你们俩谁负担？”

女的没说话,忽然间“呜呜”地哭起来。

工作人员说:“去吧,先回去,商量好了再来。”

女的还在哭着说:“不,孩子我带,我自己养活得起……”男的拽了她一把说:“行了,行了,走吧,我说你瞎扯淡吧。”

说着,笑么哧哧地把一个商人用的黑手包往胳肢窝下一夹,先往门外走去。女的也无奈地收拾起桌上的材料,跟在后边急匆匆追出去。

看着他们离去的背影,毛榛对那个女的产生了同情。一看就知道他们还处于风波乍起阶段,刚开始闹离,女人还一说就哭呢!如果是闹到毛榛这样已经有一年半载,恐怕,泪早已经就哭干了。

轮到他们俩了。两个人过去,在钢印机前坐下,递上所有材料。工作人员先低头审核材料。毛榛脸上很平静,心里却稍微有点紧张,生怕材料有什么不齐备的地方,会一下子办不成。就像她去办准考证、办护照、办签证、办入学签到一样,凡是这种跟国家机器打交道的地方,毛榛都心怀忐忑,希望一次办成。在国家机器面前,个人显得太无力、太渺小了,小到简直可以忽略不计。

工作人员眉头紧锁,看得出她整天办这事,累坏了,烦坏了,好像她的心情,比前来办理离婚者更不好,更糟糕。把材料看过一遍后,她返身抽出一个厚厚的记录本,开始把情况往上边抄录。先抄两个人的名字,并大声复述一遍,给旁边坐在电脑前的那个小打字员听,打字员同时往电脑里输入。

念完姓名,看看没有什么错误,工作人员又问:“离婚理由?”

有那么几秒钟的停顿和空白,毛榛哑住了,陈米松也哑住了,他们都不知道怎么回答这个问题。直到现在为止,他们还不能正确说出他们俩的离婚理由是什么。说为了分房?扯淡,他们是房子分好后才闹离婚的。那么是为什么?说过得没意思了?太平淡了?离婚解闷儿玩?他们敢说吗?

工作人员已经翻着眼睛奇怪地看他们了。还是毛榛脑筋快,忙接上说:“都写着呢。您就照那介绍信上的抄吧。”

工作人员白了她一眼,说:“你们总得说出个理由吧?不然我怎么给你往上写?”

毛榛就压低声音,像背诵似的说:“婚后因为感情不和导致破裂……”

这些话全是电脑里打出来的《离婚介绍信》上的格式文本,适用于全中国人民在离婚之时共同使用。

离婚介绍信

东城区人民政府婚姻登记处:

我单位职工陈米松同志与社会科学研究所毛榛同志1988年结婚,因感情不和导致破裂,经调解无效,要求协议离婚。

请协助办理有关手续。

知识产权部人事教育司(盖章)

2000年×月×日

工作人员往登记簿上记，另一边的打字员往电脑里输。

把所有的情况一一登记完了，工作人员又坐回左边长条大桌前，打字员也将刚才输入的《离婚协议书》文件打印出来，一式三份，男女双方各留一份，办事处备份一份。

离婚协议书

男方姓名：陈米松　　工作单位：知识产权部

女方姓名：毛榛　　工作单位：社会科学研究所

双方于1988年×月×日在辽宁结婚登记，经双方商定自愿离婚，已对有关事项达成如下协议：

一、子女抚养

无。

二、财产处理

财产分割完毕。无债权债务。

三、其他协议（如离婚后住房安排问题等）

西城北三环南里5号楼2门602买后归女方所有，过户给女方，男方自己解决住房。

上述协议内容是我们双方经过慎重考虑，反复协商的，保证执行，双方签字。

男方：签名（手印）　　女方：签名（手印）

男方单位盖章　　女方单位盖章　　承办机关盖章

时间:2000年×月×日

本协议一式三份,男女双方各执一份,婚姻登记机关存档一份。

工作人员把文件又检查一遍,然后让他们签字、按手印,用大拇指蘸上红色印泥,往名字上面按,还叮嘱他们手指不要使劲跷,要用劲往下按。结果毛榛不知是技术没掌握好还是因为心跳过速,先按的两张还是跷了,被工作人员说了一顿,到了第三张才结结实实按下去。

所有的材料都填好了,陈米松也已经到隔壁交完了手续费回来。最后一项是收回大红色的结婚证书,换成两个绿色的离婚证书。工作人员拿起他们俩的大红缎子面的保存簇新的结婚证,翻开,掏出里面带有钢印和照片的一页,然后,"唰唰"一甩手,将缎子面封皮飞快甩进靠角落的废纸篓里。接着,她站起身来,过到左边那小桌子去敲钢印。毛榛看着躺在废纸篓里的鲜红的缎子面封皮,鬼使神差,突然张口对工作人员说:"对不起,您能把那两个证留给我做纪念吗?"

工作人员一怔,马上说:"拿吧,拿吧,反正我们留着也是要扔的。"

毛榛就走过去,鬼魂附身一样,弯腰从废纸篓里捡出他们的结婚证封皮,还用手拂了拂表面的灰尘,又下意识地打开看了看,里面什么也没有,白白的,一片空白,像是被人掏空了心脏的病人。她把它合上,紧紧抱在胸前。一抬头,看见陈米松,坐在那里,瞅着她的行动，哭。

他们共同走到那个小桌前，听到钢印机面无表情"咔咔"又响了两下。都市里边又一个家庭宣告解体了。

红色结婚证书换成了绿色离婚证书，双人合影换成了每证一张的单人照片。

他们出来，有点麻木，又有点如释重负地往外走。现在，不着急了。没有什么可焦急的了。所以，他们走得很慢，仿佛刚才的心脏都经历了一次考验，现在，它已经跳不动了，必须慢下来，把速度缓一缓。走到假山那儿，毛榛说："我想上厕所。"陈米松说："去吧。书包给我。"走了几步，陈米松又问："带纸了吗？"毛榛说："有。"就往假山后面的公共厕所走。

出来，毛榛问："你去吗？"

陈米松说："唔。"

毛榛又给陈米松拿着书包。陈米松也进去。不一会儿，出来，毛榛把书包还给他，俩人又一起往月坛公园门口走。出了门，在临街的马路边上站住。毛榛问："你怎么走？"陈米松说："我打车回单位，把证交给他们，下午还要去深圳出差。"陈米松又问毛榛，"你回哪儿？"毛榛说："回学校，下午还有外教的课。"

一会儿，车来了，停在陈米松面前。陈米松拉开车门，说："那我先走了。"毛榛说："走吧。"

陈米松就坐上车去，司机启动了车。毛榛站在路边，目送着载着陈米松的红色出租车缓缓驶进正午的人流里，直到看不见为止。

毛榛也扭头离去，转身，朝着另一个方向，朝着自己生存的方向，缓缓而去。

一个斜挎在肩的大书包里，有两张鲜红的缎子面结婚证书空壳，中间夹着一张老绿的压膜硬塑离婚证书。

今生今世，他们就这样分开了，在月坛公园大门口分开了，离散了。

第十一章　春宵一刻

对于毛榛来说,新的世纪是以狼狈不堪、措手不及又有些暗自欣喜的方式砸下来的。

折腾了一夜,困倦已极的毛榛在新世纪第一天,一大早六点钟就仓皇地逃出了定慧寺那边那个男人住的高楼,一路奔逃,回往她自己在学院路上的那个小家。临出门,庞大固埃披着睡衣,睡眼惺忪送她到屋门口,叮嘱她,下楼到门口后,大门上有个白色按钮,往左边一按门就开了。她去门口换鞋时,庞大固埃还将沙发上放的那个手提袋子递给她,那是在她没来之前他就精心准备好的几本书,和几包她爱喝的大麦茶,还有一盒进口巧克力。他走进厨房,临时将剩下的茶叶蛋包好,给她带上。毛榛说不要,他硬要她拿上,还说:"拿着吧,回去你一个人,煮点粥,就点茶叶蛋,省得现做饭做菜麻烦。"

她有点为他的细心所感动。这个人,到底应该说他是粗糙还是细腻呢?

毛榛一个人鬼鬼祟祟,蹿出他的家门,到了楼道里等电梯。太早了,才六点多。今天是新世纪头一天,元旦放假休息,楼里还没人起这么早。她不禁有点暗自叹气:自己这主动送上门来的,到了归齐,还得自己一个人回去,他也不说开车送送。唉,也别怪他,他也确实是没时间。刚刚,才醒来时,庞大固埃听说她要走,便也没留她,说:“待会儿楼下晓军家的小保姆要上来给我熨西服,过两天我得出差。”

“去哪儿?”毛榛问。

“美国。” 庞大固埃说。

“去多久?”

“要二十来天。”他说。

“哦。”毛榛哦了一声。

“你会想我吗?” 迷迷糊糊,他又问。

“不会。”

毛榛想也没想就脱口而出。

说完了,马上就后悔。

心说我这叫个什么态度呢?

即便是真不想,还没上来那种思念、想念的情绪,可是在这种时候,床上缠绵才刚结束一会儿,马上就硬邦邦地说“不想”,成个什么样子!就连普通朋友分手,也得相互说几句安慰告别话,彼此留个好印象,以讨个吉利呢!

唉!我怎么变成这个样子了呢?以前不是这么说话啊!

她有点恨自己。

庞大固埃听了,嘴角撇了撇,仿佛笑了一下,假装不在意。但毛榛能感觉得出来,他笑得很勉强。他还是有点把她的话往心里去了。

也许,正是因为毛榛一开始不咸不淡,床都上完了,却还没有表示出对他身体和技术相应的崇拜，致使他叛逆精神陡长，在以后的时间里一定要想法留给她一个深刻印象吧？

坐在从定慧寺出来的出租车里，司机打开了空调。北京新世纪清晨凛冽的空气毫不客气地都被阻挡在了车窗外边，她丝毫也感受不到。其实，这些年来北京早已经没了什么清冽的空气了，尤其近两年，私家车发展得过快，汽车尾气肆无忌惮遮挡住了原本是蓝蓝的天空。冬天更不好办，气压低，热暖气流污浊浊聚集在头顶，像一个脏兮兮的大锅底倒扣，久久不肯散去。

所谓“世纪”“世纪之交”，其实有什么意义和区别呢？也只不过就是两眼一闭，睡了一觉，从昨天到今天，睡醒了，一睁眼，哦，元月1号了。如此而已。“世纪”的意思都是人们衍生出来的，什么世纪钟啊世纪坛啊世纪杯啊，全世界到处都在安置这样的摆设，还有世纪虫儿，也都是人们自己制造出来的玩意儿，用来自己欺骗自己、自己吓唬自己的。世纪只是时间按照自己的流程，按自然行走的顺序编码而已。

尤其对毛榛来说，上个世纪底，跟陈米松的一场离婚搞得她惨淡已极。她再也不愿意去提什么“世纪”不“世纪”的了。“世纪”这两个字能够提醒她的是：家没有了。

如今，这新世纪的到来对她来说，也只不过是昨夜睡在庞大固埃家里，辗转反侧，摩擦生热；今晨又急急忙忙赶回家，冲了个澡，然后扑倒在床上就昏睡过去，疯狂地补觉。

等到她再一睁眼，一觉醒来，天快黑了，一天快过完了，转眼已经到了晚上。

这种样子的世纪转换，有什么意思呢？

毛榛睡醒起来，又进了浴室，用热水把自己彻底冲清醒。看一下来电显示器，除了有父母从家里打来的电话外，北京的电话一个也没有。

她很气馁。这一整天都没有过当地电话。一到了节假日和星期天，人们有家的回家，出去玩的出去玩，都在守着老婆孩子，很少跟朋友通电话。平时那些工作往来的电话也戛然而止。逢这些时候，像毛榛这样的不爱出门的单身家庭中的电话就像死了似的。

单身以后，毛榛特别惧怕星期日和节假日。就仿佛她被生活遗弃了。

她先给父母回了电话报了平安。想起应该也给庞大固埃打一个。打到他家里，没人接。打手机，没有开。一时间没了这人的消息，令她忽然觉得，他们之间根本像不认识。

他……他究竟长什么样来着？单眼皮还是双眼皮？想不起来。仿佛大脑之间有了一段空白，有点短路似的，怎么也想不起来。

于是就到书橱里，找出从前他赠给她的书来翻看。看到上面扉页上的照片，仔细观瞧。哦，照片上的眼睛都是觑眯着的，看不清单双，人嘛……看上去也蛮不错的，像一条北方汉子。再费劲回想昨天晚上见到的那个……

唔，一丝得意挂上眉梢……

又随便乱翻他写的那些诗，奇怪，怎么跟从前读时的感情不一样了呢？尤其那些爱情诗，从前她曾在文章里夸过的他写得纯洁的那些爱情诗，现在怎么看起来都叽叽歪歪的？仿佛觉得每一首的后边都藏着一个女人，像是献给一个女人的，又像是献给无数个逢场作戏的滥女人的。

烦。

毛榛把他的书扔一边去。怎么回事？只不过一夜的事，自己就变得这样不可理喻？以前对他的那些赞美哪儿去了？以前可真是把他高度赞美，赞美他把爱情抒写得纯洁，纯洁到小男高中生水平。

怎么搞的？人一有了肌肤之亲，观看的角度立刻就变了？

算了，不想了。他有多少个女人，跟我有什么关系？

尽力把他忘掉。打开电脑，该干什么还干什么。

经过了一夜的好睡，到了新年的第二天，生活仿佛完全恢复了常态。她依旧是按往常生活规律，吃饭睡觉读书写字。

但是……仍旧是不对，摸键的时候总是敲错，总有一些间隙会飘飘忽忽地走神，心里毛茸茸的像长了草。有什么地方不对头了。

直到傍晚，庞大固埃的电话如期而至，她才如梦方醒：她这一天，实际上等的，就是这么一个电话。

“毛榛老师啊，睡足了吗？”

“唔……”

毛榛忽然觉得语塞，有点不好意思像以前那么跟他贫了，感觉跟从前不大一样。不再张牙舞爪，有点含蓄暧昧。

“你休息好了吗？”

“唔……”

奇怪他也是这么“唔”了一声，不说话，好像在等待她先说点什么。这会儿，两个人忽然间有点不知把话从哪儿说起似的，都很含蓄地，巴巴等着对方先说点什么。从前电话里调侃时指天喝地的劲哪里去了？

“你……还记得昨晚说的话吗？”毛榛终于没话找话，这话也问得非常傻。

庞大固埃同样是“唔”了一声，不往下接。这种暧昧和含蓄的声音比起床上的呻叫声更感人，更能直指人心。

毛榛不知道，其实他是什么也记不得了。酒醉说的话，过后他自己就记不得了。那是以后在她跟他经历了无数个夜晚之后，才发现在一般醉鬼身上存在的这一共同真理的。

“待会儿，我去西坝河那边有点事，会一个朋友。晚上，我想顺路去你家。”

“唔……来吧。”

毛榛没想到自己答应得这么痛快，连装出一点扭捏推搡都不会。想想自己真够笨的。

禁忌这个东西，一旦突破，很容易滑向惯性。男女睡觉也一样。有了第一次，就会接着有第二次、第三次……至于做到何时是个头，那就要看个人造化了，只能听天由命，谁也不能预测。反正，都会有个结果，无论好结果坏结果，最终，都得把事情走到头。到了头，心里头就踏实了。

要说结果呢，无非也就几种：运气好的，成了夫妻；再不济的，成了情人；最差的，是做了仇人；而最好的结果，是成了亲戚。可那是一种境界，一般人都达不到。最一般化的结果，是无疾而终，什么也不是，做完就忘，仍然像不认识一样。

她跟庞大固埃会怎么样呢？她不知道。还很难说。被狂轰滥炸了一通之后，她还没有找到感觉。

庞大固埃开着车东拐西拐，毛榛在电话里指挥着他怎么走怎么走。他把车停在楼下，丁零当啷上了楼。一进门，他们都有点不好意思互相看，两个人都在门口原地站着。庞大固埃礼仪性地拥住她，用胡子轻轻扎了扎她的脸。毛榛也没好意思扑上去。扑不上去，还是不熟。前一个夜晚的床上运动还没来得及有心灵的参与，那个劲儿总是上不去。没能产生那种一见面就能扑上去的无比眷恋、思念、热爱、渴望的激情。不渴望。很陌生。就是有点不好意思。

直到这时，虽然已经是身体亲密接触过一次了，但他们仍然是陌生的。

没有爱的爱，做了也是白做，做完就忘，留不下什么痕迹。毛榛这时才能体会到这个道理。

他带来了一阵香气，POLO 香水的香气。还有一丝酒气，混杂着饭店里人多味杂的烟火气，一股脑充塞进她这个清冷了许久的房间。

她替他挂外套，伸着鼻子嗅了嗅说：“开车还喝酒？当心让警察抓住。”

“没事儿，我是人民监察员，有证。警察见了也要向我敬礼。”

她笑：“证是给别人看的，命却是自己的呢。”

他把她的话当耳旁风，没听进去。在屋子里东看看，西看看，又到书橱里把那些书乱翻一翻。稍微熟悉了一点环境，这才坐下来。

她给他泡了一杯绿茶。他要求吸烟。

“去，把烟灰缸拿来。”

“咦？没见你抽烟啊？”

“戒了。以前抽得凶。后来犯心肌炎，医生不让抽。”

“那就别抽了。”

“嗳。歇歇，压压嘴里的气味。”

他倒是一点都不撒谎，总像是实话实说。

她把烟灰缸拿来，放他面前茶几上。又挤着，坐他身边来。

“让我看看，什么牌子？”

“红河。”

“哦，不错啊。”

“年轻时候乱抽，各种都尝，尤其爱玩洋烟；现在不行，老了，就固定在一种牌子上，不爱变了。”

她呵呵地笑。头一次听他说自己老了。这个四十几岁的小老头，呵呵。

“红河”牌烟卷的味儿，辛辣，微甜，又很柔软。她坐在身边跟着吸二手烟,甘辣的气息在她身体里长驱直入,有一种雕刻般的效果,刀削斧劈,印在她的味蕾上。

“我尝尝。”她忍不住顽劣,又要开始捣乱。

他把烟塞在她唇上,夹着,让她吸。她使劲吸了一下,又迅速将烟吐了出来,干咳了几口。他笑,眯着眼睛,坏坏的。她禁不住转身扑上去,在他嘴唇上亲了一下,却是甜的。他立刻回应,将舌尖伸过来,探入她的口中,好一阵揉搓,香辣辣的烟草味,搅得她欲醉欲仙,身体又要软了。

“坏啊你,”她回头躲开,“怎么回事儿,烟一从你嘴里出来,就变甜了呢?”

“分解了。我肚子里有过滤器。”

“呸!你还有消毒仪呢。”

“来,我给你消消毒……”

一双强有力的大手,又把她钳住,一下子举着,到他的身上。

“……我那天,非礼你了吗?”

“……非了。”

他问话问得有意思,她答话也答得胡搅蛮缠。

“哦,在哪里?我看看。”他一边说,手指没有停止动作。

她也真的斜了斜身子,抖出肩胛骨上的紫痕:“喏……”

他看了一下,还真的,在皮肤最为光滑细嫩的地方,有几道手指捏过的紫色斑痕,简直像瘀血了似的。

他感到有点内疚。知道自己是喝多了酒,对下手的轻重没了感觉。这种情况他以前有过。喝完了酒,打人,都不知道拳头打到对方哪儿了。

于是他小心地从沙发上抱起她来，捧着，像捧着一块豆腐似的，放回到床上。

“来，我给你揉揉……”

这回他是完全清醒的，进入得极其小心，极尽缠绵，把重量撑都在自己手臂上，免得压了她的身体，还问：“疼吗？”

她感到舒服透顶。

身体稍微有了一点熟悉，能够配合。时间的长度让她感到惊讶。她感觉仿佛不是他自己要做，而是纯粹为给她做的，每一步都是为了哄她，显示力量，赢得夸赞。

这是怎么一回事儿呢？一切都已超出了她的经验。身体承受着他的善意和温暖，一方面也感到几许茫然。

待到他预热完毕，开始加速度起来，可就不管不顾，撒开四蹄乱跑起来。那吼叫声，低低的，像老虎和狮子的长嚎，床垫给压得“咯吱咯吱”的，用跟他一样的频率乱颤怪嚎……毛榛在晕眩之中听起来，就好像他是在拼命干着一张床垫，两个家伙配合起来发出惊天动地的号声，毛榛自己给夹在中间，被压成肉饼，扁扁的，一点也发不出声音，主要却是床垫在那里叫了。

毛榛头一次发现自家的床垫这么能叫，竟然比她自己还会叫床。

这狗东西！

陈米松在家时，它也没这么浪啊……

德行！看我下回不换了你！

一通呼呼狠干之后，他们俩都瘫了一会儿。他没好意思立即入睡，可能是因为在别人家的关系吧，不好意思立即就睡着。

懒懒地，仰躺着，不说话。肚子一起一伏。她蜷在他身边，使劲挤着他，汲取着他身体上的温暖。

他又要抽烟，提神。

她下去，把烟灰缸拿来，放在他肚子上。

现在，在自己家里，她可以很松弛，很得闲，慢慢打量他的身体。柔和的灯光打在身上，毛发都变成金色。一丛一丛，像蒿草林立，胳臂上、腿上全是毛。尤其胸大肌，完全被毛发覆盖着，显得磅礴壮丽。肚脐周围也罩上一圈毛茸茸的。很性感。

她伸出舌尖去尝了尝，酸的。带着汗湿的微咸。

他给弄得痒痒的，来回乱躲。

“你要是穿一件低开领的衬衫上班，把胸毛一露，下面再穿条短裤，那得有多少小姑娘要往上扑啊？”她逗他。

“你以为我天天上班是干啥？是耍猴儿呀我还是耍狮子呢？”

“呵呵……”她傻笑，用指甲轻轻在他肚皮上划，“怎么刚才看你是狮子王，现在却像一只大绵羊？”

“你是想把狮子、羊全牵你家来是吧？”

“呵呵……”她又笑。心说这家伙。这家伙。太聪明了。话跟得太快了。

她拽过来被子，给他们盖上。做完爱后，松弛绵软的身体，躲在清香柔软的被子里，真好。被子非常妥帖，人也非常妥帖。

他顺手拿起床边的报纸来看。是当天的晚报，有一些娱乐消息,介绍几个演艺明星的。看着看着,他的调皮劲上来,开始耍怪,用东北家乡土话怪腔怪调地学那几个小品明星,惟妙惟肖。她给逗得咯咯咯地笑。

“你太能耐了,学得那么像。”

“我操,那都是我的作品。”接着又叹了口气,“操,全红别人去了。”

接着他又开始学起单田芳说评书的语调,报告起那段著名的“天气预报”段子:“今天下午,东南风转西北风……”抑扬顿挫,学得那份像,把她乐坏了。她嘻嘻笑着说:“等着,我去拿录音机,给你录下来吧。”

她现在每天练外语,录音机就放在床边。

他却拦着:“别录别录。跟你玩呢。录完了,人还以为你跟单田芳睡觉呢。”

她再也忍不住了,叽叽嘎嘎笑得捂着肚子在床上打滚。

这人说话,简直逗死了!

他自己却根本不笑。这就是所说的“晚会导演”“小品大师”的本事吧?像个大活宝,把别人逗笑,自己却不笑。

“去,把你的书拿来,我看看。”

“哎呀,那有什么好看的。”

“去,拿来,《该死的足球》那本。”

她拗不过,只好下地,到书柜里找来那本书。又一跃上床,从他肚皮上翻滚过去,挤到他里边,把书递给他。

他把书翻到那页,开始朗诵。用普通话,字正腔圆:

"《该死的足球》。马拉多纳来啦！柳莺听到这个消息……"

毛榛静静地听着，止不住夸他："发音很标准啊，赛得上播音员啦。"

"在学校上过台词课。"他说。

哦，怪不得呢。忘了他是个导演系科班出身的了。

奇怪他能同时用两套语言来说话，一套是口语，带家乡味儿的；一套是舞台腔，训练有素，舌根靠后音，后脑勺和鼻腔共鸣，像戏剧舞台上的演员。

念了一会儿，他停下来，说："我跟你说啊，我一直想把这篇文章拍成个电视散文或短片什么的。当时我在武威那里第一次读到，感觉就特别好。"

武威就是毛榛在电视台那个大师兄。

"后来，听说武威要请客，请你们几个写东西的人，我说我得去见见。"

哦，她明白了。原来他不是跟着瞎吃那顿饭的。人生真是很奇怪。人和人不知怎么就能碰上。一切事情，其实都是早有因缘的，不是谁跟谁想碰就能碰得上。

也比方说，当她突然间陷入独身，急急忙忙张皇地想找个人，想要重新建立家庭、想要气气她原老公时，她怎么就知道，原来身边还潜伏着这么一个人，一个多年单身、符合再次结婚条件的一个膀大腰圆业绩突出的人？当时她一听说庞大固埃是单身，心里是不是刹那间一喜，又一紧来着？

她有点被自己给自己制造的幻象打动了。

玩累了，他起来去卫生间。她腻在他后边，寸步不离，跟他耍。

他哗哗哗站在马桶前解手。她绕到前边去，跟他闹，要帮他扶着。

他一耸："唔。别捣乱。尿不出来。"

她又转到他身后，搂着他的腰，把脸贴在他腰眼上。

此时，这个身体，带给过她快乐的身体，变得熟悉，变得亲爱。她有点不想放开了。

"我是不是成你的大玩具啦？"他抖了几抖，明知故问，还有点得意。

她给他放洗澡水。

回来，他拨闹表。六点钟起来，明天台里开会。

"晚去不行吗？"

"不行。"他斩钉截铁。

嚯！好样的。像个男人。

已经都快一点了。

他酣然入睡。酒意加上做爱消耗的体力，使他倒下就进入梦乡。她却睡不着。又开始睡不着。

这时她才明白，原来不是"地方"让她睡不着，而是身边多了一个人让她睡不着。

她已经不会跟人睡觉了。

原来经过这一年分居和离婚的煎熬，她已然不会跟别人一起睡觉了。

她已经不会跟人一起睡觉了。她想。她悲哀又有点沮丧地想。虽然还能够跟人一起做爱，但是已经不习惯于跟人睡觉了。不习惯于身边有个人，鼾声如雷，浓重的呼吸覆盖住她出气的嘴巴上方的天空，感觉到身旁有个异物的存在。

这时她才明白，“做爱”跟“睡觉”不是一码事。

这可怎么办？她有点惶恐。

这才一年时间，她已经变得“独”了，不习惯身边还有个人。

那么，他呢？他已经一个人，生活了十年了。

十年！她感到恐惧。十年，不知道中间都发生了什么，也不知道他有多么复杂的前史。

不过，还好。看眼前这个男人，一切还算正常，至少，身体还算正常，用他自己的话说，他“作为男人的那点玩意还没有丢”，到了40多岁仍然能够很好地跟女人做爱，足够他自豪的了。看他睡得摊手摊脚的样子，没心没肺的，好像睡在谁家，都像是在自己家，真够瓷实的。

自己呢？自己还不习惯跟生人在一起睡觉。跟以前的丈夫陈米松在一起时，就没有任何感觉，两个人挤在一起，呼呼大睡，像一同流浪在外谋生的两只小狗，挤着彼此的体温，在人多纷杂的异地，温暖安心地入睡。陈米松说他每次出差，他都睡不好觉。不是同屋人打呼噜，就是信息轰炸太厉害，下半夜还有人来串门聊天，神经太紧张。只有回到家来，他们做完小别之后的第一顿爱，就挨在一起呼呼大睡。他们几乎就是一起长大，从青春到壮年，十几年的夫妻下来，已经完全熟悉、默契，完全像一个人，熟悉舒服得完全感觉不到彼此的存在，只习惯于两人一起睡，不会而且也没有机会跟别人睡了。

……糟糕。她怎么总要想到前夫？怎么总要想到拿庞大固埃跟前夫比？她这么不顾一切，跟庞大固埃一起游戏、糟蹋，不就是为要忘掉从前，开始新生活吗？

在离婚后跟遇到的第一个男人睡觉的时刻，她却总要不由自主地想起分手的丈夫陈米松。

她轻轻地拨开贴着她胸口的一个巨大的头颅，悄悄下地，又跑到书房里，抱着一床被子躺到沙发上，依旧紧张，无法入眠。

迷迷糊糊挨到早晨的闹钟响起，她过去推醒他。他极不情愿地睁眼，又闭上，问："几点了？"她说："六点。"

太早，他还没睡够，不愿意起。她使劲把他扶起来，扶着，帮他套毛衣，蹬裤子。他睡眼惺忪，半眯半闭着，举胳膊伸腿儿，撒娇，任由她摆弄。

她给他套衣服，还嗅了嗅上面的气味说："唔，真香。"

他半闭眼睛说："我可没抹香水啊。昨天给战友捎的香水，瓶子洒了。"

她不由得想乐，心说抹了就抹了呗，又不是坏事儿。

伺候着他，拿热毛巾给敷了敷脸，好不容易给折腾精神了，这才悄摸地开门，目送他到楼下。临出门他还抱住她，用胡子在她的两边脸颊上轻轻扎了扎。

痒痒的。毛榛真喜欢这种感觉。

见他下楼远去，毛榛这才转身，关上门，一头扑到床上，天不知地不知地呼呼大睡起来。

庞大固埃根本没问昨天她是怎么睡的，睡没睡好。甚至他连身边睡没睡人都一无知晓。一觉就到天亮。这家伙，睡觉太沉了。他倒是有福。

第十二章　大年三十的慰问电话

一场欢爱过后，紧张的期末复习考试占据了毛榛的整个心思。庞大固埃出差走了。她告诫自己，这会儿什么也不许想，一心一意准备考试。一学期的披星戴月、起早贪黑都熬过来了，编筐编篓，全在收口，这个时候，可千万不能大意啊。

好不容易过了几门外语（外语课是分成几个单独的部分：听、说、写、读来分门别类考核，最后再把这些部分按百分比往一起汇总），又考了两门专业课，还有一门政治课考试，极其严格，要进行单个抽签口试。大家都忙着互相抄笔记，背诵复习题。其忙乱程度，比起又来一次博士入学考试也差不多。

等到这一切都已过去，已经是元月中旬了，离过春节已经不远。今年的春节在元月24号，比以往早得多。按惯例，每年的春节毛榛和陈米松都要回东北老家，先到沈阳的娘家，然后再回抚顺的婆家过大年三十和初一，初二或初三就是各家各户闺女回门子，他们俩再从抚顺折回沈阳来，到她父母家过上一天，然后再从沈阳到本溪，探望陈米松的爷爷奶奶。爷爷过世后他们每年还坚持着去看望奶奶。

可是，今年过年她可怎么交代啊？

去年春节，正是分居闹得最严重的时刻，也是复习考博最紧张的时期,她以“准备复习考试”为由没有回去。这个理由,完全说得过去,不存在蒙骗和欺诈色彩。爹妈听说她考博,也表示了支持,还问陈米松回不回去过年。毛榛撒谎说:“他也不回去,在这儿陪我考试复习。”

老人们一听说两个人都在这儿,也就信了,还不断叮嘱他们多吃多穿,别累坏了身体,别感冒冻着。

今年她也没有借口滞留在北京不归了。博士也考上了,寒假也开始放了,还能说什么呢?每年他们也就春节才回去那么一次,少回了一年,就等于两年没回家。这个时间间隔怪可怕的,再也不像当年她跟陈米松两地分居时,几乎每个月都要在京哈线上跑,不是你来就是我往,觉得那京哈线从沈阳到北京段无比地短,这一头是我,走到那一头就是他。两人团聚以后,就再也不爱往家折腾了,觉得京哈线无比漫长,回一次老家,都折腾得够呛,什么也没干就觉累得慌。那时候他们到底还是小啊,娶了媳妇忘了娘,有了丈夫忘了爹,一点没意识到爹娘对自己的重要,就以为只有夫妻才是最亲的亲人。结果呢?

唉……

今年她到底还回不回呢?不回吧,没道理;回吧,她一个人又怎么个回法?家里对他们离婚的事一点也不知道,她把这个捂得严严的,没脸说,也不知道该怎么说。若是她主动提出离婚的倒也好,就瞎编一个理由,比如说:跟他一个少数民族在一起生活实在不方便啊……也就将就过去了,家里人会觉得既然是她主动挑起一切，想必她早已经在心里想好，各方面都计划周全了，不必为她操太大的心。

现在情况正好相反，是她被陈米松甩了。她一下子就不知道该怎么说，而且，关键是，这是春节！谁愿意在春节这么个万家团圆的喜庆日子里提离婚这么个不痛快的事？

第一次遭遇离婚的人，真的，什么都处理不好，什么都一团糟糕。

不管怎么说，也得硬着头皮回去啊！

分居、办理离婚手续这还仅仅是痛苦开始的第一步，往下，就要迎接各种各样问题，各种各样探询的目光，亲人们一次又一次的问询，先听到消息后听到消息，以及说不定等到多长时间以后才听到消息的熟人和半熟人，在任何一个时间任何一个场合任何一个地点、半是友善半是调侃的关怀关心和好意劝慰。那才真叫痛呵！伤口总想养好，却总是不得消停，不得不一次又一次地被有意无意地扯开、撕开，露出里面鲜嫩的皮肉。然后又要从头再长，再撕、再痛……

这个过程，大概要持续一年到一年半之久。直到周围又有了新人，也在闹离婚，人们的好奇心和注意力被新人分散、吸引过去，到那时候就没人理你这个“旧人”的茬了。

毛榛还是按照往年回家过年的习惯，订票，去商场给爸妈买毛衣，给小外甥外甥女买过年的礼物糖果。这些采买之事以前在家里也一向由她来做，陈米松上班忙，没时间。以前这些东西她都是买双份的，她娘家一份陈米松家里一份，给她父母买什么就一定给陈米松父母买什么，坚决一碗水端平。持家之道，就是这么个理儿。爱情落实到婚姻和家庭上，就不再是从前的抓紧一切机会偷情、恨不能天天在床上做爱打滚，而是变成这么些日常生活起居、柴米油盐酱醋的事情，每日重复，不会有太多的变化和新意。

唉！生活啊！我的婚姻家庭到底丢哪里去了呢？

毛榛一边采买着年货，一边左思右想闷闷不乐。

挨到了年根底下，腊月二十九，也就是大年三十儿那天(今年的阴历没有“三十”，过了二十九就是大年初一)，毛榛才磨磨蹭蹭坐上了隆隆作响的特快列车。她不敢回去太早，想尽力缩短这次探亲旅行。亲戚们问起来时，万一哪句话没瞒住，表情穿帮了怎么办？她自己首先会忍不住哭哭啼啼，然后再搅得全家人都上来劝慰、开导，那会成了什么样子！还让一大家子人过不过这个年？

她已经事先打电话告诉妈妈，说陈米松出国学习去了，今年过年她一个人回家。妈听了，信以为真，也没有多问，就是嘱咐她，一个人走道要多加小心。

火车隆隆作响，奔驰在辽阔的东北平原，驶过无数的原野、河流和村庄。她特地选择乘坐白天的火车，想好好温习一下这久违了的京哈线景色。冰封的大地沉静而安宁，偶有几间小屋在视野里掠过，屋顶上面烟囱上冒出几许袅袅的炊烟。“北国风光，千里冰封，万里雪飘……”这是小时候他们这些东北小孩最爱朗诵的一段毛主席诗词，那时候仿佛觉得这就是专门写他们的家乡的。这沉默的大地中一切仿佛都是多年不变的老样子。四季寒暑，都在不知不觉中有规律地交替运行着。没有谁知道在这不变的万物中，人究竟变掉了什么。

北京在悠长的汽笛声中远远地被抛向了身后，家乡正在欢歌笑语里步步逼近眼前。

毛榛心乱如麻。九个小时的白日旅行，她很难不心乱如麻。这一尺一寸的枕木铁轨上，都被她和陈米松的爱情足迹踏过、量过。去的时候，他们是两个人；如今，她空落落的，一个人孤独地回来了。她怎么能不伤感、怎么能不伤情？

整个一路上，她都默默无声，遥望着窗外的景致，一点一点想着心事。拂之不去的，却全是跟陈米松的爱情，他们俩在一起时的点点滴滴前朝旧事。

进入冬日，天黑得早。车过锦州以后，就差不多黑天了。一点一点，又开到了新民。下一站就是沈阳。这些站，毛榛闭着眼也能数得上来。她们大学那个班里还有两个同学就是从新民高中考去的，那个学校的高考升学率在全辽宁省很有名。

毛榛正在这里漫不经心地向窗外望着，身上的手机响了。打开一看，是家里妹妹来的电话，正要往站里去接她，问车是不是正点到达。她回答说是，并告诉她不用进站里边来接，她的东西不沉，自己一个人就能拉着箱子出去。关上电话，她的神思清醒了一些，妹妹的电话才让她意识到这是要到家了，就要面对父母亲人了。

正在这里调动自己的神经系统、努力让它们兴奋起来，电话又

响。拿起来一看,是一长串奇怪的号码。她心生纳闷,按下绿色接听键,里面传来一个中气十足的声音:

“毛榛老师啊……”

毛榛心里一喜,又一惊,都有点愣住了。是庞大固埃!

是庞大固埃!是庞大固埃在这阴历腊月二十九也是大年三十的这天晚上,不知从哪儿给她打来电话。

她一时缺乏心理准备,激动得声音都变了调,开口问:“你在哪儿?”

“我在美国。这不是,年三十了嘛,给你致一个异国他乡的问候。”

毛榛在一刹那间,激动得都有点要哆嗦了,以至于接下来他说些什么都听不清楚,心里只有一个念头:他心里有我!他心里有我!他这个人心里有我!

这个时候,在她的自信心已经被摧毁得一塌糊涂的时候,能知道有个人还想着自己,还能喜欢自己,这对此时此刻的她来说,是多么重要,多么重要啊!那种感觉,可真是终生难忘呵!

不知是她的耳朵不好还是电话信号不好,她已经听不清话筒里的声音。毛榛就起身离开座位,一边朝车厢连接处走,一边嘴贴着话筒大声说:“也祝你在异国他乡节日快乐!”

庞大固埃沉实有力的声音通过国际漫游线路断断续续传来:“我刚给我爸我妈打完电话,然后就给你打……”

后面的声音她都听不清了,或者说她宁愿把后面的话都忽略了也不要紧,只听他前面说的这两句话,就已经够叫她浮想联翩,心花怒放!

她就是带着刚接听完庞大固埃电话的浮想联翩和心花怒放,一脸璀璨一肚子幻想地走下车的。带着庞大固埃突如其来的注射给她的幸福关怀,她脸上挂满笑意面对家人,带着信心去渡过面临的又一个难关。

庞大固埃,庞大固埃,你到底是个什么人呢?你怎么什么都会说、什么都敢说,话语既夸张又不过分,还总能把时机把握得恰如其分?

你怎么随时随地都能把话说到我心里去呢?

她不知道她是沉浸在他话语修辞的力量里呢,还是沉迷到了自己的幻想中。总之,是从这一刻起,是从大年三十的京哈线特快列车上,接到他从美国打来的国际长途的时候起,她的心里就开始真正有他了,心房里开始装载他了。

以前睡过的那两夜最多还只能算是身体表皮的抚慰和接触,最多不超过某一部位内里八寸左右的伸缩深度。从这会儿开始,他的形象开始沿着子宫上溯,已经达到脑海,开始盘踞在她意识深处。

她的心里有他了。

心里装了一个人,再去战胜困难时就少了许多沉重。她就是带着对他的冥想,对未来生活的憧憬和冥想,开始在家里欺上瞒下,把跟陈米松离婚的事实再一次捂得严严的。家里姑姑叔叔妹妹妹夫亲朋团聚,每来一个人就要问起一次:“那啥,小那谁,小陈米松没一起回来啊?”她就一遍遍给他们扯谎:“陈米松出国学习去了。”每来一个人都要问,每问一次她就如此重复一次,努力控制自己做到不脸红,不心跳。十余年的婚姻,陈米松早就成了家里人,成了家里的一名成员,他们两个也早被看成一个单位给对待,缺了一个,总像不完整似的。尤其是在春节过年这么个万家团聚的时刻,哪个中国人出行不是以家庭为单位进行的?除了迫不得已,一般很少有单蹦一个人乱窜乱跳现象的存在,眼瞅着寒碜,不得劲,像一个被世俗幸福抛弃的人。

好不容易熬过了七天。她陪在父母身边,小心翼翼地熬过了七天。其间妈还问她:“你不回你老婆婆家看看?”从这儿距离陈米松家只有两个小时的车程,很近。她说:“不用了,回来之前电话里说好了不回去。”

妈也就相信了,不再问什么。她就是再想,也想不到她此时已经跟陈米松离完了婚。她就是再想,也想象不到,这一年多来,毛榛是怎样渡过了那些可怕的抑郁自杀的精神折磨的岁月。

当白天亲戚们串门、聚会的热闹过去之后,每当夜晚来临,毛榛独自一人,躺在她的小屋里时,她久久地睡不着觉,久久地苦思冥想。她开始想庞大固埃,开始顽强地用庞大固埃的形象,用他带给她的快乐、风趣、愉悦,来挤走她日思夜想、日夜诅咒怀念的陈米松形象,使劲挤他,妄图用一个程序来覆盖和驱逐另一个程序,用一个版本来升级、替代另一个版本。

但是她不知道,他们俩,陈米松和庞大固埃,其实完全是在不相干的目录区域里,没法相互驱逐和覆盖。他们各自存在着,各自在她的生命中打上不同的烙印。只不过某一天,有一个程序的使用率会渐渐降低、渐渐降低,低到接近于无,如此而已,但却不可能消除,永远都不可能。做过的爱,付出的心血,怎么可能就轻易被覆盖、删除了呢!

但是此时她正穷途末路,还真以为是可以呢!

独自一人的时候,在冥想的时候,她就承认,哄自己承认,她确实是喜欢他,喜欢庞大固埃,喜欢从前电话里那个谐谑风趣的声音,他可以一拿起电话就进入兴奋状态,能够逗她笑,惹得她跟他斗嘴,跟他耍贫,惹她说话。她语言中枢不太发达,人要不逗她,她就没法自己主动说话。他却能逗得她"哇啦哇啦"说个不停。

无疑,她是喜欢他的,也就是那个写诗的、写各种时评和政论文章的、那个最初曾报考过文学系而不是导演系的、那个很有文才文采的庞大固埃。是他的诗把她引导到他身边来的;又是他那满室书香让她放心、把她留下的。至于他在电视界的种种活动,他的呼风唤雨得意轻狂,她都不太知道,也没有想要知道。

但是……现在,不一样了。她想了解他,了解他的方方面面,他的家庭、他的工作、他的朋友、他的一切一切,她都想了解。当她认为一个人与己无关时,自然不会投入太大关心,只要知道他的眼下、他的现在就行了;一旦觉得这个人与己有关,冥冥之中会跟自己的一部分生命发生关联,那就理所当然并且本能地想了解他,想知道他的一切。

就像早知道要有今日相逢的这一遭,他一盒子又一盒子寄来了有关他的全部艺术生涯的书籍资料,是故意想让她了解他吧?

现在,她自己把事情越想越像真的了。她开始给自己讲故事,哄自己说,早就喜欢他了。不然,就不会听人一说他是单身时,她心里一紧,又紧接着一喜,就仿佛老天有眼,走了一个陈米松,却不料又有一个各方面都很优秀的庞大固埃在前头等着,就潜伏在身边,一直潜藏着,非要等陈米松走了才现身。如果陈米松不走,他就仍然像地底下一块发光的煤,在兀自地燃烧着,永远不会到她这个炉膛里来闪亮。他们依旧会保持来往,但在人生的感情征途上,却永远没有任何瓜葛,永远是两个相逢开口笑、过后不思量的熟悉的陌生人。

她在沈阳没待几天,等到春节的七天大假一结束,就急匆匆赶回北京,是为了躲避家人更多的怀疑和询问,担心有一天不小心会露馅。还有,私下里,是不是也为回去等庞大固埃从美国回来呢?

她不敢回答自己。

正月里的北京,是最舒服的时刻。外地人都回家过年,北京的人口也就剩下个五百万多一点,是平时的一半。微风吹拂,平展展的大道通向天边。北京本来就该只容纳五百万人口的规模,不过那样一来,像毛榛、陈米松、庞大固埃等等这些外地人,还有机会晋京、求学、就业、定居、相爱、离异,在北京这块土地上上演一出出悲欢离合的爱情故事吗?

二环路简直好走得上了天。车子"唰唰唰"一辆辆过去,彼此可以拉开很大间隔,速度之快,简直也是平时没法比。这要在平时,哪一天的主干道上汽车还不都堵得脑袋顶着屁股,再好的车也都吭哧吭哧磨蹭得像老牛拉破车似的?

保利大厦、凯莱大酒店、苏联大使馆的灰顶一闪就从车旁过去了。雍和宫金碧辉煌的琉璃屋顶在二环路早晨的阳光中明媚地闪光。宠物医院的巨大牌匾、金孔雀艺术世界的醒目招牌、德胜门雍容华贵的古代箭楼一一在眼前滑过。北京啊!多么熟悉的北京,多么温暖的北京!刚从沈阳过来,觉得北京的气温暖得简直要不行,仿佛快要河水化冻、春暖花开。恍惚之中,就像见到护城河堤上的柳芽儿也绿了,迎春花也黄了,春风扑面,春阳耀眼。也难怪,每年 2 月4 日是立春,今年的立春已经过了,河水也该有了响动。

……也不对。她离开北京也不过才一周时间,心情却恍然判若两人。为什么?是什么力量让她一下子心情就明亮起来了?就因为心里边开始想着一个人了吗?

完全是因为自尊心的原因,她羞于承认,尽量把自己心里毛茸茸的慌张压抑掩饰着。然而,等到她回来以后,稍事休息以后的第二天,却再也熬不住自己的思念,临近傍晚,还是拨通了庞大固埃的手机电话。

没想到,竟然通了!

庞大固埃开口就说:“呀嗬!毛榛老师,给我拜年来了?我刚下飞机,正在机场等行李呢。”

毛榛心里一喜:这么巧!这么巧!天下事竟然会这么巧!

“你……还好吗?”她说。想了好多话,突然间一下子又不知道该怎么说。

“唔,还好,还好,整天都在路上。”

“我……我很想你。”她终于说，艰难地说出口，说完了，如释重负。

都这么大岁数的人，说出一声“我想你”也不是一件容易的事情。

“……是吗？”他的口气明显变软了，脉脉含情。谁也禁受不住被别人想。

“唔，我想……见你。”她说，小声地咕哝着，显得没有多大把握和勇气，像是试探，又像是恳求。

“嗯……”他沉吟了一下，说，“我儿子回来了，待会儿要和我一起吃饭……这样吧，你等我安排一下，待会儿去你家。”

她的心里“哗——”地涌起一阵欢乐。

带着满身的菜味、酒味、国际旅行飞机上混杂的人味、POLO香水沁人的香味，满身复杂气味的庞大固埃来到了毛榛家。他竟也和以前的陈米松一样，回自己家，从来不按门铃，而是“咣咣咣”拉着防盗门的把手拽，仿佛在显示对这个家的理所当然的主人身份。庞大固埃也同样采取了拽门的动作，“咣咣咣咣”，使劲晃悠着那扇防盗门。毛榛早已等候多时，一听见响动，立即开门把他放进来，就像开门放进来一头狮子或老虎，然后她就像一头母羊一样，咩的一声就扑了上去，纵身就往狮虎口里送。庞大固埃托住她，箍在他的身上，用胡子又亲又扎，贴着她耳朵说一声：“满满的，都给你留着呢……”说着，急火火地就往床上抱……

她幸福极了，陶醉极了，惊异于他给自己带来的欢欣，惊异于他对自己身体的熟知和把握能力。

收。放。停。

想怎么样就能怎么样。想什么时候完就能什么时候完。

还问:“我好不好?”

“……好。”

“哪儿好?”

“……”

“说,不说我就不做了。”

还是不说,脸涨得通红。

“说,”他俯下身来,凑近她,“我爱听你说。”

哄,逼,诱。种种招数使尽。

……第一轮轰击过后,他从她身上下来,仰面朝天,嘘了一口长气,感叹着说:“我知道,咱们俩是一套。”

这叫个什么破词儿,怪可气的。她听着,简直不知道说什么好。

他又用大手轻抚着她的脸,一点一点,轻轻爱抚着,说:“我还以为你太能干,把人给吓跑了呢。”

她也毫不示弱,马上回嘴说:“我还以为是你不行,人家不要你了呢。”

他们两个人就都没皮没脸地“嘿嘿”傻乐。

他又感慨道:“榛儿,我告诉你说,你是个好女人。他不要你,他要后悔的。”

她没想到他会这么说，一时又不知道说什么好。她真不知道该说什么好，情绪很复杂，勾起她的往事让她心里很复杂，听他这么说话她心里很复杂。她也就什么都不说了，把脸埋在他的手掌心里，权当他这是嘴会哄人、会说话罢了。

她看到他的双腿膝盖处都磨破了，磨破了表层的嫩皮，露出丝丝血痕。她一惊："怎么搞的，腿？开车撞了？"

他自己还没发现，也没有感觉，只是漫不经心地"唔"了一声。

"走路怎么也不小心点？"她心疼地探身查看，不经意发现床单上沾有几丝血痕，新鲜的，那正是他膝盖着地支撑处。她一下子明白了，他是在这里磨的，磨破了。上一次庞大固埃来时，这床垫子总"咯吱咯吱"乱响，待他走后，她就换了一个新的强力席梦思垫子，弹簧加密，硬得很，不会再"吱哇"乱叫闹出声音。她只在床垫上铺了一层厚床单，中间没有铺放毛毯。没想到，它的摩擦系数那么大，不小心把庞大固埃膝盖处的皮都磨破了。你说他得花多大力气啊！

毛榛真是又乐又过意不去，她把这一事实真相告诉了庞大固埃。庞大固埃的表现可真像个男人，轻描淡写说了一句："没事。"说完，又开始抽烟，拾起她床头的报纸来看。

那也是她事先给他预备的，她知道一般出国回来的人，都要先急火火地找有说汉语的地方聚，找有写汉字的东西看，是为了接通信息，也是为了润眼。搞文化的人，耳朵眼睛跟汉字母语隔膜久了，哪个都不习惯，都没法做下去了。

洗过澡，庞大固埃带着满意的疲惫进入梦乡。毛榛抱着枕头，又到书房沙发上。她拿起庞大固埃抽的“红河”牌烟卷，点上一支，披上衣服，来到阳台，稍稍将窗子推开一条小缝，让烟气朝外面走。

春天的风，又野又贼，又贼又野。小公园里的树木都给搞得心神不定的，一片片在夜幕下摇首摆尾。早早的，草棵子里就有了猫叫春的声音，一声长一声短，听着，叫人一下子就腿软身软，除了欢爱，不想着再做正经事。

是春天了呵！

她把烟深吸了一大口，继续浸淫在庞大固埃舌尖辣滋滋的烟草香气里。

第十三章　高头大马 · 胡子哥哥

北京的春天,来得猛,去得快,完全像一场早泄,人还没来得及感应,它却已经“吱溜”一声,滑过去了。如果不是在刚一开始时就迎上前去,感受它,回应它,那么这一个春天整个就是白费了,俨然只是打了一个发春的幌子。

庞大固埃要领着毛榛出去玩,说好在她家门口的小公园门口接她。毛榛问他去哪?他说郊区,瞎转转。具体的方位她也没问。真是奇了怪了,庞大固埃领她干什么她都不问,一叫就来,跟着就走,有点像被他给下了一道迷香药,拍了花子。

待会儿见车来了,停在北三环边上小公园门口,老远地见他平白无故朝她亮了几亮车灯,仿佛在向她挤咕挤咕他那两只狡黠的毛嘟嘟的眼睛。毛榛笑,到了近前,见车子浑身上下全是黄泥点子,灰土扬尘的,肯定是昨天晚上的沙尘暴又加上几粒小雨造成的直接后果,也没来得及擦一擦,就这么青天白日地开出来了。

毛榛挺不情愿地钻进去,说:“庞教授,是不是单位只发车,不给报销洗车费啊?”

庞大固埃立刻明白了,胡子一翘一翘说:“哎,哎,这不是忙,没顾得上嘛!”

毛榛说:“坐在小脏车里,就跟早晨出门没洗脸似的,有点抬不起头。”

庞大固埃说：“好好好，这就去给你洗脸。哼哼，还挺难伺候呢。”

说完了，就左一把右一把将车挪出了辅路，上了三环，直接先奔一个洗车的地儿。等车子从那个洗车房里一阵儿淋又一阵儿喷地忙活完再出来，嗬！再一看，每一扇玻璃每一扇钢板都闪闪发亮，面貌焕然一新。毛榛跟庞大固埃这回再坐进车去，立刻觉得提气了不少。她还故意猛劲往椅垫上蹾了蹾，说：“唔，这回可就舒服多了，感觉像穿了一件新衣裳。”庞大固埃笑了笑。

车子下了马甸桥，上了通往郊区的昌平路。四周围城里的高楼大厦渐渐已经看不到，入眼的都变成了郊区景色。星期天，往郊区去的路上车子非常多。现在正是柳枝儿吐绿、杏花儿喷红，踏青郊游的好季节。城里的公园早已经被本地人所不屑，除了供给老年人遛早儿，剩下的基本上就是让给了外地人去充塞。凡是有北京户口的人，都以节假日去郊区玩为时髦。公费旅游当然必不可少，各个机关单位的各种名目繁多的会议“三讲回头看”“计划生育表彰会”“三八劳模表彰会”“年终总结述职会”等等也纷纷拿到郊区有山有水的地方去开。邻近城区的几个县区：怀柔、密云、昌平、顺义、门头沟等等的京郊旅游度假村生意开始火爆，各种会议度假场所设施齐全，除了客房、餐厅、会议室这些必备设施以外，卡拉OK、保龄球和桑拿是永远不变的老三样。周围再有点农家饭、鲜果采摘、活鱼现钓等等节目配合，就能把久居城里的人们哄得乐不可支。

车子越走越远。路两旁的树木和房屋“唰——唰”向后倒伏。大片大片的农田在视野里袒露，冬小麦刚刚泛绿，青青的绿芽惹人爱怜。还有一些去年收割后留在地里的玉米秆，仿佛也要努力拔节，也像是要在春天里变得青葱。大地上的植物们都随春天的空气一起，散发出一股甜香的、暖烘烘的气息，熏得人昏昏欲醉。

车里有点热，庞大固埃把皮夹克的拉锁拉开，摇下玻璃，一手伸向窗外，感受着春天田野上风吹来的暖气，一手扶着方向盘，将车开得稳稳的。由于他的身体庞大，坐下来也像一堵山，镶嵌在方向盘后的座位上，显得踏实、厚重，稳如泰山。毛榛从侧面望了一眼他的姿势，忍不住“哧哧哧”乱笑了几下。庞大固埃竟然连头也不转地问：“你笑啥，你笑啥？是笑我‘底盘’大是不是？”

毛榛更是笑得不行，心说，这家伙，怎么连胡子里都长眼睛？他怎么连我心里想什么都看出来了？

他又把手从车窗外抽回，两手都伏在方向盘上，无限感慨着说：“生活真美好。唉……生活真美好。”

像叹息？像感慨？像心满意足？像慨叹现实情景的来之不易？

都有点。又都不像。反正，有点像喝醉了酒之后，飘飘欲仙之时的那么自我咕哝。

毛榛觉得有趣。他怎么一切行为都跟别人不一样？尤其是，跟毛榛周围的人有点不太一样。完全不一样。也说不出怎么个不一样法，反正，就是不一样。这个“不一样”，简直太吸引她了，总把她乐得要死。

越往前走，车越少了。他们就开得更快、更惬意。车里放着他的诗歌朗诵带，是叫哪个主持人或播音员给录的，还经过了后期制作，有音乐配音。那是一组表现寻找真正爱情的诗篇，有点羞涩、青甜。男播音员的声音故意很靠后，是午夜十二点的床上叫猫的嗓子，很磁性，能抓人，完全把诗意给扭曲了。不过不要紧，那个音乐曲子本身将这个缺陷很好地遮盖了。她就权当是听着音乐配诗，而不是诗配乐。

音乐和诗舒缓地在车里流淌，他们都默不作声地听。春天田野温暖的风，公路两旁高大的刚泛绿芽的树丛，平展展地像是新铺过沥青的柏油马路，这个爽洁的、像阳光一般热情的男人庞大固埃，他的身体上传导过来的吸力和亲密……毛榛感觉到心里的冰山一点一点融化了。那是一年多来阻塞了她许久许久的一座冰山，此刻正在一棱一角、一个碎片一个瓦块噼里啪啦在融化。

远山一点一点隐现在车前。山都不高，但是是起伏的、连绵的，拉扯不断，迤逦着向远方视线所达不到的地方伸展。这么低的山，山顶上竟然也有白云压下来，在山头尖顶那地儿微微卷曲了一点边，让人感到不可思议，恍然以为是看到了高山雪线。

“小时候，春天一来，感觉多明显啊。”庞大固埃感叹着说，“尤其是，小孩刚把棉袄棉裤脱下来、换上线衣线裤那会儿，感觉那个轻松啊，啧啧……”

“是呀，脱掉棉鞋换夹鞋，出外面跳猴皮筋，一跳，一蹦，地还冻得很硬呢，把脚腕震得直发麻……”

“是呵，是呵，现在的小孩，哪还有那份感觉了？到处都是暖冬，到处都是大气污染，再也体会不出冬天和春天的变化来了。”

他们都一起沉浸在对于家乡冬去春来时美好情景的回忆里。在北方，那个遥远的冰封雪飘的寒冷地带，有着他们共同的家乡。只不过，他的家乡更往北，在那个寒冷的松花江畔。她的家，在出了山海关不远的地方，一个过分古老的工业城市。

“你去过江里钓鱼吗?”她忽然问，对他的家乡和童年产生了兴趣。

“没有。小时候偷着到江边游过泳，被我爸发现，给揍了一顿，警告我下次再不许去。那条江里每年都淹死人。”

“哦?”她眼睛一亮，说，“我给你唱首歌吧，歌颂你家乡的。”说着她就小声哼唱：

心中有条美丽的江，
波浪滔滔情谊长，
心中有条美丽的河，
水波绵绵像首歌。
哈尔滨啊松花江，
我无限把你向往……

“哈尔滨的歌你也会唱? 连我都不会。跟谁学的?”

“中学时候，夏令营，东北三省同学在一起，互相教的。”

“喔哟，还夏令营呢，好学生啊! 你夏令营时几岁? 15 岁? 我 15 岁那会已经当上解放军叔叔了。”

他又自豪地显摆他的当兵履历。可也是，那个年头，小青年们普遍的命运是上山下乡。当兵是最光荣最高不可攀的选择，一般来说，若不是家里有人，送去当“后门”兵的话，根本就当不上去。他呢？他是怎么当上去的？她不知道，他也没告诉她，就听他不断追问她：“你说吧，你承认不承认？你 5 岁穿开裆裤的时候，见到一个 15 岁的解放军，是不是得开口叫声‘叔叔’哇？”他一边拧着方向盘一边问她。

“你 5 岁才穿开裆裤呢。”她“哧哧”笑着使劲嗔怪他一眼。

车子上了土路，一拐一拐，颠簸得厉害。羊肠小道，一伸手，就能抓住路两旁的苇秆和蒿草。她不知道他要颠簸到哪里去。左拐一下，右拐一下，终于拐进了一个带有蔬菜大棚和一溜屋舍的大院。他说，这是他战友李木的家。李木住城里，跟人合资经营酒楼，这是他在郊区买的一块地，早年买下的，很便宜。

“买地干什么？周围这么荒凉，交通也不方便。”毛榛问。

“是别人买完了不要，出让给他的。开始也没具体想好究竟要用来做什么，只是觉得太便宜了，先买下这块地皮来再说。”

院子周围是用栅栏栅上的，留了一个篱笆门，门很大，够两辆车同时出入。车子一开进去，两条狗先狂吠着蹿了出来，追随着车子乱跑。全是大狗，一条土黄色的，像翻毛皮鞋，一条是黑不溜秋的，看不清眼仁在哪儿。随着两条狗的汪汪乱叫，走出来两个满脸皱纹上了岁数的老人，一个老头，一个老太太。

老人见了庞大固埃，招呼说：“来了啊？吃了没有呢？”听那口气,像招呼自己亲儿子一样。

庞大固埃也没客气,说:“还没呢。有啥吃的?”

老太太说:“也没啥玩意了,屋里就还剩点挂面。木儿那孩子有一会子没过来了。”

毛榛听明白了,两位老人是李木的亲戚,从东北老家来,平时在这个郊区“别墅”里给他看家。平时他们吃的用的,除了蔬菜可以从院里大棚采摘以外,其他的,都是李木每星期从城里送来。

庞大固埃说:“没啥玩意就别整了,待会儿到宏子那里吃去。那啥,领一个朋友来,随便看看,待会儿就走。”

两位老人和善地冲毛榛笑笑。他们回头喊出一个小伙计模样的十七八岁的半大小子来,手里拎了一大串钥匙,让他领毛榛和庞大固埃到处去转转。

这块地皮方圆很大。蹚过很多树棵子,见到了一边的空地上的十几间小木板房,类似野营帐篷。开了一间小板房进去,见里面住宿设施一应俱全,双人床,小卫生间,外面还有一 个小小会客厅。毛榛才明白,这里原来是要建旅游小别墅用的,有点像毛榛在“京都第一漂”的大峡谷旅游度假区曾经住过的那种。

庞大固埃说:“等明儿个,夏天时,你到这儿来写小说。空气好,又安静。”

“有蚊子吗?”毛榛问。

庞大固埃说:“当然有。”

毛榛说:“那我不敢来 。我血热,招蚊子。”

看完了小板棚,又去看蔬菜大棚。里面的黄瓜、西红柿长势很旺，都结着鲜嫩的果。庞大固埃说：“这些都是绿色蔬菜，留自家吃的，绝对不施化肥。”

“那一定比市场卖的要好吃多了？”

“你想吃吗？给你摘点，待会儿带回城里做菜吃。”

毛榛赶忙说：“不要不要。”

庞大固埃却不由分说，命令小伙计拿了个土篮儿，他挎上土篮子，亲自钻到垄沟里，一根一根摘了起来。不一会儿，再挎出来时，篮子里红红绿绿，除了西红柿黄瓜，还有西葫芦和小辣椒。

篮子交给小伙计提拎着，他们又顺便看他们家养的一大群小畜生。一窝一窝的小白兔在暖乎乎的土堆里乱跑乱刨，一个个都竖起了警觉的长耳朵。一大群五颜六色的鸡，在各自隔离开的铁笼子里咕咕咕叫，由于长得过分漂亮，已经不像用来下蛋的土鸡，而像是某种类型的观赏动物。一条大黑狗在铁丝笼子里罩着，老远就能听到它狂躁的吼声。大黑狗体形巨大，前爪挠着铁丝笼子站起来时，个头能有一人多高。庞大固埃说它是藏獒。毛榛一听，胆战心惊，不敢走上前去看。藏獒龇牙咧嘴，吐着血红的大舌头，冲着一切可能近身边的人狂叫。它的手脚都用大铁链子锁着。

北京曾经有过藏獒咬死人事件，说是郊区一户人家养两条藏獒当宠物，结果一没留神，藏獒把进他们家院子里来串门的宾客当场咬死。后来这两条藏獒被枪毙了。

绕过狗窝，重新走回到大门口，他们让小伙计找出个纸箱来把菜装上。毛榛说她要不了这么多菜，庞大固埃说：“不都给你，待会儿给宏子他们捎去。你要哪些？黄瓜西红柿？好，再给你拿两个西葫芦。”

把蔬菜分别包好，庞大固埃又给宏子那边挂手机，说待会儿过去，到那里吃饭。

挂了机，又从箱里抽出两根黄瓜，拎着，拿进屋洗，出来时，嘴里嚼着一根，手里拎着一根，一边从牙缝里挤着说：“看看，多嫩。”一边顺手将手里那根递给毛榛。

毛榛接过来，拿着，没好意思吃。他们弯腰把蔬菜盒子往后座椅上放。就在这时，忽然，一只小刺猬猫手猫脚地蹭了过来，毛榛惊喜地叫了一声：“嗳，刺猬！”

老头儿看了一眼，说：“从地里来的，好几窝呢。”

庞大固埃把车发动起来，喊毛榛上去。毛榛脚步拖沓，磨蹭着，迟迟疑疑，眼里不住瞄着大摇大摆在地上玩的小刺猬，然后头探进车去悄悄对庞大固埃说：“我想要小刺猬。”

庞大固埃一听，“行行行，有什么要求我们都完全满足”。然后一扭身钻出车来，看刺猬一眼，高声道：“那什么，小伙儿，给找个盒子，把刺猬给姑娘装上。”

小伙儿颠儿颠儿去找盒子，一会儿从屋里出来，拿出一个大纸箱，然后又小心地把刺猬拎到箱子里。站一旁看的老太太说：“这刺猬是一家呢，还有两只，要不？”

毛榛说：“不用不用，够了。”

车子重新启动着上了路。庞大固埃一手开车，一手拿着那根黄瓜嚼着，嘎嘣嘎嘣，嚼得挺香，听得出他的牙口很好。这会儿他的车里好看多了，后座上是一盒子蔬菜，黄瓜、西红柿、小辣椒、西葫芦，边上是一盒小刺猬，前座是一男一女，每人手里还提着一根翠绿鲜嫩的黄瓜。他边吃边还劝她：“吃吧，怎么不吃？顶花带刺儿的，真正绿色蔬菜。”

她表示她自己不太想吃。走在路上，这么嚼着根黄瓜，“嘎嘣嘎嘣”的，男人嚼出声也就凑合了，女人嚼出声却怎么说也显得不雅。她就强忍着说自己不吃。

庞大固埃说：“不吃给我。”

她递给他。他又嘎嘣嘎嘣，很快就消灭掉了。

车子七拐八拐，又走出了好一段路，拐进了一个大院。这里就是马场，宏子他家开的。这个院子比刚才那个更大，供马跑的地方，怎么能不大呢？庞大固埃很有规矩地开着车子绕场地边上开半圈，开到南墙根底下，一排小车都靠边集中停在那个地方。庞大固埃在那里泊车。毛榛先下来，他也随后下来，又弯腰去后备厢里鼓捣着什么，对毛榛说：“你先拎那口袋菜上去。”

毛榛有点迟疑了一下，心说我谁也不认识，我怎么能先上去啊？

那上边，在搭起了两层台阶高的地方，是一座宽敞的平房。庞大固埃的车一进来时，她就看见有两个五十来岁的老妇人站在屋外台阶上迎接他们。她们大概都很熟悉来这里的每辆车。那个台阶上，还有两个小孩子在正午的阳光下乱跑，两条大狗，也同时在上边绕哄来绕哄去的。

毛榛还是拎着菜硬着头皮上去。中年妇人倒是什么也没问，顺手接过菜去，很自然，就像毛榛是常来这里的她家亲戚。毛榛没好意思立刻进屋，等庞大固埃手里拎着一摞子书走上来，才尾随他身后，一同推开门进去。

他刚一打屋外进来，还没站定，没容毛榛把满屋的人分出来个个数，就听一声娇嗲的叫喊：

“哎呀……固埃呀，你来啦？哎哟喂，你可比以前胖多啦……”

随着声音，就扑上来一个四十来岁的排骨女人，一张寡妇脸，两只吊梢眼，嘴叉子挺大，上来就张开双臂箍住庞大固埃的脖子，又是贴脸又是摩屁股，好一番亲热。

毛榛用第六感接收到，这个女人的夸张动作表演是冲她来的。

女人之间的互相感觉是多灵敏啊！那分明是嫉妒、吃醋、胁迫、下马威等等复杂的心情导致她把表情动作搞得这么夸张。她跟庞大固埃的关系肯定很不寻常。平常的男女，偶尔也有使用这种西式拥抱法的，但是彼此气息正常，只是为完成一个仪式礼仪，也没有像这样把下半身都往一起勒，还略微利用扭动的机会摩擦一下。

毛榛胆小，在一个生地方，不是自己玩惯了的地盘，没有一个是认识的人，令她很有些胆怯。她就默默地，跟着，什么也不说。

庞大固埃等那女人从身上掉下来，才有空和屋子里的各位打招呼。毛榛才发现，他在这里的人缘这么好，简直像明星和帝王般地受爱戴和崇拜。她的心里也紧跟着涌起一股替他骄傲和自豪的情绪。

但是却没法和他共享明星和帝王的荣耀，因为他很故意怠慢她，在众人拥戴之中，净顾自己显示魅力，呵呵哈哈说笑，仿佛把身后的毛榛忘了，不给她引见，也不说什么，由着她在身后默默跟着，像个跟班丫头、村姑、农妇、柴火妞，或者是巴儿巴儿跟着的一条狗，根本不去管，去问，去说，根本不把她算作一个交际单位似的。

奇怪的是庞大固埃不介绍，他们也就不问，眼神里连一点好奇都没有，好像他身后跟出个不认识的女人是很自然、挺正常的事，要是他屁股后边长出一根尾巴骨来嘛，说不定还会略微令人吃吃惊。女人？小意思，一般般啦！

毛榛就想，庞大固埃交往的这伙人是伙什么人呢？怎么都仿佛处变不惊？谁来就来，走就走，什么也不问，不打听，无所谓，很漠然。

真是奇怪的一群人啊！

那两个五六十岁的老妇人看来是这里干活的，一个劲儿围着庞大固埃转，嘘寒问暖，就像关心自己儿子。坐下来之后，毛榛才有空凝神打量这个房间，面积巨大，有点像美国电影里西部牛仔经常聚会的那种场所。其实它本身就是一个巨大的酒吧，只不过是实行的会员制，来这里休闲骑马的，都是入会的会员。

吧柜在靠墙的角落里，一条长条大桌，摆放在一进门右手的地方，足可以同时围坐二十来个人吃饭。巨大的落地玻璃窗，可以将院子里跑马的情景看得一清二楚。靠窗放着几张桌子椅子，供人们闲谈。

酒吧左手的一个区域，则放有电视、影碟机、放映机，两排宽大的黑色真皮沙发，把它围成另外一个闲聊场地。墙壁上零星挂着一帧帧外国画像，有风景，也有人物。最漂亮的一幅彩色肖像，是一个身材高大身着马靴马裤的男人，与一匹高头大马的合影。在他们旁边的地上，还卧着一条大狗。可能是由于胶片曝光的原因，狗的眼珠儿是红色的，像害着红眼病。

这就是这家马场的主人——在场的人都叫他“宏哥”，与他的宝贝坐骑“大苞米”的合影照片，一个记者前来采访时拍的。地上坐着的那条狗叫“大笨蛋”，长相非常帅，就像卡通片《101 花斑狗》里边的浑身带斑点的狗一样，只不过是体型放大了几倍。此刻它就在门外的台阶上玩呢。

最有意思的是，庞大固埃诗集的巨幅招贴画竟挂在这里的墙上，一进门最醒目的位置，凡坐下来吃饭或聊天的人一眼就能看到，足足有地铁走廊里的广告那么大，很有铺天盖地的气势。这个就连毛榛也头一次见到。画面上通体的篇幅是庞大固埃的署名和手迹（他的字写得十分地漂亮、潇洒），左下角是一幅满脸胡子的头像，嘴角叼着一棵烟，“红河”牌的，面部表情做出诗人的痛苦沉思状。

毛榛很有点跟着庞大固埃得意，约略能感觉出庞大固埃在这里的位置了。中心人物。对了，就是中心人物。别人都围着他转。

别的来人都是些什么人她还说不上，但庞大固埃，这个电视台来的著名的导演、作家、诗人，无疑是这里的中心人物。他的名字，现在，也就是此时，正在沙发边上那个开着的电视机里的黄金档影视剧节目里出现着，他的身份是“监制”。这无疑又将人们对他的崇拜加固了一层，也将毛榛对他的崇拜坚固了一层。在这档节目不断在各个频道播放、重放的过程里，庞大固埃的名字也就一次次反复不断地出现在人们的视野中。

如今他从电视里走出来，融进人们的生活当中。人们对他的崇拜，就像对电视的崇拜；人们对他的景仰，就像对电视的景仰。他们不停地趋前跟他谈笑，还就电视里一些名主持人的私人生活细节，虔诚向他打探。对于这些问题，他都很少说什么。但越是不说，越是让人觉得讳莫如深，越是增加了神秘感。

再看周围这些子人，有的是拉家带口来的，也有个别的是单蹦儿。长相都很平凡，衣着也很普通，岁数多半都在中年以上。不好揣摩他们的职业，看样子也并非都是大款，但至少有车是肯定的，不然来不了。就连宏子（毛榛已经从照片上把宏子跟现实人物对上号了），也是穿着家常背心、牛仔裤，肤色有些黢黑，比较和善比较平常的一个人物。

毛榛从桌子上放的一本《时尚》杂志中看到对宏子的采访。宏子当年在内蒙古兵团牧过马，有一次，大风雪夜，他被雪霜截在路上，是一匹老马救了他的性命。从此他对马产生深刻的感情。回城以后，挣到一些钱，就开了这么一个马场。

毛榛的感觉中，这里颇像一个乡村俱乐部。

那两个老妇人招呼着众人坐下来吃饭。饭菜端上来了，人们都坐在长条桌两边，互相很友好很客气地递碗传筷。是那两个老妇人下厨做的菜，炒了五六个青菜，鸡蛋炒韭菜，扁豆、柿子椒、西红柿、茄子、豆芽……都很素，很清爽。还有一条清蒸草鱼。菜都倍儿绿，鸡蛋都焦黄，是家养的土鸡下的，味道香得不得了。庞大固埃带来的菜全都派上了用场，一会儿工夫就变成了盘中美味被端上桌来。庞大固埃还特地嘱咐把那些黄瓜都洗了，再弄点酱来，蘸酱吃。

吃饭的气氛不能说是不热烈，不亲切，都是一些有身份的人，一群奇奇怪怪的男女围在一个木头长桌边品尝着乡村饭菜，东一句西一句聊着天。庞大固埃一点都没客气，也没谦让，一屁股就坐在桌子坐北朝南的正中位置上，也就像电影里常演的，国民党高级将领开会时，蒋介石坐的那个位置上。毛榛坐在他的左边，那个排骨女人紧挨着坐在他的右边。

见排骨女人总拿眼瞅着毛榛，庞大固埃就说："这是小毛，作家。"

排骨女人一听："哟……作家呀？都写了什么？什么时候拿来给姆们瞧瞧。"

毛榛说："没写什么。瞎写。"

说完，她就假装拿着饭碗去添饭，抱着碗走了一圈，回来远远绕开他们俩，拣了一个离他们很远的空位置坐下来，一个人闷闷地往嘴里扒饭，像个受气包。这里连一个帮她的人都没有，连一个朋友、哥们儿都没有。平常她都是很合群的，很能跟人在一起玩，不知为什么，今天一到这里就不对劲。不知是因为她在这里没有名字、没有身份，还是因为跟庞大固埃暧昧的关系又成了他老情人攻击的对象，反正，就是觉得别别扭扭的，很难受。

她就一个人在心里愤愤地对着那个排骨女人想："哼！德行！今天是看在庞大固埃的面子上，不愿理你，不和你一般见识。要不然,换了往常,非一句话噎死你! 哼哼!”

吃完了饭,又喝茶消食。那个排骨女人仍紧守在庞大固埃身边。毛榛躲一边去,端上茶杯躲到黑真皮沙发那边去,有一眼无一眼地瞄着电视。一看,旁边的架子上,散乱堆放着的杂志、录像带什么的,还是从庞大固埃那里运过来的,都是有关电视的,还有一些译制片什么的。看了这些,让她倍增了亲切感。

宏子人很好,不时招呼各位,生怕冷落了谁。毛榛翻了翻,找出一盘没有看过的译制片,让宏子给她放上。宏子爽快地答应,很麻利地帮她倒着带子。庞大固埃这时过来,帮她往前挪动了一下沙发,把距离调得离电视更舒服些。然后,又回到他原来的排骨女人身边的位置上去了。

这倒也好,她一边喝着懒洋洋的下午茶,眼睛有一搭无一搭地瞟着画面,耳朵有一声没一声地听着周围人声嘈杂。就数右手边男女的浪笑声最大,是从庞大固埃那边传过来的。现在在他的左手位置上,又续进去一个女人,庞大固埃被左右夹击,被宠爱在两个女人中间,美得屁颠屁颠的,眉飞色舞,在给她们讲着什么笑话,逗得她们俩一个劲儿地浪笑。

一会儿,毛榛口袋里的电话响了。她拿起一看,是女友打来的。女友问她现在在哪儿,说来了一个外地出版社的人,晚上要有一个聚会,问她能不能去。毛榛说等一下,我问问。

她就起身,走到庞大固埃身边,凑近他的耳旁问他说:“咱们什么时候能赶回去?”

庞大固埃毫不放低音量,大着嗓门说:“听你的。一切全听你的。”

毛榛心里一喜，一句话说得她虚荣心得到了十分的满足，就仿佛有意说给他身旁两个女人听似的。毛榛又见他把黑墨镜戴在鼻梁上，就问：

“你在屋里戴墨镜干什么？”

庞大固埃说：“我正在给她们俩讲黄色笑话，怕我自己不好意思，所以就先把眼睛遮上。”

毛榛气得“扑哧”一声乐了。

总待在屋里看电视，也不跟别人说话，影响不好，显得挺“各色”，会对庞大固埃造成压力。毛榛于是走到屋外，远离他们那看着让人心烦的男女，看看有什么是自己能玩的。

阳光真好。天真好。花斑狗“大笨蛋”懒洋洋地趴在平台上，见有人过来，就迎上去撒一阵娇。人们心目中，普遍认定撒娇一贯是娇小者的专利，猛不丁看见一个大个儿撒娇，那模样特别好笑，就像撒娇时的庞大固埃，能惹起另外一番爱怜。

“大笨蛋”非常喜欢人。毛榛这才发现，它已经是一条老狗了。虽然体形庞大，但是皮肤松垂，还患了眼疾，所以它对人的依赖性就愈加严重。开始毛榛还略微有点害怕，待到抚摸了“大笨蛋”几下之后，“大笨蛋”就乖得跟什么似的，围前围后，摇尾乞怜，伸出个大舌头，呵哧呵哧的，蹭了毛榛一身狗哈喇子。毛榛忽然间心疼起它，见春天来了，它仍然在肚子上穿了一件旧么兮兮的红黄条相间的小棉背心，就像肚子上绑了一个破旧枕套，一看就是煮饭那老太太缝制的手艺。她就想:为什么没人给狗穿好一点的衣服?这也是门面哪!

见毛榛只逗大狗玩,一只土黄色的小狗显然不乐意了,在她脚下蹿来蹿去,汪汪叫着,咬她的裤脚,以期引起她的注意。一个小男孩跟在小狗的后边乱转,拿着一根“狗咬胶”玩具,希望能引起狗的注意。毛榛被这幅情景逗乐了。她蹲下身去,抚摸那条小狗,还问那小男孩:“这狗叫什么?”

“它叫布什。”

“呵呵……”

毛榛给逗乐了。这家人,给狗取的名字,真逗!

小布什欢蹦乱跳,见有人喜欢它,越发撒欢,叼起玩具往后院跑。毛榛和小男孩在后面追过去,到那一看,嗬!好大啊!

原来后院就是马厩和狗窝,几十匹马安静地待在各自的巢里,两个小伙计正在忙着喂料、刷毛。待会儿,这些马就要被牵出去,供屋里刚才吃饭的那一群人骑。

马厩的对面是狗窝,十几个铁笼子,圈住一窝窝大狗。它们有的默默无声,有的仰天狂吠,很有点壮怀激烈。其中叫得最响的,又是一条龇牙咧嘴的大老黑,戴着手铐和脚镣,站起身,扒着笼子在狂叫,人还没有靠近,它就露出满嘴利齿,先声夺人。毛榛这回认得。这又是藏獒,刚在李木他们家见过。

看来这里的有钱人家都以储存一两条藏獒为乐。

一个十七八岁的半大小子正在狗笼子前边卖呆,脖子下还系着围裙,看样子是这里干活的。他见小布什过来,就嘴里喊着:“布什,布什,去,去,找你爹妈。”

毛榛就问:“它爹是谁?”

半大小子一指:“喏,那儿。”

毛榛顺他手指方向一看,是一条高大的德国牧羊犬。

又问:“它妈呢?”

半大小子又一指:“喏,这儿。”

毛榛一看,哇噻!是藏獒!

这可能吗?

她的心中充满了疑问。藏獒通体黢黑黢黑的,毛发油亮,怎么能杂交出这么一个土不溜秋的小东西来?况且,这小东西调皮温驯,一点看不出藏獒的凶猛气象。

也许是人们把藏獒给憋的,发情期时性压抑,一时又找不到合适的对象,就近乱杂交一通完事,毫不负责任地繁育出这么一个长得不好看的后代。

她想再问问仔细,见那半大小子蔫不唧的,老实巴交,也不太像个明白人,于是就转了话题,指着另一窝高大的卷毛狗问:

“这叫什么狗?”

“高加索牧羊犬,”半大小子答,“这是大毛、二毛和三毛。三毛是它们的孩子。”

毛榛仔细一看,这种犬,皮毛翻卷得十分密实,大概是为了耐寒吧?

“能放出来玩一玩吗?”她问。

半大小子挺听话,也挺友好,先把小布什关进它爹的笼子里,再开了笼门，把高加索它们一家放了出来。这一家三条狗都很温驯，巴儿巴儿地往人身上贴，人怎么摸它们也不惊。这里的狗跟人关系都特别好，除了藏獒。

毛榛又说："能把小布什它家也放出来吗？"

小伙子说："不行，不能同时放，放出来要干仗。"

毛榛说："那好，就先玩这几条吧。"

跟过来的那个小男孩这时待不住了，一边喊"大毛二毛三毛"，一边引它们往前院跑。

大毛二毛听到呼唤，也真就听话，晃着肥胖的身躯晃晃悠悠踱到前院去。唯有小狗三毛似乎恋恋不舍，好像不忍离去。

毛榛摸着它一身胖乎乎的小卷毛，从小伙子手里拿过狗食饼，一点一点喂它。三毛立即跟她有了感情，巴儿巴儿地围前围后。

他们又一起转到马厩这边，观看起这些高头大马。小伙子一一告诉她，这一个是"大苞米"，那一个是"小蜜蜂"，这一个几岁口，那一个又是几岁口。马厩里散发着春天的干草气息和马粪干烘烘的臭味。马们都很安静，睁大了无辜的眼睛，和气地盯着他们。毛榛一会儿拍拍这个的脸，一会儿挠挠那个的嘴巴子，觉得倒好像跟它们前生就认识，初次见面，一点都不陌生。

在后边看够了，又转到前边的场院上来。这回她已经不是一个人，终于找到了一个哥们儿，小三毛，屁颠儿屁颠儿像跟在她后面，她再也不觉得形影相吊的孤单。

这时候骑马的人们还没有上鞍，有几匹马已经被牵到场地中央的铁桩子那儿，两个小伙计正在捋缰绳，为即将开始的骑马人做最后的准备。屋里的人还在做着消食的闲聊，有一两个人走出来站在屋外平台上，一边晒着阳光，一边欣赏大毛二毛和“大笨蛋”，躲闪着“大笨蛋”与人过分亲近的哈喇子。

毛榛领着三毛在场地上先是慢慢地走了一圈，她有点得意洋洋，人仗狗势，走得昂头甩袖，像是要给什么人示威。一圈下来，她给三毛发口令说：“三毛，去，跑两步。”三毛就像能听懂人话似的，真就小跑起来。跑出去一段，又跑回来，回过头来找毛榛。毛榛一看，大乐，心说这狗真通人性啊！我稍微对它好一点，它就连我的话也听懂了。于是就赶忙上下摸兜，找出几块巧克力犒赏三毛。吃完了，又说：“三毛，打个滚儿。”本来也没指望它真能打个滚，说着玩的，不料，这条小高加索真的就地打起滚来！

毛榛都已经激动得不知说什么好了。这简直就是令人难以置信哪！她手忙脚乱，赶紧把兜里的巧克力全掏出来，通通送给三毛吃，吃了一会，说：“咱俩比赛，跑两圈，怎么样？”

三毛听着，眼巴巴望着她。毛榛就先起脚开跑，三毛明白过来了，一溜烟撒开脚紧追，一下就跑她前边去了。狗到底是狗，跑得就是比人快。毛榛一看落下了，就吸足了一口长气，然后一阵百米冲刺猛追。他们俩互相不服，跑得都比较猛，一抬头，一看，都已经跑了场地多半圈了。毛榛累得有点气喘，停下来大口大口捯气儿，三毛却像没事人似的，蹲坐下来，眼巴巴地瞅着她。毛榛赶紧从兜缝里摸出最后一块巧克力给它，听它吃得“嘎嘣嘎嘣”山响。

吃完了，他们又开始跑，这回是小步慢跑。毛榛热得外套也脱了，只穿件高领羊绒毛衣，还蹬着那双挺沉的高帮大头鞋，跟在三毛后边颠巴颠巴跑得极其愉快。人和狗都玩得兴高采烈，极其投入。

“毛棒老师啊，”庞大固埃这时出现在屋外平台上，在远远地喊她，“我说毛棒老师啊，玩够了吧？该上马了。你还没狗跑得好看呢。”

“你才没狗好看呢。”毛棒肩上扛着外衣，脸上热气腾腾地回来。“人没意思。狗才好玩呢。”

庞大固埃把她叫回屋里，让她换上骑马的服装。

“我不会骑。”她说。

“骑上就会了。”他不由分说，吩咐身边的老妇人，“给姑娘找条马裤换上。”

嘿嘿，“姑娘”，嘿嘿，“姑娘”，叫得还怪好听的呢！谁被他这么一叫，全都受不了，都得乖乖归顺。

毛棒已经被这一声“姑娘”叫得都不会走道了，乖乖跟着那个煮饭大妈往里走。里面除了厨房、卫生间，还有好几间屋子。走进换衣服的那间屋子一看，房间很大，到处胡乱堆放着骑马服、马鞍、马鞭，地上是型号大小不一的马靴。再一看墙上，是一幅放大了的摄影照片，有着油画一般的效果，占了二分之一的墙面，那正是庞大固埃的作品，西藏拉萨河日落情景。

那是当年，他离婚不久，去了西藏，穷得身无分文，用借来的一台傻瓜相机，拍出了一系列绝美的照片，回来后还办了西藏摄影展，出了画册，那时候国内尚未掀起西藏热呢，他的摄影把整个摄影界也给震动了。那些事迹都是她在别人写他的文章里读到的。文章里还说，一个与他相好的演员明星听说他是用傻瓜相机拍下这么好的照片后，惊呆了，回头主动把自己废弃不用的一台“理光”送给了他……

她当时还以为那是神话，写文章的人逮着点小事乱吹半天。现在，当她面对这幅画，面对这张照片时，她也惊呆了！画面的纹路、肌理、构图以及创意，如此细腻、粗犷、绝美、酣畅，透过布达拉宫宫殿飞檐的一角，能看见画面中心的一匹老马，孤独地在河边饮水。落日隐在远山的背后，老马凝成一幅剪影。视野纵及，水面波光粼粼，沙洲寒光闪闪。几蓬衰草，几爿山石，点染着高原无边的寒意和惆怅……

她有点呆住了，呆看了半晌。她想那究竟是怎样一双审美的眼睛？他当时（十年前，应该是和现在的自己一般大的年纪吧）独上高原，是怎样一种苍凉的心境？

……大妈忙忙叨叨的声音把她唤醒。她殷勤地为她找了左一件右一件的马裤，都是太大，没有合适的。看来这些备用品都是替男人们准备的。女人若来玩的话多半都会自己带裤子。好不容易套上了一条，又忙着找靴子，也还是一味的大。等到装扮好了，出来，一看，他也已经装扮停当，正酷立在门前，戎装待发。看那一身行头，嘿，真威武，简直都让人快不认识了，名副其实的虬髯客、武将军。

“看我像什么？”一边往外走，他还挨近她，悄悄问道，是在讨赞美。

“舞台上的奥赛罗。”

她顺口就夸他一句。

他一听，美滋滋的，迈着方步，横着就出去了。

马场上的局势现在有点乱，人们都在各自寻找着中意的马来装镫配鞍。她听庞大固埃跟宏子说：“找匹老实点的，让她试试。”

宏子正跨在他的高头大马上，在场地中央来回指挥调度。他就跟小伙计喊：“喂，给孩子把那匹‘稻草人’牵来。”

“稻草人”来了，是一匹中等个头很老实的母马。小伙计给她示范怎样怎样踩镫上鞍，她站在地上忸怩了半天，也没想好该怎样分腿上去。庞大固埃走过来，见这架势，二话没说，双手掐住她的腰，用力一抱，人就上去了。接着又从小伙计手里接过缰绳，牵辔徐行，一边走还一边说：“看看，看看，大哥可亲自给你牵马啊，还有什么不敢骑的。”

她坐在马上面正紧张得要命，身子重心不稳，晃晃悠悠，晃晃悠悠，总要掉下来似的，此时却大着胆子，弯下腰来，凑近他的耳边说：“我不要骑马，我要骑人！”

庞大固埃一听：“别瞎说！瞎说什么！”说着，还做贼似的紧张地四下看了一眼。

见他那张皇的表情，她给逗得呵呵笑了起来，冷不防身子一仰，吓一激灵，不敢笑了，赶忙坐正。

走了一段，身子晃荡的节奏跟马的扭动牵拉节律一致了，重心找到了平衡，紧张感逐渐消除。他告诉她手指应该怎样拉马缰绳，把拇指和中指的手势比画给她看，接着又告诉她在马鞍上应该怎样坐，说："丫头蛋子，就是懒，屁股软耷耷的，全身重量都坐马身上，那马能跑起来吗？不是坐着，是夹着，用腿，对对，用腿，使劲夹着马肚子，脚尖使劲踩镫，把屁股翘起来，离鞍，对对，力量放在腿和腰上，找准马身体起伏的规律，对对，有感觉了吗？"

毛榛坐在马上，一点点按照他的指令去做，果然，感觉比刚才好多了，能自主控制自己的身体，而不是像原先软耷耷压在马背上，被动地随马颠簸。

就这样试着走了一圈，感觉自己完全可以单独走，可以不用庞大固埃伴随了，就说："你去吧，去骑你的吧。"

庞大固埃说："你真能行啊？"

毛榛说："行。"

庞大固埃松开手，又看了她一会，觉得走得很稳，确实是没什么问题了，这才转身，去牵他的坐骑。

毛榛骑着自己的马慢慢溜达。见庞大固埃到了他那匹枣红色的名叫"红高粱"的高头大马前，这是他每次来时固定骑的马。这会儿，他定慧寺家那边的邻居也是好友晓军正坐在他的马上，枣红马不听指令，晓军怎么磕马肚子它都不肯挪窝，弄得晓军干着急没办法。

就见庞大固埃走过去，先是摩挲了几下马背，又拍拍马脸蛋，跟晓军说了几句什么，大概是"我来收拾它"之类。然后见晓军甩镫离鞍下马，换成庞大固埃踩镫搬鞍上去。

可能是他们俩的上下换乘衔接得太紧密，马还没有来得及适应，没能反应上来，以致在庞大固埃搬鞍的时候，马像受了惊，猛一趔趄，庞大固埃踩住镫的一只脚又掉了出来。

第一下没上去马，庞大固埃很是羞赧，抬头偷偷望了毛榛这边一眼，见毛榛正盯盯地看着他，他脸"唰"地一下就红了，随即，第二下，以一个漂亮的动作，"咔咔"，一个踩镫和一个转身，两下完成上马动作，接着策马一挥，"嘚儿……"一声，马就撒开四蹄跑了出去。

先是，他让马跑得很慢，让人和马相互磨合，相互适应。接着，不知怎的一个动作，就让马飞奔起来，他的身体和马的身体，都已弓成了漂亮的弧线，飘逸、潇洒。那马跑得四蹄生风，他也跑得旁若无人，只是围绕着她转圈、显示、表演，只为她一人表演，每次从她面前奔驰而过时都要精神抖擞，暗自做出一些个优美身段。

她则勒住马缰，专注地望着这个围绕着她奔跑飞驰的马上的男人。四周苇草摇曳，青叶飘香。她谁也看不见，就看见他，马上的哥哥，腰缠万卷诗篇，款款向她跑来。太阳下，清风里，人和马都成了耀眼的金色。马鬃飞扬，胡须飞扬。春天的阳光，照着他和他的马在围着她旋转，旋转……

……忽然，忽然，这一切都好像变慢了，像慢极了的特写镜头，他优美的姿势，从多种光线和角度展示给她，顺光的、背光的、侧逆光的……无数种姿势，展现在她面前。它们都在她微眯的眼睛中，诉说着一个梦，完成着一个梦，一个被马背上的英雄劫掠而去的梦，一个从此就过上了幸福生活的梦……

一切全都，美轮美奂，恍若梦中……

骑完了马，洗漱完毕，他们张罗着收拾东西回家。宏子还逗他，说："固埃这回怎么着急回家了？"他笑，她也笑，是在心里的。仿佛他们共同揣了一个秘密。

那个排骨女人呢？他们玩得太高兴，都要把她给忘了。至少，毛榛知道，他的马上英武表现，是为她的，只是为她的，跟别人无关，跟别的女人都无关。知道这一点，她就放心了，心里也就妥帖了。

人们上来跟他们告别打招呼。一个叫张舒的女人还对他们特别友好，特别友善地帮他们看着倒车，还透过车窗玻璃向她挥手致意。张舒是电台的播音员，人也长得很漂亮，一家三口来的，一看她就是落落大方，跟庞大固埃之间没有什么猫腻，把他们当成朋友来待的，尽的是正常朋友的礼仪。不像那个排骨女人，一见面就对毛榛怀有敌意。

走在路上，毛榛像得了什么神经病似的，又想起这个问题，就忍不住问庞大固埃：

"刚才目送我们的那个女人叫什么？"

他说："张舒。"

"她是哪儿的？"

"电台的。"

"她很和善啊，很有礼貌。我喜欢她。我不喜欢那个女人……"

"所以吃饭时就离人远远的？"

"怎么我还没说是哪个，你就知道了？"

“你当我傻呀？我看不出来？你大哥我连这点经验都没有，不是白比你多吃这么多年饭了嘛。”

说完，他还“哧哧”一笑。

这家伙！未免太聪明，也太气人了！

“那女的叫什么？”

“果果，以前是一个电视剧组的。”

“喔，是你的老情人吧？”

“没有没有没有。人家男朋友今天也在场，就是后来你挨着坐下吃饭旁边的那一个……”

“你还敢说‘没有’？‘没有’，她怎么对我那样儿？你看看，一进门就把你抱住，还‘固埃呀，你可比以前胖多啦’……”

他被她学得逗乐了：“真没有。我要是有那样的老情人，不是给你丢脸吗？”

“哼！知道就好。”她佯装嗔怒。

第十四章　老太太的花儿

车子拐来拐去，还在山里走，不像回城的样子。

“咱们现在去哪儿？”她问。

“你累不累？不累再领你去一个地方。”

话到这个份上，见他兴致很高，她也就只能说不累。

他很高兴，就掏出手机来挂电话，一阵“喂喂喂”，然后就说：“给留口饭。”听起来熟得很。

在下午三点半至四点的和煦阳光中，车子悠闲地往山里开。他轻车熟路，看来经常走这条线路玩。一路上他不再放他自己的配乐诗，而是换了盘俄罗斯歌曲带子，《红莓花儿开》什么的，他自己一路跟唱。

毛榛怎么也想不到，他们要去的那座西山古刹，竟会是对她毕生产生影响和启迪的地方。是由于那个院落，同时也是由于那个院落中的人。

车子拐上了山坡，从很窄的草棵中间爬了上去，来到一座深墙大院门口。两扇巨大的铁门紧紧关闭。庞大固埃让车子趴卧在大门前有着很大倾斜度的山坡上，使劲按喇叭。那车子看起来总要向后滑下去似的，有点吓人。按了半天，都没有动静。毛榛担心：“听不见吧？”

庞大固埃说："没事。一会就出来人。"

果然，待一会儿，就听见了院子里的狗吠，伴随着人走过来的"踢踢踏踏"脚步声。接着响起一个女声问话："谁？"

庞大固埃说："我。开门。"

大门稀里哗啦开了一条小缝，探出一个人头来，接着是"哗啦——"一声全开了，一个面容清瘦的女人迎了出来，看样子有三十来岁。车子就"轰隆隆"开进院去，女人再在后面把大门关上。

车在院里停了下来。应声从里面走出来两个七十来岁的老人，一个老头，一个老太太。他们的面相都很慈祥，穿着家常的棉布衫。尤其老太太，跟刚才那个女人极其相像，一看就是母女无疑。

庞大固埃问："饭好了吗？"

毛榛心想这才几点，就问饭。可能是他刚才骑马骑饿了，中午吃的又全都是素的，不抗折腾。

就听老太太回答说："还没呢。等会儿吃炸酱面，小强正在里面和面呢。"小强是他们家的小男用人，从老家来的。

庞大固埃又弯腰撅屁股，从车后备厢里拎出一捆书，还有一个大礼品盒，说："给你们带来点人参和茶叶。这是我刚出的书。"

老头把东西都接过去。关车门时庞大固埃听见刺猬在车后座的纸箱子里挠，"喊喊喳喳"响。他又弯腰探进头去，把刺猬盒子抱下来。老头问："这是什么？"

庞大固埃说："刺猬，从李木他们家抓的，要带回去养。把它拿出来，透透气。"

庞大固埃抱着刺猬盒子，老太太指挥着他，把盒子放在大水缸边上。庞大固埃低头看一眼脚底下转悠的大黑狗，有点不放心，问："放这儿，能让狗祸害了不？"

老头说："不会。狗怎么能吃得动它，还不把狗嘴扎个好歹的。"

他们的对话都十分有趣，像是老顽童和小顽童，又都对动物有着足够的耐心和爱心。

两人跟在老头老太太后边走，绕过水缸，绕过前厅，又穿过几趟房子，才到了他们家起居会客的屋子。毛榛一时都给走蒙了，不知这究竟是几进深的院子，院子方圆究竟有多大。这些一时半会还看不清楚。

进了屋，先见的是厨房，一个半大小子在面板上揉面，想必这就是小强。刚才那个开门的女人也在旁边生火帮忙。拉开右手的门往里走，便是起居室，一条大黑狗先迎了上来，围着毛榛的裤管不断嗅着。老太太一挥手："去，去，一来人你就先捣乱。"

把狗轰进去，又把人引进去。毛榛一看，屋子里很杂乱，目力所及，凡是有空闲的地方全都放着东西，画、画笔、画布、颜料、衣服、书、书桌、木椅、狗、狗食盆子、吱吱吱乱叫的小鸡雏、装着小鸡雏的电孵化箱。庞大固埃问："孵得怎么样了？出来了没？"

老太太说："这些孔雀蛋，已经孵出一多半了。剩下那些也快了。"

这是到了哪儿呢？毛榛纳闷。

待坐下以后，庞大固埃这才想起来给毛榛做介绍："这是荣先生，著名画家、雕塑家、教育家，你知道不，哪哪哪哪的博物馆里的雕塑都是他做的。”

毛榛一边点着头，表示久仰，实际上两眼里还是一片茫然。庞大固埃见状，又说：“我这么跟你说得了，见过钱没有？人民币，我一告诉你人民币是荣先生画的，你就明白了。你握住了荣先生的手就等于是握住了钱的手。”

毛榛笑，眼睛里这回果然不再空洞无物，而是炯炯放光。

荣先生也笑呵呵地接过话头说：“你又说我是画钱的。”

众人又是一阵笑。

庞大固埃又介绍老太太说：“这是郭老师，也是美院教授，现在主要工作是种地、养花、喂狗，另外再教老母鸡怎样孵孔雀蛋。”

老头老太太给逗得乐哈哈的，喜上眉梢。

接着又介绍了他们的女儿，就是在外间厨房里忙活的那个，也在美院工作。末了，他对他们说：“这是毛榛，作家，领她来参观参观你们的收藏。”

老头老太太很客气很友善地冲她点点头，请她坐，喝茶。

坐下，寒暄了一会儿，都是庞大固埃在问他们的情况，老头刚去香港怎么怎么样，老太太的画展筹备完了没有，李木他们家那边准备再盖一排房子，宏子家要进几匹蒙古马……

果然，毛榛的判断没错，庞大固埃是经常走这条路线出来玩的，老头听见李木、宏子这些名字时，丝毫没露出陌生或惊奇，他们之间相互都认识。

毛榛在一旁暂时没话说，就静悄悄地坐下来，看老太太摆弄她的孵化箱。

那条大黑狗在眼前走来走去。庞大固埃在眼前走来走去。

奇怪庞大固埃说话不会坐着说,而是满屋子绕哄,仿佛幻影游动。老头老太太好像也喜欢他这样,一切由着他。老头儿的说话声音很低,老太太说话细声细气。满屋子就回荡着庞大固埃高亢嘹亮的声音,给这个静悄悄的老人住的地方带来了无限的生气。

老太太那么细心地归拢着她的孵化箱子。箱子里的灯光亮着,还捂着块小棉被,一群刚出壳的小鸡吱吱叫着,瑟缩地拥挤在一起,个别早出壳的还大着胆子往棉被外边钻,老太太就一个一个再把它们捡起来,摁回去。毛榛见小鸡毛茸茸的样子,赞叹:“这小鸡真好玩。”

庞大固埃纠正她说:“那不是小鸡,是孔雀!外面那只大孔雀下的蛋,原先郭老师借来附近村子里一只母鸡来孵蛋,后来母鸡干累了,不玩活计,郭老师就只好买来一只电孵化箱来当老母鸡使。”

“唉,可别提了,”老头接过话茬说,“这老太太,有天忽然村子里停电,蛋孵到一半时,电孵箱不亮了,你郭老师这下可急了!生怕这些蛋冻着,就命令我平躺在床上,四肢分开,把那些蛋都塞到我的身体各个部位有体温的地方焐着,上面再盖一层大棉被。你说我这只老公鸡怎么能干得了这个活计?结果,这一宿,可把我给折腾的,腰酸腿疼,一动不敢动,生怕压坏了她的宝贝蛋。大冬天的,活活憋出一身的汗来,就盼着快点来电……”

老太太一旁听着,“哧哧哧”地眯缝着眼睛乐。毛榛和庞大固埃听着也乐。

那条狗好奇心重，总过来到孵化箱子里嗅，用鼻子一拱一拱企图推翻箱子。老太太像数落小孩子一样数落它说："去，去，你还淘，不怕再挨揍是吧？"

说着，拿起它的前腿来查看那上面的伤口。

庞大固埃问："咋了，这腿？"

老太太说："俩人打架，让山丹丹给咬的，骨头都露出来了，现要了车，带它到医院缝了三针。"

毛榛奇怪什么人能咬狗。还没等问，庞大固埃就明白了她疑惑的眼神，说："山丹丹是一条大狗，跟宏子家那条'大笨蛋'是兄妹。"又说，"想看不？想看我领你去看看。"

说着，他领毛榛出来，往后院去。毛榛发现，他在今天到的这几个地方都像在自己家里一样熟悉、随便。人家待他也非常熟悉、随便，想干什么就干什么，也没人管他，没人跟他客气。

正是傍晚四五点钟的光景，能见度还非常好。被太阳晒了一天的绿树和草地，都暖烘烘的，储足了温暖和阳光。后院子里有一棵巨大的杏树，开满繁花。旁边还有一棵苹果树、一棵梨树。远远就能闻到一阵春花开放的香气。

他们从后门出来，刚一往孔雀笼子那边过去，一只大狗立即迎了上来。没错，是和宏子家的"大笨蛋"长得一模一样的斑点狗，只不过"大笨蛋"是母狗，这条是公的。这条叫山丹丹的公狗，生活作风很成问题，它一眼能看出来庞大固埃跟它一样是男的，对庞大固埃理也不理，却总是想着法地围着毛榛绕哄，用嘴掀她的衣角，拿身体使劲挤她。大狗个头真大，足有到毛榛腰那么高。毛榛一个劲儿往后退，庞大固埃一双大手使劲提拎住狗项圈，命令它让开道，靠一边去。

他们一起去看后院的狗窝、鸡笼、孔雀棚。笼子里关的一群鸡，看样子也像是观赏用的山鸡，个头大小不一，羽毛很鲜艳，咕咕咕悠闲地叫着。这家人与前两家不同的地方在于，他们竟然还养着孔雀！

孔雀也能家养吗？毛榛好奇，又有些兴奋，观察着那座又高又大的孔雀笼子，那个建筑规模跟动物园里的一模一样。啧啧！他们家莫不是要在家里开动物园了吧？正是春天发情季节，一只公孔雀正在笼里奋勇开屏，展开它无比斑斓美丽的尾羽，一动不动，把持着一种姿势，在那里坚持着造型亮相，那些孔雀翎子舒展的那份漂亮啊，简直都晃眼，那些孔雀绿和宝石蓝色彩绚丽得都不像是真的！

毛榛欢喜地看着它说："咦，都下午五点了，它怎么还开呢？"

庞大固埃说："你们人类到了下半夜还不耽误做爱呢，就不兴人家孔雀到下午五点还求爱？"

毛榛推搡了他一把，说："去你的。"

他们又检查了一番鸡笼狗窝，又瞧了瞧树上的花果。庞大固埃说："别看就这两棵树，每年秋天可都结不少果子。老头老太太吃不完，就挨个邻居家送。"

毛榛由衷感叹说："山居生活，真好啊！"

他们又一路慢慢往前走。毛榛说想去上厕所，庞大固埃就给她往前指点着。她径直沿着碎石铺成的甬路走过去。这户人家里，厕所也类似于动物园或公共场所那种，规模很大，男女分开来的，看样子像是经常接待来客。

上完厕所，刚一出来，没想到山丹丹在门口等着她，一见了她，大公狗山丹丹立刻使劲把她给挤在墙上，拿身体不停地蹭着，不让她走。毛榛慌了，头一次见到狗这么耍流氓，有点张皇地高声喊庞大固埃。庞大固埃应声过来，拽起狗脖子上的皮带，狠狠批评了它两句，说："那是你能挤的吗？啊，你说，那是你能挤的吗？也不看看你自己是谁。去，回你的老窝里待着去。"

狗一听，立刻臊眉耷眼的，知道是遇到了情敌，惹不起。于是就蔫儿蔫儿地回窝里去了。

庞大固埃又领她往笼子后边的方向绕过去。那里还有一方园子，精心搭起的暖房，是老太太的花屋。庞大固埃推开屋门，引她进去。进门一瞧，嗬！姹紫嫣红，芳香扑鼻。各种绿色观赏植物，开着鲜艳花朵的盆栽植物，琳琅满目，美不胜收。玫瑰、月季、康乃馨、凤梨、葵竹……简直像是家里开了一个花圃。

"种这么多花，老太太能忙得过来吗？"

"有小强帮着照应。老太太喜欢侍弄。你没看老太太的画布上，正画花吗？"

毛榛想起来，刚才在老头老太太的起居室兼画室里，是看见一瓦罐一瓦罐的刚采摘下来的鲜花，它们都很蓬松又很妖娆多姿地摆在老太太的画布前边，作为她临摹的样品。

他们从花房出来，又从那个小门折回去，山丹丹见到她，"汪汪"叫两声，不过没敢蹿上前来。回到起居室，老头拿钥匙来领他们参观他的收藏。他们跟在老头身后，又拐过两进院子，才到一座二层小楼前边。这里是老头的工作室兼个人作品收藏馆。刚才，从花房拐出来的路上，庞大固埃讲了这座别墅的来历。老头作为对国家有特殊贡献的专家，赢得有关部门特批，在这个幽静的西山古刹旁给了他一块地。老头离休以后，舍城进郊，举家迁到这里，建起了工作室兼个人作品收藏馆。

“可是……这里交通很不方便，他们怎么出去呢？日常生活怎么办？”毛榛问。

“他们也不怎么出山，平时吃喝穿用，都由女儿定期开车送。再说逢参加什么社会活动，自然会有专车来接。”

“哦……”毛榛若有所思，“建起这么一幢院子，要不少钱吧？”

“画家，比你我都要有钱，卖一幅画的钱就足够了。再说，你也别以为这院里的东西都很贵，像那个路灯，”庞大固埃一指甬路边上一根立柱上的磨砂玻璃圆灯，“这都是老头捡来的。老头没事儿还去工地上去捡一些废砖碎瓦，回来经他手一摆弄，嘿，立刻就有味道了。”

“哇，这是真的吗？真是令人难以置信！”毛榛感慨。

老头的那座二层小楼，一楼是工作室，二层是收藏室。除了有老头的字画以外，还收有各种小玩意，陶器、雕塑、黏土制品。庞大固埃说这些都是价值连城，收集它，就费尽了老头毕生的心血。毛榛感觉更像是到了美院的画室。

从小楼出来，继续往前走，推开两扇黑黑的小木门，又到了一个支满藤萝架的院落。这是他们家的客房和儿女们回来住的地方。一进门，几条松狮狗一齐“汪汪”叫着迎上来，前腿立起，鞠躬作揖，抢着要老头抱。老太太这时也从门口进来，松狮狗们撇开老头，又到老太太脚下撒娇，要她抱。老太太弯腰抱起一只，手在它的毛皮里捏着，说：“又起痘子了，前几天刚用药水给它们洗过，不知怎么又起来了。”另外没得着抱的几只就在她脚下“汪汪”乱叫。

一行人又顺势上坡，到了依山势而建的客房前。一排五六间平房，形式也有点像京郊度假村的招待所。庞大固埃指着其中一间说：“这间是我住的。烦了，我就开车到这里来。有时候半夜里来，住上一晚上，再回去，心情就能好不少。”

他们开门，到了最大的一间会客室。这里地势很高，站在窗口望去，夕阳已收起最后一抹红霞，远山已经萦绕在一片雾霭之中。遥望层峦叠嶂，人的思绪也非常辽远、空茫。毛榛久久地站在窗前，欣赏着雾气缭绕的山色。老头也陪她在窗前站着，看着远山，不说什么话。

庞大固埃念着墙上老头画的一幅《翁鹤图》上的题诗：

古刹西山翁鹤翩
半是浮云半是闲

毛榛扭过头来说：“不畏浮云遮望眼……”

老头冲她笑了笑，说：“我老啦。”

他们从坡上下来，又顺来路，绕回到有起居室的那个屋子，准备吃饭。

毛榛这时才看明白，原来这个起居室，还兼客人招待室，兼饭厅，兼孔雀蛋孵化室，兼狗养伤的医疗观察室，最最重要的，是还兼老太太的画室！

老头有他自己的二层小楼的画室。而老太太，却就在这里作画。刚才一进门来时，她看见的那些画笔、画架、颜料罐，全是老太太的。老太太的画架，一直在地当央那么立着，人在旁边绕哄来绕哄去，狗在旁边绕哄来绕哄去，却丝毫也影响不了她随时坐下来作画的情绪。那画布上面是一团一团很绚丽的色彩，就是边上瓦罐里的插花的色彩，嫩绿，明黄，底色里还有几簇猩红，混成一团团的颜料块，像要炸了一样。

老太太是画油画出身的，新中国第一代留苏学油画的学生。如果庞大固埃不说，毛榛还真看不出来，还以为她就是个洗衣做饭种地喂狗、全职伺候老头的家庭妇女，一个普通农村老太太。

饭菜端上来前，庞大固埃让老头给题写一本画册赠毛榛。老头写完了，庞大固埃又让毛榛把她的书也拿出来，写上老头老太太名字，回赠给两位老人。

没想到，毛榛把二老的名字写完，恭恭敬敬将书递上去时，一旁忙着摆碗筷的老太太说："搁那儿吧。我没时间看。我还要省着眼睛去画画呢。"

毛榛一听，觉得话不入耳，心想这分明是对我书的轻蔑和不礼貌啊！心里就开始存了一点点生气的想法。但是，紧接着，庞大固埃又领她去看老太太的作品收藏室时，她却登时茅塞顿开！

看老太太的画，只是顺便溜达着看的，连庞大固埃都没想起来要把它作为一个参观程序，只是吃完饭，临走时，他们要从老太太那个收藏室的方向路过。庞大固埃就顺便领她从那里穿过去，连带着把老太太过去画的东西扫上几眼。

毛榛看到了老太太画的花。当它还是画布上尚未完成的一朵几朵、一团几团时，还看不出个什么，感觉不出个什么来。可是，突然之间，当这几百朵上千朵无数朵花铺天盖地从画面迎面涌来时，不得不叫人震惊了！那大朵大朵的花，全是淡泊从容，又是昂扬怒放的花。大朵大朵调染的金色，大朵大朵要炸开来的明黄，过分绚丽，过分张扬，但是又过分自在逍遥，过分不可阻挡。想怎么开就怎么开，想有多自在就有多自在。

这无疑就是花朵天然的模样，无疑就是花朵们天然的自在。那种浑然天成的味道，那绚烂、淡泊、宁静、从容，是从内心里发出来的。花儿本身什么样，老太太的画就什么样。花是不肯委屈自己的。老太太也是没把画花当回事的。看她立在那里的画架，就像老奶奶撑起的花绷子，没事就绣上几笔，没事就绣上几笔，完全怡然自得，完全自得其乐。老太太画画就跟她平时做饭、喂狗、种地、孵孔雀蛋一样，都很日常，很普通。这些事情的意义对她来说是一样重要的，是等值的。

相比之下，老头儿躲进山里求的所谓“隐逸”“淡泊”，就全是故意命名，是文化姿态。老头一辈子，命运大起大落，该遭的罪、该享的福、该谋取的荣耀，他样样都得，一步也没落下。然而这功绩簿或收藏室里，并没有老太太的份。一切全都是老头的。老太太虽然也跟着起伏颠簸，但是她的一切都不予记载。这家里的一 切，全是老头的，归属于老头儿的名下。

然而，即便这样，就是这么个一辈子都没红火过、没爆得过大名的老太太，到了晚年，却是真正的返璞归真，从一个当年的农村小丫头，经过什么什么留学、当个什么什么教授等等文化培训之后，到老了，又回归成农村小丫头，有着小丫头般的童真，又有着已经成为“老太太”的过来人的恬淡、从容。

她到山里来，只不过是来随老头过日子，活得很安稳，也不叫嚣什么“归隐山水田园”“淡出江湖”一类的。但是她的心里，却有着真正的归隐，比老头儿要隐得自在，隐得深。

毛榛看到了这里保存的她从前盛年时期的那些奉命之作。那时她画人物，从“学大寨”到“老房东查铺”，到“铁姑娘”和“小靳庄”一类，跟那个时代的气候紧紧相连，人物都是刻板的，死撅撅的，没有生命，像一群小假人儿贴糊在纸面上，一律全都有孔无瞳。而她退休后画的那些人物，一些来往相熟的文化名人，全是画着玩的，没有任何目的，却一下子全都活了！

也不知道是怎么回事，那画面上的人物都栩栩如生。尽管那些人物毛榛都不认识，但是能感觉出那些人在画布上都是活的，吹一口气儿，或喊他们一声，立刻就能从画布上下来。老太太她这会儿可真正是走进人的内心了，完全凭着直觉和感悟，也不讲究什么技巧和方法，就用最原始、最朴素的人物素描方法，用最简单的着色，寥寥几笔，就这么简单。然而人物就在她简单的笔下全活起来了，人物的神思全飞动起来了。

是老太太她自己活了。退休以后，老了以后，不再讲什么苏联技法，也不再求美院的什么西洋技法，完全是农村老太太剪窗花、纳鞋底子、描枕头样子那种方法，内心充盈，心到手到，昂扬的生命力尽情喷发，尽兴喷发。

毛榛深刻体悟出了她内心的变化。

还有她的那句话：我还要省着眼睛去画画呢。

毛榛此时才幡然开悟，如听禅语。

不能再四面出击了。人的精力有限，只能专心做好一件事情。就做你最爱做的那一件。做一件事，就心无旁骛，专心一意把它做好。

不能把“工作”这件事情的意义弄歪了。其实，它和你生命里的吃饭、穿衣、恋爱、下棋是一样的，是等值的。缺了什么，都会变得不快乐。

这是毛榛此行的最大收获。

这个秘密，她没有跟庞大固埃说。

他们在老人家里吃了一点简单的面条，就往回赶。

这一天，去的地方太多了，闹哄哄的，信息轰炸太密集，不过身体很亢奋，很愉快。

庞大固埃一边手把方向盘，一边问：“怎么样？你说大哥对你怎样吧？一天之内，所有的主要社会关系，全带你见过了。”

毛榛就一旁抿嘴笑。真是的啊，要说庞大固埃这人，也真是有意思呢，你是说他傻，还是说他可爱呢？哪有这么领着人去见人的？

她糊涂了,就搂着他的脖子,狠狠地亲了他一顿。亲得他将车子左一把右一把开得直趔趄,嘴里说着:“别别别,不习惯呢……”

这一天下来,她最能总结出来的印象就是:狗。各式各样的狗,大狗、小狗,翻毛皮鞋狗、黑不溜秋狗、龇牙咧嘴狗、耍流氓狗……全在她眼前晃。太多了!

其次就是,马。一大群马在她眼前飞奔。马上的庞大固埃,上不去马时那一瞬间偷偷看她的羞赧,庞大固埃身上驮着的春天金色的光线……

至于人……闹哄哄的,没太记住。印象最深的却是那个排骨女人……还有宏子,那个老头,那个老太太,还有老太太的花……

啊……

这鸡飞狗跳的当下生活!

这鸡飞狗跳的当下生活!

这“嫉妒”与“归隐”齐在的北京生活!

这“嫉妒”与“归隐”齐在的北京生活!

仿佛这才是真正的当下北京人的现实生活。

而毛榛过的,只不过是书斋里的清寂岁月。

毛榛想着,想着,越想越糊涂起来。

车子在北京春天夜里流光溢彩的大街上奔驰而过。她糊里糊涂,思来想去,也没想出个什么名堂来。唯有西山古刹老太太的那句话,一遍又一遍在她耳膜里响着:

“我还要省着眼睛去画画呢……”

第十五章　基因的故事

庞大固埃通过他在电视台的关系，帮助毛榛推荐卖掉了一部作品的版权。那是一出都市言情故事，《爱在深秋》，讲的是一个白领商人如何在商海奋斗的过程中，由于疏忽而丢失了家庭幸福。这个商人在妻子离去以后又不断地寻觅择偶，却总以失败告终。新一代女人们很务实利，不是冲着他的钱来就是看中了他是个成功商人的社会地位，没有谁能够真正理解他，他也不敢再把情感交付给任何人。他发现都市里面红男绿女看似潇洒倜傥，其实每个人心里都有内伤。那些情感内伤无法自行治愈，也不能靠新的配偶来帮助他们治疗。所以他们选择了“单身贵族”这种生活方式，互相睡来睡去、同居做爱，聊以解闷儿，但同时又谁都不肯把自己交付与谁，不肯把真心交付给对方，都将自己包裹保护得严严的，免得自己再度受伤。男主角最后也无奈地选择了这样一条道路，但是他的内心里仍真诚地渴望着爱情的来临，渴望能再度像跟前妻初恋初婚时那样，有人与人之间的真诚、信赖。

导演和制片人都非常看好这个故事，大吹大擂有信心把它打造成收视率最高的都市言情剧。庞大固埃回来把消息告诉给毛榛，并说他们决定把片名改成《一个男人和三个女人的故事》。

毛榛听了，咧了咧嘴，有点哭笑不得。

庞大固埃注意到她的难看表情,说:“怎么了? 不愿意接受是吧? 电视剧就是这玩意,不在第一眼就像钩子一样抓住观众的心,一转眼他就换频道调台了。”

毛榛说:“我知道。可是也不至于这么恶俗啊。什么玩意儿!”

庞大固埃说:“别别别,别别别,气大伤身。过两天剧组要邀你见个面,制片人、导演还有投资人都在一起聚聚。”

毛榛说:“又是你张罗的吧? 聚什么聚呢,版权卖完了,合同一签,他们爱怎么祸祸怎么祸祸去吧,谁也管不了,还瞎吃饭耽误个什么工夫?”

庞大固埃说:“见见,见见,多见几个人又没什么坏处。那个投资商还是我的一个哥们,好久不见了,一起坐下聊聊。”

毛榛说:“好吧,那我就看在你的面子上去一趟。”

吃饭的地点选在“帝豪大酒楼”,这里是京城著名的粤菜馆,一到夜晚便宾客云集。那天来了一屋子七八个人,扎辫子的、留小胡子的、披头散发的、邋里邋遢的,总之就是影视那个行当里的标志性打扮。庞大固埃的大胡须在这些人堆里一比,就显得不算什么了,很协调,一看就是一伙儿的。这要是他带着一脸蓬松的大胡子进了毛榛她们那个研究所,把门那个当兵站岗的不把他盘查个底儿朝天才怪了呢! 看来毛榛的确是没见过世面,总觉得庞大固埃的胡子是个什么了不起的稀罕物呢,原来它就是一件职业包装,像穿在脸上的工作服一样。

叽叽嘎嘎的说笑声里,毛榛又辨不清也记不住谁是谁。她跟人散布过这样的谬论:像这种人多聚会场合,如果不是谁奔谁去的，特地为去见谁，那就整个什么都记不住，而且，在座的每一个人都互为病毒符号，拼命乱哄哄地互相往脑子里涌。回家里以后要经过半个小时以上的彻底洗漱（尤其是要洗头发），然后把衣服全挂到阳台通风的地方晾着，再要经过一整夜彻底的休息睡眠，才能把病毒最后清除掉。

满座人之中她只瞧见除她之外还有一个女的。要说记男的不容易记住，女人记女人却可以一记一个准，说不清楚为什么。那个女人看样子四十来岁，很精明，把一切都看在眼里，又根本不屑于说漏或声张，气质很好，不太爱说话，慢悠悠地抽烟，一棵接一棵。毛榛给安排在她身边坐着，她就除了抽烟之外，偶尔还照顾一下毛榛，给毛榛倒水添茶。其实这些都有服务员小姐伺候着，但是她特地来反客为主，来献这份殷勤，这让毛榛受宠若惊，对那位女士倍生好感，心想这才是女人之间的绥靖之道啊！

实际上，她平时在周围人的应酬交际中也是这么做的，只不过做得比较本能，傻呵呵的，不如这位女人这么有心计的样子。但凡聚宴场合有女士在场时，她总是尽量照顾别人，她们之间也尽量互相客气地照顾着。因为通常男人们在酒桌上三杯酒下肚后就开始互相叫大哥，劝酒，对其他一切基本上不管不顾，只顾自家往肚里筛酒快乐，礼仪礼数什么的也忘到脑勺后边，女人们想喝口水想添一点饮料什么的也没人管。她们不得不彼此照应着自己管自己。

开始的几分钟还是乱七八糟胡乱寒暄说笑，待了一会儿后，慢慢地酒桌上的“老大”就喝得浮凸、显摆出来了。场上的中心人物现在是庞大固埃和另一个面相清瘦的男人。二人推杯换盏，你捧我逗，非常默契。到最后真正的主角就看了那个清瘦男子一人。庞大固埃称边上那个人一口一个“汪大哥”，那个汪大哥也勾着他的脖子，一口一个“固埃老弟”。

毛榛依稀记起刚落座时庞大固埃引见过：“这位就是我汪新荃大哥，新一代最为成功的儒商，武汉大学中文系毕业的。所有中文系的人里边，我最佩服我汪大哥。”

毛榛当时跟他轻轻握了握手，说了句：“久仰。”当时那个汪新荃也回敬了一句，说：“你们作家说‘久仰’也就是跟‘没听说过’一个意思吧？”毛榛笑，把他的俏皮话很容易就记住了。庞大固埃也说过今天来就是主要见这个汪大哥。虽然他一口一个大哥地叫，可看上去这个汪新荃比庞大固埃还要面嫩，尤其是他身材瘦高颀长，面孔白皙，乍一看像个白面书生，跟满酒店里窝藏的腆胸叠肚、鼻翼冒油的胖大商人们自有不同。

席间他们两人在把持着酒桌上的气氛，不停地相互敬酒、说话。其他跟着来的人也偶尔敬他们俩一下。说的都没什么正经话，无外乎吹牛、侃大山，拿个别明星和肥皂剧开开涮。那个汪什么荃闭嘴不说时还好，像个文弱书生，这一开口，嗬，可不得了，整个就是一个“话痨”，话语说得又密又急，一个人在“包桌”，别人根本都插不上话，就连庞大固埃，平时在毛榛面前那么顺嘴就来、那么能唠叨的人，此时都挤不进说话的位儿，只能偶尔在他汪大哥搂着他肩碰杯递酒的工夫，插上一两句捧哏的话。

毛榛可真是服了他了。见那个汪什么荃根本没动几下筷子，就喝一些酒，然后就开侃。说的什么乱七八糟的？她也记不得，像是针砭时弊？愤世嫉俗？不知道，反正是大骂当今的影视怎样缺乏审美品位、恶俗、低俗、庸俗，讲他当年创业办文化公司时，怎样让一个港商给涮了，中途撤资，他打掉了牙往肚子里咽，硬是胸口滴着血把那个片子做下来。以后就时来运转，人们从中知道了他的才干和骨气，找他来合作的人越来越多。

在座的人都听着，谁也不插嘴，可能也插不上，听他一个人讲掉了所有的话。

毛榛身边那位女士悠然吐着烟圈，该吃吃，该喝喝，看那架势，早见怪不怪。只有毛榛头一次接触到这样的所谓“儒商”，不太适应，脑子被他的话给震得嗡嗡的，太阳穴也要突突跳起来。她心想待会他也许会停嘴，让别人也有机会说说话，也能轮换着说点什么好玩有趣的事。

可惜她想错了。那个叫汪什么什么的根本没有放下话语权的意思，还在一个人包桌说话。

暴力呀，暴力！这简直就是语言暴力！

毛榛的脑子又一次疼了起来。

酒过三巡，菜过五味，酒桌上的高潮来临了。那就是讲黄色段子。当下京城，也不光是京城，当下中国社会的集体宴请风俗，没有黄色段子不能成席。当然，有了黄色段子，还必须有女人在场，光有段子没有女人，就不能产生刺激，男人酒精作用下意淫的想象无处挥发，非要通过这种类似于“口淫”的方式喷将出来。光有女人没有段子也显得无趣，要是不看到她们在唾液酒精淫意的刺激下脸色绯红，鼻翼翕动，身体不安地扭来扭去，同时还要假装没事人一般地低眉顺目，洗耳恭听，并偶尔发出一两声“哧哧哧”的恭维迎合的傻笑，男性意淫者的虚荣心又怎样满足？

现在毛榛就被逼入了这样的境地，就已经沦陷进了这样的表情。悄悄用眼角一看，旁边的女士见多不怪，依旧微笑，朝空中吐着烟圈。也难怪，她是他们这个圈子里的人，自然习惯了这些。

对毛榛而言，黄段子她也不是没听过，在她周围的朋友圈子里也总有人讲，但多半是无伤大雅，适可而止。现在不同了，她是置身于一群不认识的人当中，听着他们一个黄的接着一个更黄的，窘迫和慌乱在所难免。

开始一般是从国外性政治的段子开始讲起，这也是北京这个文化中心城市的特点，外地倒不太侧重于这个。渐渐地，就过渡到纯黄色，先从城市里的、带有点隐喻性质的黄，渐渐过渡到直截了当的身体各个要害部位的黄，到最后，让他们最来劲的，就是乡村俚语的黄，“二人转”和“十八摸”都已是小儿科，字眼已经损到了家，文明人听了都觉得难为情。那个汪大哥和庞大固埃说起来却毫不打奔儿，毫不费劲，一唱一和，狼狈为奸，讲得吱溜吱溜，像要淌哈喇子。

毛榛面红耳赤，开始还使劲忍着，也学身边的女人假装若无其事，到后来当他们讲到又一摸，两根手指马上要伸到下面去摸，嘴里还要学女人叫床似的嗯哼嗯哼，毛榛到底坐不住了，噌地站起来，起身就走出房去。

她走到外面高大的落地窗前，大口大口喘了几口粗气，大吸几口穿堂而过的新鲜空气。

足足站了能有十来分钟，脸上的潮红退了，心跳也平缓了，她这才定下神来，走回包房里去。屋里的段子已经停止了。眼见着已经讲跑了一个，已经达到了效果，人们也就住口，不再继续讲下去。晚宴已经接近尾声。

汪什么什么高声吆喝着，叫小姐来结账，大着嗓门说："刷卡行不？"

小姐说："先生您最好是用现金结算。"

汪什么什么就拿出一个信封，抽出一沓子钱来，交给小姐说："不用找了。"

小姐说："谢谢先生。"

出来，人们各自告别散去。庞大固埃醉醺醺地还想开车，毛榛说："你行吗？"

庞大固埃说："没事。我没喝多。我心里有数。"

毛榛说："得了吧你，逞什么能！还是我来吧。"

然后把他挤一边去，让他从另一边门上。

坐在车里，庞大固埃的兴奋劲还没过去，一个劲儿夸他这个朋友怎么怎么好，有才华，对朋友够意思、仗义。想当年他独自到深圳下海经商，白手起家，硬是打出一番天地来。富贵以后，也没忘了朋友。哥们兄弟们有事，随叫随到。

"你这个朋友……他有媳妇吗？"毛榛边驾车边猛不丁冒出来一句。

庞大固埃一愣："干啥？"

毛榛笑:“我看他像个家里没有媳妇、没人管的人。”

庞大固埃也笑:“呵呵,你还挺会看的哪。咋看出来的?”

毛榛说:“直觉。”

她本来想说这是一个给别人做惯了媳妇的、有过家的女人的直觉。又一转念,这种东西,跟一个十来年的老单身汉说也说不清楚,说了他也不会懂。她也就不说了。

庞大固埃说:“唉,你们女人哪,净扯直觉啊幻觉啊那些个玄的。告诉你吧,他从前是有媳妇来着,后来跟人跑了,在他刚下海那两年。”

“现在呢?”毛榛问。

庞大固埃立刻警觉,靠在椅背上的身子都要僵直了,说:“你说你到底要干啥吧?”

毛榛扭脸瞥了他一眼,忍不住想笑。这么长时间以来,还头一次见他这样。

于是就说:“不说就拉倒,我也不问了。”

庞大固埃说:“现在还有女人跟他同居着。他身边女人一直就没断过。今天,你见那酒桌上那女的,也是他的老相好。”

听他说话的口气,像是有点赌气,又像是故意挑拨,损毁他汪大哥的光辉形象,再不像最一开始那么在毛榛面前夸耀时显得五体投地地佩服了。

毛榛心里暗暗好笑,说原来你也有嫉妒失态的时候啊!我还真以为你对什么都满不在乎呢!

把他带到家里,他又喝多了,做起爱来惊天动地的,没完没了。

他自己还半晕半醉之间颇为得意地说:“有时候,喝酒真能助我成事儿。像那回新年,我就借着酒力,把一个上门送花的姑娘给办了。”

毛榛开始没听清楚,心里边还忽悠一下子往下一沉,真以为他是酒后失德,跟别的女人干了坏事,现在借机会来向她忏悔呢。她都急赤白脸了,哆哆嗦嗦口吃着说:“你……你……你你……”

却见他眨巴眨巴毛嘟嘟眼睛,在盯盯地朝着她坏笑,使劲看着她的表情。毛榛一下子反应上来,他说的就是新年的时候跟自己的那回。毛榛的脸腾地红了,不由分说扑上去,骑在他的身上,一顿绣拳狂捶,打得他“哎哟哎哟”嬉皮笑脸不断告饶说:“哎哟,哎哟,别打,别打,打死我你就没老公了……”

然后他翻上身来,告饶声就渐渐变成了狮子发情的低吼,高一声低一声的。毛榛这回也不去阻拦,心想谁若听到就让他听去吧,反正又不是在我家。周围都是电视台的人,黄透了,谁不知道谁啊?互相听。承受这点叫声的能力应该不在话下。

隔了两天,那个叫汪什么荃的被庞大固埃称作“新儒商”的“汪总”忽然打电话过来,开门见山地说:“毛小姐,不知你有空没有?咱们一起吃个饭。”

毛榛听了颇觉意外。“小姐”“一起吃个饭”这些句式行文,都是她所不熟悉的。这方面她非常老土,大脑皮层的语言词汇库中有许多空白和盲点。

“噢?汪……总,请您给我一个吃饭的理由先。”

"吃饭难道还需要什么理由吗?"

"吃饭难道不需要什么理由吗?"

他们都在这儿用废话先废着,全是流行的《大话西游》里的句式,搪塞着话筒里的时间,一面也在考虑着下面的对话该怎样进行。说实在的,上一次吃饭,毛榛对他并无好感,不要说无好感,而且很有"坏感"——这人商气太重,尤其一个话语包桌的风格,很不符合她周围那一圈人相聚的玩法。

通常,京城的文人相聚,谁给请来谁给召集来并不重要,重要的是有个机会让好久不见的众人能凑到一起。他们仨一群俩一伙儿在下面交头接耳,各说各的,你给我带书,他给她捎钱,忙着交换手里的东西。至于上面是谁在讲话,谁在做报告,管他是主席还是书记,他讲他的,下面人讲下面的,互不干扰,早已经成了习气,多年来的传统使然,谁也改变不了。

就连偶尔外地来人来请客、请吃饭什么的,不管是出版社也好出版商也好,也为北京这种酒桌无主宾的"自助"玩法而吃惊。掏钱买单的人一般都是在经过了前半个小时的艰难适应后,识时务者干脆就坡下驴,主动放弃话语权,由着众人瞎闹瞎说。而那些"正事",都要等吃完饭回去以后电话里再敲定。

而眼前这个汪总却比较愣。人人都忙着抓紧时间办自己的事情,谁闲着没事有空陪一个商人吃饭,就听他一个人霸道地满嘴唾沫星子乱冒呢?

"毛小姐,我看了你的本子,有很多感慨,很希望能和你聊一聊。"

"哦,是吗?承蒙汪总抬爱,真是不敢当啊。"

毛榛一面用话语应付,一面在心里多少感到有点不耐烦。聊什么呢?跟一个陌生人,拘着,吃饭,没话找话,真累得慌。再说本子版权卖出去了,就算完了,没她什么事儿,剩下的,就是人家的二度创作,改好改赖她都管不着。当汪新荃再一次请她出去时,她就推辞说:"改天吧,今天我全天上课,有点累了,灰头土脸的,不想出去。"

"毛小姐是不肯赏光?"

"哦,不是,"她忙解释,"今天我是有点累了,一天都在忙,没想到能突然间接到汪总邀请啊。我周一还有考试,还得准备准备,真的是一点时间都没有了。"

汪新荃说:"那好。你说你什么时候有时间?"

毛榛发现他这商人还挺执拗,大概还从来没在哪里碰过钉子吧?于是就推托说:"下周吧。等到下周末能稍微有点空闲。"

汪新荃说:"好。咱们一言为定。"

毛榛放下电话,心说谁跟你一言为定?我为什么要跟你一言为定?凭什么呀?

她也就没理这个茬,说完就忘了,她继续忙着她自己的事情:上学,装房子,听庞大固埃在深夜里朗诵他的诗,或者说一些趣闻,听他讲他对电视文化的一些构想。有时聊的时间长了,电话线好像都被烧得嗡嗡嗡要燃烧短路似的。午夜电话几乎成了他们精神生活中不可缺少的一部分,一旦他到了半夜十二点还没有打来,她就会急切地挂过去，通常，都是他刚进门或正在洗澡，还没来得及打。她打过去以后，他也会让她放下，他再挂过来，因为她的电话是自费。中国电信的电话费刚刚涨价，就是为了赚取城市里爱煲电话粥一族的钱财。

等到了周末，不期然汪新荃真的按时将邀请电话打了过来。一上来，劈头就说："毛小姐，这回你该有时间了吧？"

毛榛拿起话筒，略微怔了一下，反应过来是叫汪新荃的那个家伙，不由得心里头说：这家伙！是个什么人？如此生猛，打个电话，难道不知道要先自报家门吗？哪有这样上来就横冲直撞说话的？你以为你是谁呢？自我感觉太好了吧？

毛榛也有点心理变态，故意不理他那个茬，很正经地回问了一句："请问哪位？"

话筒那边的汪新荃这才说："我是汪新荃。"

"哦，汪总啊……"毛榛故意把这个"啊"字拉得老长。这么逗逗他，得罪了他也没关系，反正他不是作协领导，也不是她们研究院里领导，更不是她的顶头上司，也不是业务联系人，关系弄僵了也不怕，顶多被说成是不解风情。

偏偏人也都是有个贱脾气，越是不被人理的，就越要呈示魅力，越要往上抓着挠着地扑上去。许多自我感觉良好的成功人士都很容易患有这个人性弱点。

这个汪总明显感到自己的魅力在毛榛面前未能施展得出来，于是越发急迫，说："毛小姐，你可是答应我这周末有时间的。"

"哦，是吗？您要是不提醒，我都差一点忘了。"

“看来您是贵人多忘事啊！”汪新荃酸溜溜地说。他这湖北人，“n”和“l”不分，他在说这个“您”字时带有浓重的鼻腔音，发出来的音有点像“林”。

“不是，不是，我实在是太忙。我的新房装修那边出了点问题，排水系统有些毛病，这个周末我得过去盯着，让工人返工。”

“噢？是这样啊，怎么不早说？这方面我是行家啊，装过好几套房了。要不咱们这么着吧，明天我跟你过去看看。说，你住哪儿？”

毛榛没想到他这么直来直去单刀直入的，她一时间有点傻了，可真是不了解他们这帮人的脾气秉性，一时竟不知该如何跟这个群体的人打交道，就忙说：“不不不，汪总，这点小事，怎么能有劳您？”

汪新荃说：“嗳，客气什么，既然是庞大固埃的朋友也就是我的朋友，我正好明天闲着没事。”

毛榛还是婉拒说：“不不不，不必惊动您了，其实就一点小活。”

汪新荃说：“你看你看，一点小事，就这么磨叽。我看你像个挺爽快的人。行了，别推辞了，就这么定了。”

他说话口气之专横、“磨叽”一词用得之唐突，都令毛榛颇觉接受不了。可是话已经到了这个份上，她也已经蒙了，不知道该怎么处理好，再往下推辞，可能就真有点僵了。

于是就颇觉无奈地跟他约定了时间地点。回过头来又给原来装房子的包工头打电话，让他明天派泥瓦匠带着工具过去给她翻修主卫生间的排水。其实她根本就没安排这个活，原本想等过两天有空了再做。刚才完全是为了搪塞汪新荃的邀请，才顺口这么说的。哪知道，这下可好，不但给自己添了一个活，还引狼入室了呢！

毛榛暗恨自己关键时候态度上不去。使劲一拒绝不就行了吗？这倒好，明天一天都要陪着一个无趣的陌生人挨一段艰难的时光。

唉！

怨自己。单身女人，可能是胆子变小了，总是害怕得罪人。对什么人也不敢直截了当说“不”了。

她觉得这简直像是兔子自己想躲避狼的追捕而下了个套，没下好，先把自己手指头夹住了，而对方，正在窃笑着，准备大嚼大咽夹子上的诱饵和猎获物。

汪新荃开车带着她，往北京以北的方向去。毛榛在那里买了新房。从最初的跑房地产市场看房、购买到后期装修、置办家具，直到把它弄成一个像模像样的能住人的地方，所有的活儿全是毛榛一个人做下的。一场“房事”干下来，她感觉像到另外一个世界走了一遭。买房如买大白菜，装修就像打鸡血。北京人，干什么事，总是能那么一窝蜂一窝蜂的，而且最有意思的是，还能把任何看似挺“贵”的一件事一股脑把它给弄“贱”喽。

这个特点，在别处就不存在。

这也是地处皇城根底下伟大北京人民的文化心理优势使然。

然而出乎毛榛的意料，当只有汪新荃和她两个人在场的时候，他的表现并不像那天酒桌上那般夸耀、恣肆、没遮没拦。他说话很有分寸，动作举止也很规矩、得体。

更让她没想到的是，去的这一路上，他们谈的竟全是庞大固埃，因为维系着他们脆弱联系的纽带现在也只有庞大固埃，仅只庞大固埃这一条线。他对他的固埃老弟赞不绝口，一会儿夸他有才气，一会儿夸他讲义气，一会儿又说他是他的朋友圈子里在仕途上走得最好、最有远大前程的一个人。奇怪他夸庞大固埃的口气与庞大固埃夸他的口气一模一样，都是透着那么股由衷的劲儿。男人之间的友谊，说起来真是挺有趣的。

他一路夸着，毛榛一路听着，不太怎么插话，听得心里受用，又使劲掩藏着那份甜蜜。

一会儿，他猛不丁转个话头，说："我固埃老弟特会玩，也特善于玩，把他自己的书做了许多毛边本送给朋友。他家里还保存有徐悲鸿的《奔马图》真迹，你看过没有？"

毛榛说："没有。"

他就开始夸那些真迹如何如何价值连城，又如何如何栩栩如生。讲了一会，又说他固埃兄弟如何相貌英俊，体格魁梧，当年到少数民族地区拍片，蓄大胡子，戴大手镯，一身毛傈族穿戴，让当地人都没法分辨真假。"他那个大手镯后来带回来，你看见过没有？"

毛榛说："没有。"

他又接着夸赞他别的。

一连四五次这样的问话后，毛榛听出点端倪来了。他这哪里是在随便问话，他这是在套她的口供，在刺探她跟庞大固埃关系的底细啊！他想知道这个，但不直接说，也不直接问，而是从侧面细节入手盘问，打探她跟庞大固埃的关系到底到了什么程度。

看来庞大固埃是什么都没对她说，他是个不太愿意把自己的私人生活向外张扬的人。在这点上，他跟别的文艺人不一样。虽说他也是个搞文艺的，在那个圈子里混事，但毕竟是行伍出身，又在国家体制内工作，所以还很注意自己的外界形象，什么事情都是悄悄干的，跟那些纯文艺出身的人还不一样。就连他在帮她往外推荐、介绍作品时，也只按他自己给她复述的那样，“帮助从老家来的一个妹妹引荐一下”。

但如今，“哥哥”“妹妹”已经是最明显不过的性关系暧昧的隐喻词，比直截了当的“情人”“小蜜”更朴实真切，更能勾人想象。

她真不知道这个汪新荃是个什么用意，也不知道他究竟想要干什么。她想他绝不可能是对自己有什么意思。她自己是个什么样自己心里有数，长得不好看，不会给男人放电，毫不性感，除了朴实无华、不会让任何人在她面前感到自卑以外，其他的，对别人没有什么吸引力。莫非，是这个汪新荃实在闲极无聊了，才想找她这样冷漠无情的人出来？

搞不懂。真是搞不懂。

……不对！最有可能的，就是他想求庞大固埃办什么事，挺难办的事儿，不好意思直接开口，就先要拐到她这里来探听底细，然后通过她这条渠道来打通庞大固埃的关节。对了，这是最有可能的。

但是……好像也至于吧？看他们俩在酒桌上勾肩搭背的样子，的确像是十几年亲密无缝的老朋友，再听他俩背后夸赞对方的语言，一点都不掺杂着虚伪，完全是真的夸奖。

那么他到底要干什么？

毛榛疑神疑鬼，对人已经不能产生信任了。

她非常后悔领他到新房子这边来，无端让他知道了自己的底细。但事已至此，也只好硬着头皮走到底，看看他又能把人怎么样。反正，她身后有庞大固埃呢，怕什么！

到了房屋所在地，工人们已经在那里等着了。毛榛拿钥匙开了门，放他们进去。

还别说，汪新荃在这方面还真挺内行，进了门，也不客气，就像个男主人似的，把各处木工活、油工活、瓦工活，地板、房顶什么的都打量、检查了一番，指出了个别细节部位的不足，让包工头改日来重新给返工一下。接着他又麻利地指挥泥瓦工人揭起卫生间里原来的地砖，重新和好水泥，铺设地面，重找下水的倾斜角度。

毛榛不用插手，乐得待在一旁，在客厅里打开电视，东看看，西看看，这摸一把，那抓挠一下，清闲自在。有那么一刹那，她甚至微微漾起了一丝天真的幸福感和美丽无比的幻觉：

家里有个男人该多好啊！再也不用自己跟工人们废嘴皮子，操心，还总是操心操得不是个地方，半天也说不清楚个数来。这会儿可好，一个大男人，往屋里一站，工人们立刻都变得溜溜的，服服帖帖，他指挥他们怎么做他们就怎么做，一句话都不敢回嘴。

毛榛就想世界上有些活，原本就该男人去做的啊！

世界上有些交道，原本就该男人和男人去打的啊！

汪新荃在卫生间门口认真地监着工，毛榛在客厅沙发里歪着倒着地胡乱看着电视。一会儿，她的手机响了，一接，原来是庞大固埃。毛榛很高兴，问他怎么想起打电话来了。他问她在干什么，她说在新房修下排水。他说："那正好，我刚从小汤山回来，待会儿路过，给你捎点东西过去。"

毛榛问："什么东西？"

庞大固埃说："待会见了你就知道了。"

果然，过不了一会儿，门铃响，毛榛过去打开门一看，庞大固埃抱着一个巨大的根雕站在门口。说是根雕，其实只是一个敦实的树根，浑然天成的形状，很抽象，很有点现代派意味。不知他从哪里淘弄来的。

毛榛指挥着庞大固埃把根雕放在厨房里，然后引导着他去客厅卫生间洗手。主卧室里面的汪新荃听到响动走出门来，正好跟庞大固埃打了个照面。汪新荃说："噢，固埃兄弟来啦？"

庞大固埃一愣，说："你在这儿？！"

毛榛忙解释说："汪大哥在帮我监督工人们干活。"

庞大固埃脸绷得挺紧，说了句："哟嗬……照顾得还挺周到嘛。"

话里话外，阴阳怪气。

他们都不傻，都听出了弦外之音。

汪新荃说："这活儿也干得快完了。我那待会儿外边还有点事，我先走一步。你们俩这儿聊着。"

说着，没等庞大固埃做出反应，就急匆匆穿上外套，告别出去。庞大固埃也没拦他，毫不谦让地留在屋里。

门关上了。片刻的沉寂之后，庞大固埃才缓过神来，假装没事人一样，去水龙头前洗手，然后又让毛榛拿块抹布来，他帮她把根雕上的泥巴擦掉。

毛榛头一次发现了他的脆弱。他的情感深处总像有什么盲点她还没有深入到。那是不可能让外人进去打探、不可能让人触摸的伤痛区域。

对，是伤痛。

毛榛有个直觉，他不是心室方面就是心房部位肯定受过伤，肯定伤得不比她刚被陈米松提出离婚要自杀的时候轻。

但是她不能细问。就是连问都不能问。除非有一天他愿意讲，愿意把自己的伤口讲出来让她给治疗疼痛。

回来的路上，他开着车，有点心不在焉，但又努力装出一副聚精会神的样子，给她讲故事，讲他刚审完的一个引进来的片子《人性的弱点》：

说是一个人的基因是由好基因和坏基因共同组成的。片子里的男主人公为了达到人性的完美，做手术剔除了身体里的坏基因，身上就只剩了“善”的一面。而那些剔除掉的坏基因，则堆砌成了另外一个人，是他的另一个“自我”。现在，这个人完全被一劈两半，一个完全是“善人”，一个完全是“恶人”。

结果，作为“善人”出现的这个男主角，跟以前判若两人，令老师邻居朋友都不认识了，都以为是什么人冒充的。他自己也颇觉难受，因为他天天必须要完全行善，为人做事，有时做的大量的事都是他不情愿做的，但是体内“好基因”逼迫他不得不做。他活得失去了自我，原来那些调皮捣蛋、喝酒滋事的快乐全被遏制了，活得就像一个假人，整个都是为别人活着的。

这个人很是后悔，他决定寻找那部分被剔除掉的“坏基因”，要把它们重新安装到自己身体里来，重新找回过去的快乐。

而那个由“坏基因”组成的“恶人”，表现得很快乐，现在整天尽做坏事，到处被人追逐。堕落虽然很快乐，但是他的生命却是有限的，过了今晚十二点以后，“恶人”的生命就将完结。

也就是说，“善”的那一半生命是永恒的，而“恶”的这一半却是有限的。当半夜十二点钟声敲响之后，“恶”将永远消失，不会再返回到“善”的身上。

现在，“善”疯狂地寻找追逐着自己的“恶”。

“恶”边跑，“善”边追。

“恶”不想让他追上，一旦和“善”合一，他又要重新板正着脸做人。和“善”合一起，虽然能延长性命，但是要受拘束。他只顾乐一天算一天，才不想什么死不死的事儿。

但“善”却受不了。“善”虽然会永恒，却将永远不快乐。你愿意不快乐地永恒下去吗？天哪，那多可怕！

于是善就追呀追呀，一定要把“恶”找回来。

善一路堵截过汽车，打碎过玻璃，践踏过农田，搅得鸡犬不宁。实际上，在追逐“恶”的过程中，他就已经在不自觉地作“恶”了。

临近午夜十二点,“恶”逃进了一个小水池子里。基因是溶于水的,不一会就要溶于水中化掉了。“善”急中生智,疯狂将水池子里的水一口气喝干,将“恶”吞回到肚子里。现在,这个人“善”“恶”统一,终于达到了圆满。

……

讲完了,庞大固埃感慨着说:

“有时候啊,我觉得我自己就是这样,知道啥是自己缺点,也想改正。可是,我要是没了这些缺点呢,我又不是我了。一想,缺点有就有,慢慢带着吧。”

“是想为自己的缺点开脱吧?”

“不是,真这样。你比方我知道酗酒不好,可是,如果不是随时跟朋友喝点小酒什么的,也确实觉得活着没乐趣。”

“喝酒也就解脱一时,醒过来时还不是照样?”

“唉——”他重重地“唉”了一声。

毛榛发现他今天的心思很重,就说:“把我放路边,我自己走天桥过去吧。”

他说:“你当我是谁呢?我是出租车司机啊,把客人拉不到站就扔路边?”

一席话把毛榛又逗乐了。

庞大固埃一边在桥下掉头,一边说:“那种事我能干吗?做好事谁还不做到底?”

到了近家门的路口,他把她放下,还要去赴另一个应酬,已经约了好几个人,到亮马河那边聚会。毛榛用手背在他胡子上抚了一下，告别下了车。

不知为什么，毛榛总觉得他今天心情怪怪的，不像平时那么欢实。能是因为碰见了汪新荃在她那儿吗？太不至于了，这点小事，根本还构不成个什么事。

她有点不放心，为着他情绪的起伏不定。到了晚上十一来点钟时，又拨响了他的手机。他已经是在路上了，听得出又是醉醺醺的，说话说得“哼哼唧唧”的。她嘱咐他：“小心点开车，别到处乱跑了，赶紧回家休息吧。”

他“呜呜噜噜”喘着酒气说：“回家？回哪个家？哪个是家？”声音里竟然带着几丝悲怆。

她有点愣了，知道他可能是碰到点什么事，他自己也一时解不开的事。跟他这么久，她已经能够对他的情绪有所感应。于是就说：“你现在在哪儿？”

“在……我在你家楼下。”

“别瞎说。”她说，“赶紧回家休息去，明天你不是还有事吗？”

“我……真真在你家楼下。开开门，让我进去。几楼几号来着？”

毛榛都有点害怕了，看来这家伙是醉得不轻，这么鲁莽。于是就说：“6 楼 2 号。你上来吧。”

果不其然，一会儿工夫，防盗门就被拽得咣当乱响，是一个酒徒或醉鬼拽门的声音。毛榛赶紧开门，把他放进来。庞大固埃带着酒气、菜气、人气扑面而来。屋里立刻罩满了饭馆里污浊的气息。

庞大固埃醉醺醺地脱衣服，毛棒把他的外套挂架子上，又把一地乱丢的衣服搭上椅子背。见他又开始从兜里掏浑身披挂的那些零碎玩意：手机、呼机、打火机、烟卷……他拿着手机，坐下来，开始按键。是一个很长的号码。拨完以后，稍微等了一小会，然后听见庞大固埃对着话筒里说：

“那什么，孩子想回你就让他回来吧……”

似乎话没说完，对方就“哐当”一声把电话撂了。庞大固埃愣了一下，瞅了瞅送话筒，脸色很难看。一抬头，见毛棒正在看他，就下意识地两手一摊，耸了耸肩，做了个无奈的动作。然后他脱光了衣服，像一座山一样，轰然倒到床上去，一动不动，等待着毛棒上来爱抚。

毛棒感觉到了，可能是他跟美国的前妻通电话，在商量孩子暑假是否回来过的事情。孩子到了寻父的年龄，一到寒暑假都要往中国这边跑。庞大固埃支持他回来，孩子的妈妈却不太愿意。第一她不愿意孩子变得太中国，不愿他跟他父亲、爷爷、奶奶一家走得太近；第二，总这么跑，来回的路费开销也是个问题。在美国生活的中国人，挣钱不容易，花销都很节俭。庞大固埃宁愿自己给儿子出这笔钱，也愿意让他回来。他想弥补这些年来他没有给予孩子的父爱。

可能是两个人在电话里没能达成协议。他那个厉害的前妻没有给他好脸色，连个商量的余地都没有，话没说完，电话就撂了。

庞大固埃的前妻，是人们常说的那种事业型的“女强人”，80

年代出国,在外面干得很不错,把她父母妹妹全家都接了去,在那里开了几家便利店。庞大固埃当初也给办过去,妻子给了他一爿店,要他管理。但是他只会说简单的几句外语:您好。鸡蛋。要几打几打……

他就用这几句简单的外语在那里委屈生存。妻子还总暗示说:你这一切都是我给你的……

庞大固埃也是个要强的人,在电视台要风得风要雨得雨,哪堪忍受这个!后来他下决心一个人回国,跟妻子办了离婚手续。儿子也归了前妻。

……

毛榛在爱抚他时,能感受到他心里是阴郁的,欢乐不起来。可能,世界上所有的伤害中,没有比父母妻子儿女这些亲缘关系之间的伤害更为严重、更为有力的了。

他在床上心不在焉地回应着她,问:“榛儿,你有小名吗?告诉我你有小名吗?”

毛榛说:“没有。我就叫榛儿。”

庞大固埃说:“榛儿,榛儿,告诉我你爱我吗?你爱我吗?”

毛榛抚着他的胡子说:“唔。”

他说:“榛儿,榛儿,我爱你,我爱你,我想娶你。”

毛榛伏在他的胸口上说:“别瞎想,快别瞎想。”

庞大固埃说:“不管我好我赖,你恨我也好,喜欢我也好,你都不能写我。”

毛榛仰起脸,奇怪地望着他,说:“你说什么?我没事儿写你干什么?”

她不知他身边发生了什么,也不知道究竟有多少人、多少个事情伤害了他。她体会到了他的心不在焉、他的疼痛、他的脆弱。虽然她不能深入他的痛,不能抚平他的创口,但是也许她的爱情,会给他以安慰,会给他带去一些面对生活笃定自信的勇气。她也愿意看他适当呈现出脆弱的样子,那样就可以调度起她内心深处潜藏的“救人”的勇敢。人都愿意被呵护,也愿意被需要,不是吗?

这一夜,他们尽力缱绻,她想让他最大限度地高兴起来,忘掉所有不快,想帮他从忧郁的边缘驶回。

她在这样做的时候,她想她是真的爱上他了,爱上的就是这个坚强和软弱并存的他,爱上了“善”与“恶”基因夹杂在一起的他,而不是从前那个一心只要展现刚强一面的他。她想不是因为他的刚强,而是他身上体现出来的软弱才使她如此动情动心。他在表现出软弱时,她感到了自己被人需要的幸福。

可能是由于一次一次的相要,做累了。凌晨时分,他们竟相拥着睡着了。这是她头一次能在他身边睡着,能在他的鼾声和呼吸声中睡着。沉沉地睡去,睡得很踏实。

第十六章 “探亲一号”

汪新荃的电话总是不邀自来,和毛榛谈那个剧本的改编,谈那个男一号人物的塑造。开始毛榛还只是敷衍搪塞,心说你这个投资人还管那么多,放手让别人干去就是了。

这些不耐烦的话几次都差一点出口,又被她自己强压在嗓子眼,礼貌地咽了回去。慢慢地,听着听着,觉得这个汪新荃也不白给,还是挺有些脑筋的。他之所以爱找毛榛说话,是因为他实实在在喜欢“创作”这一行。对于作品,他也是真琢磨,真看,不是拿起来就胡说。他谈的关于对毛榛作品的意见,基本上都是理解正确的,也很有一些见地,就连一些细节问题他也注意到了。

通过他电话来电话去的似乎不经意的自我介绍,毛榛知道了他大概的履历:当过“老三届”,后来考上大学,曾经是个不成功的诗人(又是诗人!那个年头优秀青年都向往着当个诗人),下海经商成功。但也就在他最初到深圳创业的两年里,由于一心忙于开创事业,结果忽略了家庭大后方,他那个大学同学的妻子跟一位副教授跑了。虽说她当初也支持他出去闯荡一番事业,但怎奈山高水长,两人十天数月难以会上面,最后等他稳定下来想让她过去时她又不愿意去,一个家庭就这样解体。

从此,他的心里就留下了永久的伤痕。他唯一的志向就是把生意越做越大,以此来显示他自己的价值和才干。看到北京这几年房地产业发达,他和同伙杀到北京,插足其中,想充分扩大自己的地盘。虽然他现在各方面无论要什么都能得到满足,但是总觉得心里边还有个什么梦没圆,心里头有一个地方还是空落落的。现在他有了钱,有了经济实力,就拼力想把那个丢失的梦给找回来。所以做文化投资还是他的最爱。跟文化圈子里的人打交道也是他最喜欢的一件风雅的事情。

毛榛知道这些后,心里有些感慨。原来每一个看似表面溜光水滑的人,内心深处其实都有着深刻的伤啊!尤其像汪新荃,像庞大固埃,这些当今社会上最牛皮烘烘的所谓“电视人”“新儒商”等等成功人士,都背着自己过去一段难以言说的感情痛楚经历,孤苦寂寞,然而又是假装风流潇洒地独自一个人往前走,还假意扛着一个“单身贵族”的美名,为的是什么呢?

并不一定是为了什么呵!

毛榛想,自己现在不也突然间沦落到这种地步,也变成这个生存状态了吗?难道她是故意的吗?难道她愿意这样吗?可是,她又有什么办法呢?内心再苦,逢人还不是假意欢笑,仿佛一副春风得意、天天向上的样子?

可是,向的那个“上”又是哪个“上”?那也不过是一个大气层,一个黑窟窿。“上”是永远不封顶的,永远没有边际,没有尽头。

人们各自受过的苦受过的伤实在太多,彼此聚会时就是为了寻找欢乐。你一天总嘟噜个受气的寡妇脸子,谁还敢再跟你接触?谁还愿意再跟你一起玩?

所以她也总是把假意欢笑的面容挂在脸上，为的是不让人嫌弃、厌恶，为的是不被社会群体给开除。

唉……

不知怎的，毛榛一点一点从内心接受了汪新荃，哦，倒不是说要跟他产生什么联系的意思，而是不像最一开始时那样感到厌烦、感到各色，觉得他是没话找话，对他待理不理的。现在她对他电话的态度变得能很正常地接受了。

要说电话这玩意可真是一种习惯性病毒。它可以毫无遮挡，破门而入，每天每日定时响起，有极大的覆盖力和杀伤力。它在大脑硬盘的某个分区下运作，肆意修改、删除、损毁某些程序文件，导致你的脑筋最后完全按照它的指令运作。

现在，一旦汪新荃的电话不按时响起，倒令毛榛感觉像缺少了点什么。都市里边，是谁最先发起了打电话煲粥这种形式的？它可真是对相隔距离遥远、道路交通不畅、见面约会不方便这些城市缺陷的最有力的补偿。

它还让感官的其他功能暂时闲置，却最大限度地调动了人们的意淫。

但它同时又是无害的、安全的，隔着遥远的电波声波，谁也不会真正对谁的身体产生侵犯。

就这么电话里有一搭无一搭说着，说着，下一次，等到她终于接受他的单独邀请，去“新世界夜总会”见面时，他们俨然已经是很熟悉的老朋友了。

多么相像，多么相似！这从打电话到开始赴会的过程，跟她第一次赴庞大固埃的约会时的情景是多么相似！生活呵，原本就是无数个重复和轮回。人和人之间，尤其女人和男人之间，就那么几种方式、那么几个过程，在形式上不会差别太多。

但是，在内里，无论在约会的性质上，还是在她自己的内心感受方式上，却决然不同。

这次可不是为去相看“对象”，只是为了赴一个普通朋友（也许还算不上是朋友）的约，说说话、吃顿饭而已。

再说这会儿她的心情是坦荡、明朗的，因为有庞大固埃的爱为她垫底。而汪新荃又是庞大固埃的朋友，将来肯定也是他们家共同的朋友。作为朋友，走动走动，这没什么。庞大固埃又出一趟远门，去国外二十来天，她也正好得空闲。

还有一个原因就是她很乐得听他谈庞大固埃，谈庞大固埃的过去，想当年他们一起奋斗策划组织电视片子时的情景，庞大固埃抖出的笑料，庞大固埃酒后打人的好玩鲁莽……几乎每次他们的谈话都是扯来扯去地总会扯到庞大固埃身上。汪新荃十分能抓住毛榛的心理，是巧妙地投其所好。毛榛呢，也是愿者上钩，恨不得听他说得越多越好。

他们到了“新世界”，坐定，侍者拿来酒和一应吃食。这里的灯光、装饰非常有情调，或者说叫那个流行的“格调”，完全欧化的，到处布满了铁艺、大理石贴面和流苏垂饰装潢，符合爆发起来的新经济和全球化浪潮。

而汪新荃的酒喝得就十分十分地不讲情调了。他仗着他是个有钱人,拿昂贵的法国红葡萄酒当水饮,一会儿就喝掉了两瓶。毛榛不替他的身体担心,而是遗憾烛光灯影中的红葡萄酒就这样被糟蹋了,仿佛饕餮。酒精呛得他的话不停地往上涌,毛榛又只能当听客。后来她才知道,他不喝酒就没法兴奋,没有情绪说话。

“你……你那个剧本里的男一号的经历,那……那就是写、写的我呀……我、我算是明白了我自己是怎么回事。”

“哦,是吗?”

“疏忽啊,完……完全是疏忽,我才丢、丢了媳妇。听说你……你也是因为这个原因,才把家丢了的?”

毛榛不置可否。这个话题问得太唐突,让她没法回答。再说她也不愿意跟人乱讲自己的伤心事,尤其是对眼前这个半生不熟的男人。

“第一次,在……在‘帝豪酒楼’那一次,看见你被我们讲段子给讲跑了,还满脸通红,我就想,这年头,像你这么大岁数的女人,还会脸红的不多了。”

毛榛听得挺别扭的,心说什么叫“像你这么大岁数的女人”?不知道女人不愿意别人总提起她的年龄吗?你这到底是夸我还是咒我?尽管话糙理儿不糙,明面上看还是在夸,由于他话语方式的粗俗,她还是不愿意领情,于是说:

“我只是个农民,没见过世面。让汪总见笑了。”

可怜这个叫汪总的家伙根本没听出她的不满,还马上接口说:“哪里哪里,我也是个农民的儿子,小时候过继给我伯父家,进了城,没想到中学毕业后还是下了乡,又回去了……”

毛榛想这都是哪跟哪儿呀！男人跟女人的话语有的时候就是没法正确接通，尤其在关涉感情和生活细节的时候。她跟庞大固埃也是，有时，因为庞大固埃的一句话没说好，她就跟他赌气，闹别扭。闹了半天，结果他根本就不知道是怎么回事，等到她一提醒他时，他还急赤白脸抓耳挠腮地问："我咋了？我咋了？咋地了我？"有过这么两三次之后，她就明白了，她自己单方面的生气和计较都是白计较，他根本体会不到，你需要给他指出来：你哪件哪件事情做得不对，哪句哪句话又得罪了我。他才恍然大悟说："啊?！我操！就这点事啊！我向你道歉，我给你赔不是得了。"

气人！以后她自己就再也不没事找别扭了。没用。瞎耽误工夫。他体会不了。

现在这个汪新荃也一样，只顾自己说自己的。

"毛小姐……"

"别叫我小姐，叫我毛榛。"

"毛……毛榛，你……你不知道吧？我当年也差一点就走上了文学的道路。当时我还是武大校园文学创作社的社长，我们自己油印刊物，在各个学生寝室里散发。当年《湖北日报》记者来学校采风，拿走了一批作品回去发表在报上，那里就有我的好几首诗呢！那、那会，兄弟我也被叫……叫作中文系才……才子啊！"

说到这里，汪新荃的脑门放起光来。那些经历，当年的大学生们都曾经有过，一说起来，就像接头暗号似的，全国上下都能共鸣。

"可惜啊，我没能坚持下去，中途拐弯下海去了。可惜啊可惜。"

说着,他又使劲喝了一大口杯里的酒,又举起来跟毛榛碰了碰。

毛榛很乖巧地说:“什么可惜啊!汪总当初若真的搞了文学,中国现在岂不是少了一位出类拔萃的儒商……”

汪新荃说:“别别别,什么儒儒……商啊,我是在你你……身上,又看到了我当年的梦。你们好啊,干一件事情,就能坚持下去,最后能干得出来。”

毛榛说:“您不也一样吗?坚持到底,最后获得了今天的成功?”

为了满足他的虚荣心,她用了一个“您”字。

汪新荃果然高兴,话语接着往下飘:

“我……我又看了看你写的东西,觉得你很善良,也很朴实。我觉得,这这……么多年来我一直找的就是这,这个……”

“噢,是吗?”毛榛不咸不淡地说。她感到他的话语正在向危险的地带滑行。于是她就打断说:“汪总,时间不早了,咱们差不多了吧?”

汪新荃抬腕看了看表,实际上只是做了一个看表的动作,说:“好,好。”接着又打开手机,按了号码,嘴巴贴在上面说:“李子,把车开过来。这就回去。对对。”

结完了账,他们走出包间。汪新荃在前,毛榛在后。她发现他走的是典型的商人的步伐,一个黑色小手包夹在腋下,两手插裤兜,两腿下的脚步紧倒腾着,跟他的话语一样,总显得急迫。

毛榛忽然想回忆一下,庞大固埃是怎么走道来着?想不起来,大脑一片空白。原来她几乎就不曾见过他走道,见他的时候,不是在车上,就是在马上,再不然就是在床上。每次去店里吃饭的时候他也总是说:“你先上去,我去停车。你到那儿就说有一个庞先生订的位。”他们俩连正常的像普通人一样一起走道散步的机会都没有过。由此可见,成年人群的日常生活都急匆匆到什么份上了。

唉,怎么时时会想起庞大固埃呢?毛榛使劲晃了晃头,想把他甩出去,只对付眼前的情景。

她并没有意识到,经过许多个春天的夜晚缠绵之后,庞大固埃已经让他自己的形象占据了她的脑海。而那个陈米松,她几乎已可以不再想他了。

上了车,司机小李在前边驾驶,他们二人坐在后座。车子滑动以后,小李问:“汪总,去哪儿?”汪新荃说:“回家。”又扭头对身旁的毛榛说,“到家里坐坐,我请你喝茶。”口气是命令式的,不容置疑。

毛榛说:“你怎么不问问我想不想去?”

汪新荃说:“放心,没有老虎,吃不了你。”

“是吗?”毛榛眉毛一挑,“你是不是还想告诉我你父母、你兄弟姐妹都在家呢?”

汪新荃笑:“瞧你们当作家的,都把自己写迷瞪了。哪有那么复杂?认认门儿,喝喝茶而已嘛。”看起来他的样子还颇为诚恳。

车子到了北京东城一处花园小区,叫作“都市美庐”。由于是夜晚,看不大清小区周围的环境,但从它所处的地理方位来看,地价不会太低。况且它的边上就临着护城河,无形中增加了地皮的含金量。这里的绿化带又绝对是一流的,车子从河滨摇曳的杨柳和柔和的街灯中穿行而过，更增添了都市美庐里的静谧和祥和。

他们在一幢住宅楼前下了车。司机去车库里泊车，汪新荃领毛榛上去。汪新荃拿钥匙开门。灯光乍一亮起时，毛榛眯了眯眼睛。待她再睁开眼，才看清这是一幢复式建筑，上下两层。跟所有的复式建筑一样，螺旋楼梯紧通二层卧室，一层客厅中摆设着彩色大型背投电视、真皮沙发、羊毛地毯、胡桃木围墙，楼梯拐角处设置铁艺装饰，一旁的拐角上还摆放着几摞装饰性的书和一架从未动过的钢琴……

毛榛只大概扫了一眼，就立刻判断出，这所房子的大概市值：房价大约一百万，装修五十万，整体造价大概在一百五十万。坐下来以后，汪新荃假装无意中念叨出这座房子的价格时，果然也就是一百五十万。

毛榛一点都没为自己的正确估算而得意，相反，倒略有些显得悲哀。她感叹生活太能改造人了。就在一年多以前，她还对这些玩意，这些叫“房子”“装修”的玩意一无所知；半年多以前，她连什么叫“门套”“踢脚线”什么的也叫不上来，什么什么都不懂，整个就是两眼一抹黑，一个傻瓜糊涂蛋。

然而，经过一番自己亲自买房、装房的鏖战之后，她对北京的房市房价、对北京的建材装修市场、对北京各大家具城的家具、各个灯饰城的灯具价格了如指掌。任何一所房子、房屋里的装修在她眼里都没有神奇可言、没有审美可言了，她现在只能看到材料、造价、工时、工人们的活做得粗细与否……

物质对于审美的破坏已经至此。

物质已经完全把她的审美给破坏掉了。

对于搞艺术的人来说，对“材料”这些东西实在不应该懂得太多，否则，第一次跃入眼帘的都不是诗意和美感，而是肉眼把实体开膛破肚之后的，里面那些很难看的杂货下水。

……

她在明白了这么多、经历了这么多之后，像上个世纪末第一次走进庞大固埃家时，那明亮的厅堂、一室的书香带给她的震撼，还会有吗？

不会了。永远不会再有了。

美感，只能产生于那一刹那。

就在她初次登庞大固埃家门的那一刹那。

过了那个时间，过了种心境，就永远不会再有，永远不会再来了。

就像庞大固埃本人，在那样一种时刻，她生命最黯淡的时刻出现，横冲直撞，像一束火光，燎开了她幽闭着的受伤的心扉，照亮了她整个生活。那种感觉，根本就是别人所无法代替的，不可重复，不可仿制，过了那一个季节，就不可能再重复制造了。

毛榛在他家中的红牛皮面、软得一塌糊涂的沙发上坐下。真软，人一陷进去，好像就要拔不出来。

汪新荃自己在屋里转来转去的，不知在忙叨什么。他似乎很希望来人尤其是初次上门的客人，能就他的房子啊、装修啊、屋里的摆设啊什么的提问点什么。这也几乎成了当今最为普通时髦的寒暄词儿，凡初次登门者，都要向主人问问这些，然后再登堂入室，各个屋里走一走，楼上楼下看一遍。主人一般也乐意做这方面的引荐和介绍。要不然，花几十万买了，又花了几十万装修，不给人看、不向人显摆，岂不成了衣锦夜行？

穿着好衣服在夜里走路，的确是怪冤枉的。

当今，刚刚可以自己买房、住上大房的北京人民，他们的装修，一大部分是用来摆花架子、为给别人看的。至于住的舒适度、装修材料是不是有毒什么的，那已经是最后才要考虑的事情。普遍先想的，都是怎么给别人看，怎么能折腾得好看。

汪新荃看到眼前这个毛榛神情漠然，对这些不闻不问，像没人性似的，只简单礼貌性地夸了几句“这房子很漂亮啊”，就落座了，似乎没什么兴趣。这让他这个叫汪总的人多少感到有点失落和不自在。

他只好给毛榛泡上茶，又打开电视，胡乱按几个频道，也不知具体要看什么。他又建议她到客厅那个巨大的落地窗前，观看远处的夜景。

这个地方的位置真是不错，虽然楼层不高，但是因为前方只是河流和树丛，基本上没有什么障碍物，有足够的视野空间，能看见植物都在夜的风中低眉顺目，轻歌曼舞。小区的花坛中养了一些叫不上来名目的花，在夜色中放出很悠远的香气。而远处城里那个泛金泛银的世界里，此刻正霓虹闪烁，裙钗袭香。一幢幢摩天大楼划出道道灯的剪影，路边点点星火，宽广的公路上红色尾灯闪亮的车河，划出一道一道夜的氤氲流香。

这也是北京啊！

不同地段的北京，有着不同的风采和光华。庞大固埃定慧寺的北京，毛榛家北三环的北京，北京以北的北京，汪新荃的都市美庐的北京……它们各自璀璨，组成了当今北京生龙活虎的不同面貌……

毛榛手里端着茶杯，兀自向外望着，想着自己的心事。汪新荃站在她的身边，偶尔指点。待她正看得入神，一双大手搭上了她的肩，就像小时候听的传说中，一个人走山路时，会遇到的山林里的“张三”或者是狼。

毛榛轻轻转过头来。

“毛……毛榛，你知道我一直在喜欢你吗？”

汪新荃鼻息粗重地喘息着，一双眼睛很是脉脉含情。毛榛一点没被激动，身子僵硬地摇了摇头。

“我现在知道了，我一直要找的，就是你这样的……”

这叫什么词儿呢！“就是你这样的”?!

毛榛还是没动，不回应，眼睁睁看着汪新荃探过头来，嘴唇触到她的面颊上。她稍微向后一让，就拉开了一点距离，让他的吻就像蜻蜓点水一样从她脸上滑了过去。

“怎么，你不愿意？”他仍穷追不舍。

“汪……汪总，我们都是成人了，是吗？有些事情，实在不好勉强……”

“怎么，有什么障碍？”他极其敏感地，“是因为庞大固埃？”

其实他是明知故问。

毛榛略迟疑了一下,没点头,也不摇头。

见她不答话,他紧盯着她说:“不管是什么,只要是我想要的,就一定能要到手。”

这叫什么话?!

毛榛看了他一下,然后低下头,慢慢地说:

“送我回去吧。”

“好……吧。”他说,无奈而又自嘲地摊了一下手,借机会转身,去门口给她开门。

她穿好衣服,正要出去时,汪新荃又跟上来,扳过她的身子,面对面,定定地说:“我有信心。”他说,“我有信心。无论何时,只要你需要的时候,就打个电话。”

……

不管怎样,知道了他的意图、他的表白,她反而踏实了,一颗悬着的心放了下来。至少,他不是想通过她求庞大固埃办事。那样的话,就麻烦了,她和庞大固埃之间的关系,就多生出好多枝节。在她的心里,商人,从来都是无利不起早,他闲着没事总在她身上下功夫,又一直不把目的直说,搞得她心里很张皇。一旦说清了意图,事情反而好办多了。

因此,她也并不把汪新荃的话太当回子事。等庞大固埃出差回来,他们仍然如胶似漆。她也没把这件事透露给庞大固埃。她还不至于智商低到那个程度,要把他的朋友圈子里的关系搞乱。反正跟汪新荃还是电话照打,天儿照聊,尽量少见面接触,就什么事情都不会发生。

然而她不当回事，汪新荃自己却很当回子事，他依旧不紧不慢，依旧谈电视剧里的人物，谈拍摄进度，谈庞大固埃兄弟如何如何，都是找的能够接近她的话，能够引发她爱听、让她产生兴趣的话。

但她这回再听他这话时，就能感受到他心里的暧昧，明显地不诚实，王顾左右而言他，说起话来总是闪闪烁烁奇奇怪怪的。

她也并不太往心里去，凡事依然故我。

一天，为了策划一档女性专栏节目的选题，电视台《女人时尚风景线》节目的主持人潇潇找她去酒吧里会面。

以前她跟潇潇就合作过，她们俩的一个谈话节目还获得了她们部门的优秀节目奖。说起来那都是三年以前的事了。后来她们就各自都忙，偶尔有事也只是打打电话联系。

现在，新世纪到来，中国也已经进入 WTO，栏目形式也在改版，相应也要迎接挑战。她们要讨论做一档《WTO 与你的靓丽容颜》的节目，说起来这名字都是扯淡，为的是招人眼球，让观众锁住频道，能够爱看；内容倒是实打实，无非是让广大妇女姐妹们都学 IT 业风云人物吴士宏、学传媒业骄子杨澜，自强自立，努力学习，不断接受继续教育，做好自己在新世纪的身份转型的知识结构更新工作，以迎接这个新时代的到来。

她和潇潇一路走着，一路高高兴兴地说笑，谈着各自这两年都在忙些什么。仅仅是从酒吧门口亮相到走进里边寻找座位这一小段工夫，潇潇的回头率就已经高得不得了。等到她们刚一落座，就见俊男靓女小男女生们都往她们这边看，一个劲地对潇潇指指点点，还有个别小丫头小小子上来打招呼："Hi，潇潇，我们特爱看你主持的节目。"

潇潇很有风度地说："谢谢。谢谢。"

然后她还很有耐性地往他们个别人伸过来的餐巾纸上签名。

毛榛感慨道："不得了啊！以后你黑天出来也得戴墨镜了呢。"

潇潇很谦虚："嗳嗳，都是借了电视的光。"

一想，可不是嘛！如今，这"电视"已经成了人们日常生活的主宰，无论是电影、话剧还是其他什么艺术门类，谁的力量也大不过它。电视这个巨大的造星匣子，还没成就别人，就先把自己那些工作人员给成就了。尤其是主持人，更是比电影明星还风光。有一项调查说，60%以上的高中小姑娘理想是当电视主持人，其次才是演员、模特、空姐什么的。

想想，自己虽然也以写书为自豪，但是书籍的影响力普及率再大，还能大过电视吗？电视那东西只要一开机，就是覆盖了几亿人的眼球注意力。而一本书，就算是畅销吧，又能畅销到哪里去？印数能达到一百万就已经是一个天文数字。

一百万和几亿相比，是个什么概念？沧海一粟而已。

如今这已经是个电视传媒产业大行其道、大放厥词、肆无忌惮、引导社会消费文化主流的时代了。谁能对这玩意再敢漠视？谁能不对它又恨又爱、投怀送抱又半推半就呢？

时代风尚变了呀！

自己找上庞大固埃，是不是也有崇拜"电视"的心理在作怪？崇拜它的风光、它的对千家万户的巨大的渗透性力量……以至爱屋及乌，连对庞大固埃这个“电视人”本人也一股脑爱上了？

不能说没有这个因素。毛榛得承认这里边一部分原因，是自己的虚荣心在作怪。

一般来说，当一个人在婚姻中失意、受打击的时候，最容易陷入另外一个陷阱：那就是想早点找一个人立刻结婚，立刻结束这望不到底的独身生涯、这熬不过去的孤寂吓人的单身生涯。

这时的择偶标准几乎什么都不看、什么都不顾了，就看他或她哪方面能比前夫前妻强。好像再结的这个婚，不是为了自己要过日子，而纯粹是为了赌气，跟遗弃他们的前夫或前妻赌气，仿佛在跟他们说：

你有什么了不起！你有什么了不起！你看，你滚了，你走了，我照样嫁，我照样娶，而且还嫁一个娶一个比你更好的！比你更有钱有权有地位比你更优秀的！

这时候的男人一般要去找“处女”，女人一般要找比前夫职位高的。

所谓“处女”，当然已经没有了，现在的大学一年级里就已开始发避孕套，传授艾滋病防治知识。但是那个“处女情结”还在，在男人们的心里根深蒂固。要等待下一代人、80 年代以后出生的年轻人成长起来时，他们的词库里才会摒弃“处女”这个词汇，不知道这说的是个什么玩意。

而现在，30 岁往上的男人中普遍还在意这个。他们在二婚时，首先会选择那些个没有过婚姻记录的“大姑娘”来结婚，不管这个姑娘已经有多么大了，曾经有过多少性交同居史。至少，对外宣称起来,对家里亲人父母说起来,面子上好像能好听点,仿佛自己很是有点能耐,二婚还能捞着个老大姑娘。

而女人呢?二婚的女人不太在意对方是不是有过婚史,而是要看社会地位经济条件之类的东西。也不太在意当不当后妈,或者对方长相好不好看之类。这时候,人的择偶条件已经变得很实际、很简单了。

庞大固埃的副局级职位能盖过陈米松的处级一头,领出去,脸上能很有面子。这是毛榛一直都不好意思承认的想法。其实这个问题占了很大的比重,“给陈米松点颜色看看”这个荒谬而真实的想法,其实一直在她脑海中顽固盘踞着,在伺机找个窗口爆发。

现在她从再择偶这个方面找到了宣泄的途径。只是她一直还没有正确认识到。昏沉沉中,毛榛还误以为爱情真的就这么来临了。

尤其,庞大固埃又是电视台的,在那么个无限风光,被多少人所羡慕、所崇拜的岗位,更是让她觉得自己脸上添光。气陈米松,一气一个准儿;盖过陈米松,也是一盖一个准儿。

想到此,她不禁暗暗为自己能有庞大固埃这个在电视台工作的男友而感到自豪。

于是,就假装不经意地问:

“你们台里那个庞大固埃还管事儿吗?”

庞大固埃在单位里很有名,一说起来人都知道。

潇潇说:“也没什么管不管的,他和他们部那个《新片导读》的主持人是一对儿,重点打造那个节目,其他的都不太过问。”

毛榛就觉得脑袋嗡地一下子，刹那间血全涌上来了。一阵像针扎似的疼痛“倏——”地从心尖瓣膜处一下扩展到多半边肩膀，她觉得整个身子都麻了，浑身似乎蜷缩成了一团。

镇静了一下，她又假装不经心地问了一句：“《新片导读》是几点钟的节目？”

酒吧里的灯光很暗，潇潇没有发现毛榛的脸色已经大变，说：“就是那个黄金档的节目。那个主持人不知凭什么本事，爬得特别快。人常见她跟庞大固埃两人在台里同进同出……”

潇潇下面还说了些什么，毛榛已经完全听不清了。

她不知道她们俩是如何匆忙结束那次聚会的，她又是如何脸色苍白，被潇潇开车送回家的。她已经什么都听不见，什么也看不见了，就觉得身子发软，想立刻躺到哪个地方。

回到家里，一个人仰面跌倒在床上，呆呆地失魂落魄地那么傻躺着，脑袋里一时空空如也，浑身一点知觉都没有。有那么半点钟，她已经什么都不能够想了，思维完全失去了自我组织的能力。

待到意识清醒过来，她又不甘心相信这样的现实。她只希望这是个传闻，电视台的人们对于蹿红男女编造出的又一个风流故事而已。

她爬起来，想了一想，终于鼓起勇气拨通了平日跟庞大固埃在一个部门工作的另一个女友的电话。她一直对女友隐瞒着她和庞大固埃的关系，怕都是一个单位的，都老大不小的人了，这点男女之事，传得满城风雨的不好。

但事已至此，心里憋闷得很，她也就顾不得自尊心和脸面，还是把事情来龙去脉都跟她说了一下。女友一听，言之凿凿地说："是啊，他跟那女的是一对。不过也很难说一定。现在的人，你也知道，都是利益关系，谁也说不好谁怎么回事儿。他还总让我们帮他介绍这个介绍那个的。听说以前也处了不少个，可一到要谈婚论嫁时，他就颠儿了。按他自己的说法，要么是没瞧上，要么就是不想再结婚……"

哦，明白了。

毛榛完全明白了。女友说得没错，完全符合他的风格。这就是他的态度。这就是他的爱情态度。他周旋在热爱电视的女人和女主持人堆儿里，做着无比快乐的性爱游戏。他不想让这自由的游戏有个终结。

而她不过是热爱电视的人当中的一个。

毛榛哑了。"我真衰。"她暗暗对自己说，"我真衰。我竟然不能够跟他同水平玩游戏，而是说爱他，还想嫁给他，真要让他把我笑死！他真的要把土里土气的我一举笑死！"

毛榛高烧顿起，精神一蹶不振。强烈的自卑感和挫败感把她击垮了，比先前陈米松击垮她的那一次还要甚。

她还只当他是来拯救她的人，是她的阳光和温暖，让她重新找回自尊和自信。现在，这一切全垮了，却不过是一场游戏。

她又打开电视，恰好有那个女主持人的节目。那个女子，二十五六岁的年纪，眼大如贼，额头光洁，说话小嘴叭叭的，在镜头前又撒娇又取巧。

再看一眼镜子里的自己，毛榛不禁悲从中来。"我又老又丑，"

她冲着镜子里的自己说,“我又老又丑,人家凭什么要我?我年岁大了,长得不好看,还结过婚。我连跟我自己的二十五岁都不敢比,哪还敢跟小女主持人们去比?”

她悲哀地躺倒在床上,很有些绝望,是对自己的绝望,各方面的绝望。

她想啊想啊,庞大固埃对她的种种好处,点点滴滴,他说过的每句话,他哄她做过的每段游戏,却都像放电影般,在她眼前过着……

她记得那是春天桃花盛开的时候,新学期刚开始不久,拖家带口的正当壮年的博士生们都禁不住发春的煎熬,纷纷让住在外地的老婆们来研究生院探亲。博士生宿舍的筒子楼里登时洋溢着一片“春”之乐曲。那些年龄小的还没找上老婆的男生们纷纷被挤兑出去,到别的房间借宿。每一次的课间休息时,他们都在议论,又有谁谁谁的老婆来了,来了就大白天的也插上门儿……

毛榛无意中听着听着,不禁惹起一阵孤独的悲哀。她忍不住到教室走廊上避开人群的拐角,给庞大固埃打电话。他在单位里吆三喝四地正忙,听得见一片混乱的说话声。

“毛榛老师啊,什么事?说。”

他说。他用惯常的领导干部的发号施令语气说,语速极快,显然正忙得不可开交。边上还有人正请示工作。毛榛支支吾吾半天,也没说出个所以然来。

“有什么要求,说。”他又命令一次。

毛榛能感觉到他是把话筒夹在耳朵上,手里还在忙不迭地在一张张递过来请示的单子上签字。她就支吾着开口说："人家……人家别的同学的家属都来探亲……"

"唔唔，这事？知道了。"说完他就放下电话。她也合上电话，转身回去上课。

到了晚上，果然他也跑来"探亲"，事先并没有告诉她，而是等车子快开到楼下才给她打来电话，弄得她好一阵惊喜！

……他尽心尽力，"探"着他的"亲"，毛榛那会儿真感到被宠爱得幸福无比。她感觉他是"突突"跳着把巨大的生命力射入她的身体里。她还微笑着对他说："我现在可是阳气不足，我在吸你的阳气呢。"他伏在她的身上，骄傲无比地说："吸吧，都给你。都给你。大哥我别的没有，就是有阳气……"

冲完澡，他从卫生间里出来，浴巾没系好，很可笑地扭扭着歪在腰上，中间一道缝，露出了两腿之间一团茂盛的男性特征。毛榛被他挑逗得忘情，忍不住又要欺在他身上跟他闹……再次玩累了，庞大固埃歪倒在沙发上，躺成一条直不棱登的男人钢铁直线，浑身连一点起伏变化都没有。毛榛感到好笑，挤到他身边去揉搓着他的大胡子玩。庞大固埃坐起身来，拿起茶几上的铅笔，想也没想，就在纸上写下如下诗句：

徐徐春风起，
坤朗乾气清。
雅兴茶酒诗，
致远守宁静。

相知近三载，
前生来世缘。
金佛启慧目，
祥光映君前。

写完，一个潇洒的动作，把笔一甩，扔一边去，然后把纸递给她，眼巴巴盯着她读诗的表情。

毛榛接过来，在心里默默吟诵了两遍，立即激动得满脸绯红，幸福无比地抬眼望着他。他也正眼巴巴地瞧着她，等待着她的赞美和夸奖。毛榛知道他对她是多用心啊！他对她是多么上心啊！这些诗句肯定不是他现场吟出来的，而是他在夜里不能成眠时（他说过他总是要忙得夜里两三点钟才能睡觉），在他开着车子跨洞穿桥、走过北京每一条大街、完成每天夜晚的喝酒应酬、独自寂寞孤独地走向回家的路途时，一点一滴一个句子一个句子慢慢想出来的。

尤其第一首，还是一个藏头诗，每句开头的四个字连在一起，可以形成一句话，正好把她的本名镶嵌在里边。毛榛此刻的感觉好幸福啊！她觉得满世界的桃花都纷纷扑面而来，将她拥进粉红色的馨香的爱情梦幻……

她当即把这诗取名为“探亲一号”，幸福的“探亲一号”。

庞大固埃说：“等着吧。以后还会出来‘探亲二号’‘探亲三号’呢。”

毛榛听了，更是幸福得不行。

毛榛想到还有一次,大概是下午,她突然间想他了,没什么事,好端端的,就是想听听他的声音。打到单位,电话占线,于是就打他手机。响两声,就被他按"拒绝"键给拒接了;再响两声,又被他按"拒绝"键给拒接了。毛榛气愤,心说他竟然敢拒接我的电话!这小子他竟然敢拒接我的电话!等着吧,待会他打过来我也不接。

果然,过不一会儿,电话铃响。从来电显示盘上看见是他的办公室号码。毛榛就故意不接,气气他。就这样响起来左一次右一次,他还有股锲而不舍的劲儿,打起来没个完,很顽固,就像是只许他不接别人电话,却不兴别人不接他的电话。

等到他电话响起到第四遍(每遍震铃响六下),毛榛终于拿起听筒来,刚刚"喂——"了一声,听他劈口就说:"刚才是你故意不接的吧?"

毛榛说:"就不接!看你把我怎样!谁让你刚才拒接我电话来着?"

庞大固埃说:"我操!这可不行,以后可不许这么干了。刚才台长正找我谈话呢!"

毛榛说:"我操!刚才我们院长正找我谈话呢!你们台长才只是个部级领导,我们院长,还是国务委员呢!"

庞大固埃给气得"扑哧"一声乐了,说:"行啊,长能耐啦,官阶制度还掰扯得挺清啊……"

……毛榛还想到有一次她心血来潮,忽然间想要一个孩子,他们俩共同的孩子,这是每一个恋爱(或自认为是在恋爱)中的傻女人自然而然都要想到的事情。也说不清楚为什么，可能是内分泌的原因吧，女人通常一爱到高潮了都想死心塌地要个情人的孩子，也许是因为情到浓处，恋爱没有了花样，就剩生孩子这件事情还很好玩，还没尝试过。

正在和庞大固埃缱绻时她就对他说："我想从你身上偷点东西……"

他半闭着眼睛，马上接口说："今天喝酒了，要偷偷点好的。"

她笑说："我还没说呢，你怎么就知道我想要什么?"

他说："那我身上还能有啥好玩意值得你一偷了？……"

毛榛想着他们俩的每一次长谈，每一次拌嘴，场场都那么有趣，他也是回应得那么真挚，那么有趣，怎么也看不出来是故意要耍笑她的。她还珍藏着他送她的那么多小礼物：瓶瓶罐罐；首日封、明信片、贺年卡，都是他自己设计出来的；还有他出国回来捎给她的香水、烛台，印刷精美的异国风光画册；从西藏带回来的唐卡、雕有小银佛像的八角街戒指……

不能说他不关怀体贴；不能说他不善解人意，若说做情人，他可能是天下最好最尽职尽责的大情人，简直都可以称作是"情圣"了。那为什么自己还生气、还觉得受耍弄、受欺骗了呢？是他对自己不够好吗?

不是。

是他乘人之危，上门行骗了吗?

不是。

是人家本身有什么不好吗？

不是。

这也不是，那也不是，那到底是个什么？

是自己不好。

他哪都好，浑身上下到处都好，没有一个地方存在不好。只不过是，自己太自作多情罢了！

只不过是自己从一开始就想歪了，就想着去找一个永久的爱人，而对方根本不曾存这个心，对方只不过是见到一个新人，想猎猎奇花样翻新，多交一个女朋友罢了。

可是，他一点也没想到这样玩法的危险性吗？面对自己一次次的祈求，婚姻祈求，生子祈求，他从来不说断然拒绝，反倒逢迎迁就，让她充满着希望和幻想，对彼此关系的误解也一步步加深。

他就不怕这样一来会惹出是非？他是不是认为她的话都不过是情浓时的打情骂俏？他是不是当她是和他一个段位级别的玩情高手了？一点也不担心她会认真？

他哪里想到在情感状态上她还只是一个女农民，守着一个好东西像守住一块自留地一样不肯撒手呢！

认识到这一点，认识到人家并没有要故意耍自己、坏自己，人只是在显示人的个性风度和调情魅力，只是自己一厢情愿地把这情谊当爱情了。完全是自己的一厢情愿。

认识到这一点，毛榛也就不应该有什么脾气了。

原来是从一开始，自己就把两人关系定位定错了。

是啊，当个简单的情人关系处理不好吗？随风潜入夜，润物细无声。为什么非要死乞白赖想着跟人结婚、成为爱人呢？结了婚，难道关系就可以永恒了吗？

是啊。吃不缺，穿不缺，性生活上也不缺。人们有什么必要非要结婚呢？

在这茫茫大街上，

在这都市人潮里，

总有一个酒吧里会聚着人。

总有一个单身女人家里半敞着门。

我们还要婚姻干什么？

是啊，是啊，是啊，我们还要婚姻干什么？

干什么？

干什么？

干什么？

毛榛嗓子里扁桃腺已经化脓，烂得不行了。她独自一人，拖着轻飘飘的身体，坐车到安贞医院打吊针。

还是二楼外廊这间观察室，还是靠近过道门这个老地方，还是在这条绿色长椅上，上一次，是陈米松来陪她打吊针。

那一次也是因为发烧，扁桃腺化脓，吃了一些消炎药都不见好，陈米松带她来这里瞧病。瓶子里配好了消炎药水，支好了架子，往她手背上扎针眼时，恰巧碰到的是来医院实习的护校小护士。两个小丫头技术非常之不好，也就十七八岁的样子，她们拿毛榛的手背当成练习扎针的大萝卜了，找不到血管，剜一下，拔出来，再换个地方挑一下，又拔出来，连挑三次，还没找到个正确位置。把个毛榛疼得啊，一激灵一激灵的，另外一只手都不由自主握紧了拳。陈米松在一旁看着，也紧张得不得了，他说："她们要再那样扎你，我当时都想上去揍她们了。"

后来还是旁边一个老护士看不过去，上来，接过针头，一针就捅了进去，快速、准确。鲜血立即顺着针管往回涌。陈米松给她举着药水瓶架子，他们来到这个把门的长椅上坐下来，这里空气能比里边好一些。药水一滴一滴慢慢往她血管里流。她和陈米松一人手里捧一本书，坐在长椅上静静地看。屋里打点滴的人们坐卧躺斜，哼哟嗨哟，拿药交钱的人们出来进去，他们全都不见不闻，很安静地等待自己瓶子里的药水滴完，很安静地看着各自手里的书。回来以后陈米松还给她煮很软和的粥喝。

想起来，那不过是1999年6月间，夏天里的事情。距离12月陈米松写信出走，正好半年。毛榛无论如何也不能相信，按照他自己后来的说法，陈米松是在这时，"半年前"就产生了跟她离异的想法。

她怎么也想不明白。

就是想不明白。

如今，她又回到这里了，又坐到了老地方，孤独一人，吊着个药水瓶子。

药水的杀菌消炎力度，将她的高烧热度一点一点减退。

同时杀灭的，还有她的都市爱情。

是的。她的心也已经死了。

她在心里默默祈愿:没有什么。会过去的。会好起来的。

一切都会过去,会好起来的。

这世界上已经没有什么爱情不爱情的了,这世界上就剩下了一个“玩”。

既然这样,那么还有什么东西可以守住不放,还有什么是不敢玩不能玩的?

一个星期以后,当她高烧退去,气力恢复时,她顽强地从床上爬起身来,在镜前隆重地梳妆打扮。

她对镜中自己说:你还不太老;

她得对自己说:你还没丑得不能看;

她还必须对自己说:你结过一次婚也没什么见不得人的,你要是这个岁数还没结过婚,可也够寒碜的。

这有什么呢? 她对自己说,这有什么呢? 她自欺欺人地对自己说,你也不一定就没人要。天上一个星,地上一个坑。一个唾沫一个星,一个萝卜一个坑。老天爷造人都是公平的,造了一个人,总会接着再造一个在等着跟他相配。谁也不会没人要,关键是他们都得互相找。互相很费力地找。在这大千世界里找啊找。

一个人的气场,总会吸引到具有相同气味的人前来环绕。

待一切修整完毕,她觉得自己已然是换了一个人时,她才坐下来,做她要做的第一件事:拨通汪新荃的电话。

她说:“你等着。我到你那儿去。”

第十七章　同居指南

她义无反顾地投入了汪新荃的怀抱。

奇怪，汪新荃也好像早料到今天这一切，对从前的事情，根本不闻不问，只是热情地表示出欢迎她的意思。对庞大固埃这个名字，从此也只字不提。

这些人，早已经玩“油”了，彼此明晰游戏规则。只有毛榛，这方面还差点劲儿，一玩就动真格的。

事实上，作为庞大固埃的哥们儿，他对庞的事情了如指掌，早知道庞在外面还有女人。庞周围的几个哥们也都知道。这事只有毛榛一人不知道。她还在做着美丽的梦想。汪新荃也没忍心搅碎了她。他就知道这事早晚有一天要暴露。他就单单等着毛榛有一天自己前来投诚。

果然，事情就按照他所想的那样发生了。

两个人的同居，就变成了两个明白人心照不宣的游戏。谁都不用特殊说明解释点什么，谁又都需要这样的现状以证实自己，证实自己尚存的能力。

男女之间，不在一起生活还罢，趁着酒兴来，踏着夜色去，刚一走就想，再见面也不烦，风花雪月，骂俏调情，双方都把最好的一面展示给对方。一旦同居,就得天天相见,又是在一个屋檐下,柴米油盐、洗衣做饭、放屁打嗝、抠脚搓泥儿、拖儿带女、七大姑八大姨……居家过日子那一套,什么什么都来了。

同居,就是睡觉不签约。

毛榛把自己的电脑、书、传真机、打印机、衣服、化妆品,还有养的几盆花,一股脑地装上车子,让汪新荃给拉到他的都市美庐那边去。带去这么多东西,仿佛她是要彻底搬家、到那边永住了似的。她不为别的,只是太想能暂时脱离开现在居住的环境,离开这个熟悉的地方一段时间,哪怕是一小会儿,让她把庞大固埃的气息忘掉,把陈米松的遗痕忘掉,让她能治治自己心头的伤。

一个人,不能两次踏进同一条河流。可是,一个人,若两次踏进两条河流,每次都给淹个半死,可也够衰的了。

人人都得学会游泳,在都市这个大水池子里游泳、扑腾。

汪新荃帮着她往车上搬东西,一边还取笑她说:“咱家里就进来一个人,怎么看着像驻扎进来一个连队似的?”

毛榛说:“一个连有多少?你别骗我不识数啊!”

汪新荃说:“我这可是守株待兔呵……”

毛榛说:“别高兴得太早,你怎么就不知道自己是引狼入室呢?”

汪新荃说:“好好,一条尖嘴的母狼。”

毛榛说:“要是一条公狼你可就麻烦了。”

他们一边逗着嘴,一边愉快地发动起车子。唉,早知道问题这么好解决,不想什么爱情不爱情的,就这么及时行乐,得过且过,生活变得很轻松啊!

轻松吗?也不一定。就看她带的这些大包小裹东西吧,这不全是一个人生命中的负累?人生越长,这种生命负累就越重。就连同个居,也都不能像刚大学毕业、二十出头那会儿,拎起书包就走,见着一张席梦思床就上。现在若想再上,还要先比较比较是不是比自己家里原来那个好呢!

唉,真没办法。人的安居乐业,也是人的一种束缚和限制啊!

人活到一定岁数,有了固定工作、固定岗位、固定社会身份之后,随便乱动已经是不可能的了。

尤其像她,有了自己的固定居所以后,再出去同居,就已经像"迁居",麻烦得很。把对方那个暂时短居留地搞得半像家不像家的样子,滋味非常奇怪。

进去以后,她先大摇大摆占据了汪新荃的个人书房。本来这里对他来说,也就是个摆设。这么大个房子,他每天在家待的时间,平均不超过六七个小时。除了回来睡一觉以外,房子全没有别的用场(当然,他领人回来同居除外)。

然后她开始架设电脑,连通因特网。她是在家工作的人,离了电脑电话,就成了睁眼瞎,简直就是与世隔绝,废人一个,什么也不能够做。

她到他家附近电话局去申请加装了一部ISDN"一线通"电话,在汪新荃家里有了自己单独使用的电话号码,加装的费用以及以后的电话费完全由自己出。这样即使她在家上网占线的时候,也不会影响汪新荃使用原来的那部电话。他的旧电话她也永远不去碰,永远不去接,不去干扰打探他旧有的生活。

她现在一味想着先安顿好自己的生活。

如果以后走了呢?不在这儿住的时候怎么办?电话岂不是白装了?

她没想。白不白装根本无所谓。很便宜。现在装一个电话太容易了,一星期以内就开通,才几百块钱材料费。这个速度,这个价格,这个便捷,跟十年前相比,简直天上人间!不要说十年前,跟两年前、跟一年前相比,中国电信,简直天上人间!

简直天上人间!

2000年的中国啊,跟刚刚过去的1999年相比,在某些方面就已经天上人间!

临来这里之前,她还在自己小家电话那边申请开通了"呼叫转移"功能,所有的来电可以直接转移到汪新荃家的新电话上。

现在,当她进入或叫占领同居对象汪新荃的家时,作为一个女农民和女网络党,她首先要考虑的,就是支网架线,把她个人与外界的通讯联络系统建立起来。是她"个人"的,单独的,而不是她和他"共用"的联络系统。

她和汪新荃现在各有各的电话机,各有各的电话号码,彼此互不相扰。各交各的电话费,谁也不会嫌谁打得多打得少。

汪新荃看她忙忙活活支网架机的,还有点新鲜地抱着双臂,瞅着她说风凉话:"我怎么觉着,这像是进来个到我军总部架设敌台的女特务啊?"

毛榛说:"当心点啊,半夜说梦话一定要咬紧牙。说漏了嘴走漏机密,我可不负责。”

汪新荃有点爱怜地揉搓着她的脑袋笑,她就躲:“嗳嗳,别揉,别揉,把密码给挤出去,没法发报了……”

他们又笑着扭成一团。

这也是生活给她逼出来的教训。陈米松在家的时候,他们就常为电话的事而协调不好。他们不懂,现在的人们对电话的依赖性已经重要到像自己的生命线一样,每个人的线路必须随时畅通无阻,别人不能干涉。每一家的夫妻,如果两人电话都很多,就应该有各自独立的号码,两部电话一定要分开,电话铃一响就知道是找谁的,自己的电话自己接,不必劳驾对方去为自己效劳。谁要是不耐烦接时拔掉自己的电话,对方的通讯线路仍照通不误,不受影响。

她和陈米松那会儿还不明白夫妻电话号码应该分开的道理。有那么两年,毛榛正在当“当红花旦”,全国上下的报纸杂志上四处出击,整天尽看她的名字这儿出现、那儿出现的,真是一副臭美的德行。她在这里美不滋地自以为是乐,其实隐患也已经在其中埋下了。文章已经越写越短就不说了,关键是不知把什么乱七八糟的小记者、崇拜者、约稿人、出版商之类都招上门来了。他们在电话里破门而入,直逼她的睡眠、她的休息、她的煮饭炒菜、她的任何一段个人时间。她已经根本就没有个人时间,必须随时随地、每时每刻迎接电话来客,根本阻挡不了。而且多半都是陌生人打来的。陈米松每次接电话,就是找她的,他都几乎成了专门为她传接电话的,这让她很有些歉疚。一听铃响,她就尽量抢着接,不去麻烦陈米松。

到后来一看,每天就晚上那么几个小时跟陈米松在一起相聚时间,自己总把他冷落在一边,却总要接那么七八个电话、费嘴皮子跟不速之客啰唆,实在是没道理。索性一到陈米松下班回来,或者周末节假日的时候,就把电话线拔了,让家里静一静。她没想到她这么一拔,陈米松的电话也就跟着进不来,虽然只是偶尔有一两个他的电话,但却都是有正经事的电话,不像她的,都是要求见面什么的废话。

等到后来,国家政策松动了,固定住宅用户装第二部电话可以免交初装费(五千五百元,在几年前是个昂贵的费用),绝大多数像他们这样的频繁上网家庭都装了两部电话以后,他们仍然没想到要把两个人的号码分开、将新电话号码只留给陈米松一个人用。他们还仍然将两部电话的号码都混在一起用,对外全都留给别人,反正这个占线那个肯定就通着呢。他们是这样想:我们完全是一个人,你就是我,我就是你,两人什么都是公用的,还分得那么清楚干什么?

其实不是分不分的问题,是在日常生活中尽量不互相影响、尽量给对方提供方便的问题。但是那时他们不懂,他们没想到啊!

以前,在他们父母那一代,一个家里能通上一部电话就不错了。通一部电话,也还就是这十几年的事情。谁家要两部电话干什么呢?

再说,过去谁家的女人不都是在家洗衣服做饭带孩子干家务,谁每天总守在家里写字做工，谁每天上那么多网、接那么多外界联络电话？

这些都是连他们自己也没想到、从来都没有碰到的问题。家里，完全被电话惊扰坏了，秩序完全被电话给搅乱了。

等到陈米松走了以后，等到她和他离婚以后，等到她去撤销一部电话，又在仅存的一部电话上增添了新加的功能：来电显示、呼叫转移、请勿打扰……她才知道，形势已经越来越好了，电话的抗干扰功能已经大大加强了。生活已经越来越完美、方便了。以前令他们头疼的那些问题，现在都可以得到解决了。

……到底，这是怪他们自己呢，还是怪这个社会发展变化太快？

她也说不好。

反正，生活当中，还会永远不断地出现各种各样的新问题。如果同一屋檐下生活的夫妻双方态度稍有不耐烦或不正确，不懂得珍惜，不知道什么是对自己最重要的，是没完没了地工作，还是要好好生活；一旦出现问题，不想法着手解决，不能够都退后一步，你谦让我一寸，我迁就你三分，如果都不以为然，把任何问题都当成小事一桩，那可就完了，婚姻的裂隙早晚要产生。分不分手，也就剩个时间早晚的问题。

然而那时候，好端端的，谁能想到这些啊？

她做的一些事情，她写作的东西，她对因特网的着迷，对汪新荃来说，已然都很陌生。他已经十多年没跟她这个行业接触了。

看看他书柜里的书，除了十几年前的那些流行书籍，就是装修之时大批量买来摆样子的成套成套精装本，就是被称作“高级糊墙纸”的那些，真正的读书人永远都买不起、永远也不会去看的那一类外皮好看的书。

而他的事情，她也很陌生，对于什么生意股票期货，以及跟他们商人切身利益直接相关的、官场人事升迁之类的事情完全不懂。她想努力去懂，认真倾听他说，但总是不得要领，每次跟他说话问答都驴唇不对马嘴。他也在努力找着跟她的共同语言。见说这些东西她不是太有兴趣，培养了几次，也不是太入行，就转而谈谈艺术，谈谈文学见解。但是这更让毛榛心里难过，因为他对人对物的审美、趣味，已然完全是被电视给培养、打造出来的。

电视那是个什么东西？目前的电视还没有找好自己的方位，普遍只是一些教人智力往下降的、尽量将阳春白雪拽低成下里巴人的东西，主持人动辄装傻充愣，要不就是在镜头前调情卖乖，用这些个来赚取观众的喜爱。那是一个众人都在假装集体弱智的所在，其实他们一个比一个是人精，不过是在捞取现实的好处罢了。能靠它来打造培养个人情趣吗？就连庞大固埃本人，都对“电视”有着清醒的认识和深刻的警觉，他说一旦他将来有机会，还是想去搞纯艺术。他这一点让她特别佩服。跟庞大固埃那个博览群书，又总是一脑门艺术的人谈话，根本不用费劲，十分默契，她有上句他就有下句，总也说不完。

但是汪新荃显然不在此道。毛榛也不在他的道行上。他们就尽量找一些日常性的话题来谈，说一说港台大众明星，聊一聊晚报八卦新闻，谈一谈猫啊狗啊什么的，让彼此的神聊都游走在话语的表层上，尽量避免深度交谈。这样一来，他果然高兴，她也不觉得无聊。他一从应酬场上回得家来，听见什么趣闻逸事都跟她聊，听到什么黄色段子都给她讲，她也就听得呵呵直乐。他们俩一时倒也显得其乐融融。

汪新荃现在也显出了他的沉稳劲，一点不像第一次见面酒桌上那样话语密集，咋咋呼呼。他乐得享受毛榛带来的这种同居的宁静和安稳。多晚回来，也都有灯光和食物。毛榛这会儿才知道，他的胃病很严重，肝也不太好，完全是日常生活工作压力太大，多年焦虑所导致。

难怪他那么瘦，吃什么也不吸收。每次出去喝酒应酬前，他都要吃“昂力”或者“海王金樽”护肝丸。酒桌上那些饭菜完全不能消化，所以他吃得很少。到家来，就爱吃毛榛给他煮的粥，用北方的油性很大的大米煮成软软的稀粥，煮好后在室温下晾凉，就上几样小酱菜，就能吃得胃很舒服。早餐她给他做豆浆，用豆浆机自己打，又新鲜又绵软，逼着他喝下一大碗，营养丰富，再配上两只颜色金黄的柴鸡蛋，足够支撑他大半天的体力消耗。

以前毛榛伺候陈米松的时候也没这样细致、上心过。经过这一场大悲大恸的生死折磨，她已经意识到了生活的基本原理：先要把日常生活料理好，然后再谈其他。先要活着，然后再谈工作。

况且她的身体已经大不比从前了，学习和工作负担又很累，她已经开始体会到身体的重要，开始觉出自己有“身体”了。年轻时也不知道自己还有个“身体”，没心、没肝、没肺，心、肝、肺什么的都不知道潜藏在哪儿。现在不行了，它们总轮流着出来吱哇叫唤，提醒她它们自己的存在，时常要跟她闹点小别扭。所以她现在做饭很积极，很讲究伺候好自己，注意搞好营养配餐——说了归齐，汪新荃不过是跟着借光吃了一口而已。在一个家里，做一个人的饭，和做两个人的饭，麻烦程度是一样的，不过是多出一副碗筷。两个人的饭，容易有胃口，吃得香，而且她也愿意做。

晚上他一般总是回来很晚。有时还叫她去跟着应酬。虽然毛榛对他们那些人及那些股票房地产的话题没什么兴趣，但还是摆正身份，帮助照顾招待宴席上的女宾。就像她家里以前来了客人，陈米松负责男宾她负责女宾一样，身份和角色的分配完全不是故意的，完全是生活经验使然。

夜里，回到家，汪新荃醉意醺醺。她给他端上备好的醒酒汤，他总是不肯喝，先缠着她亲热。喝酒以后，的确，有那么一段时间里血管贲张，浑身发热，非要立即找个口子把它排放出去不可。

他就带着满身的菜味、酒味、人味开始了他的缠绵，通常能够借助酒力，坚持很长时间。汪新荃会问她："我好不好？"毛榛心里一痛：多么似曾相识的问话！男人都这么问话？也不是，她和陈米松之间就不问。是不是像他们这种，他，和庞大固埃，越是身经百战之后，越是要听到真实的声音夸赞，想要验证自己的能力呢？

毛榛就回答说："好。"

其实这个"好"与那个"好"已经有了云上地下、千里万里、天壤之别。那个"好"，跟庞大固埃的好，是赤裸裸地、坦诚地、毫无保留地以生命相待，从子宫直抵心灵；这个"好"是隔了一层，隔上了一层薄膜橡胶(这是第一次时毛榛先提出来,又得到汪新荃同意的),它就永远隔膜在了子宫口以外,任怎么做,都是假的,免不了是各自保护好自己的隔靴搔痒意味。

又有谁能知道呢,她跟庞大固埃竟然是没有任何防范措施,竟然是完全的赤裸相向!从第一次,她就把自己完全交出去了,完全交给了他,没想到要对他防范。等到过后,下一次时,略微沉吟了一下,考虑到这个问题,转念又一想:有什么嘛,大不了就是殉了,就认定了他。他也是完全以身相许的样子,从来对她百般信任。

不知不觉中,毛榛已经把自己的影响一点一滴带到这个家来。她的居住环境,也被她闲来无事做了不少改动。汪新荃没时间理会这些,他天天往外跑,家里的事全都交给她打理,只要大方向不变,小打小闹的,由着她去折腾。女人都有爱折腾室内装饰物的天性。毛榛在保持他个人习惯的基础上,先从整理房间入手,替他的衣物服装分类。在这个家里,他用得最多的两样东西就是床跟衣柜。床是总要睡觉的地方,不管他是自己睡还是跟别人睡;衣柜里的衣服是他的外包装和人前的体面。她把他的床垫偷偷换了,到家具城买了一个同样牌子的新床垫换上。她可不愿躺在被无数女人压过的垫子上跟他做肢体柔软体操。换这些东西,她很拿手,指挥送货的工人一并都做了,他一点都不知道。男人在一些细枝微末节上都不太关心,只有女人才会在乎这些。

接下来,又把他的衣服全部清洁、分类,领子脏的西服,全部送去干洗;衬衫、领带,凡是常用的,全挂在伸手最容易够着的地方;

袜子和短裤分别在下面的两个抽屉里，看见有些旧的过时的、相信他再不会回头找出来穿的东西，整理出来，在经他过目之后，全部扔掉。像他这样的人，喜新厌旧得厉害，衣服在穿过（或者在家里放置过）一年半载以后，基本上就可以淘汰。他是宁可进商场伸手就拎一件时髦衣服换上，也不会回家翻箱柜去找旧衣服出来穿。不断地扔，不断地腾出空间，就成了他家里最重要的家务事。

现在，他的衣柜分类明确，每一件常穿衣服都洗涤一新，熨烫平整，熠熠生辉。

她又定期叫小时工上门来进行房间清洁。现在的社区服务都很发达，家政保洁公司到处都是，给居民生活提供很大方便。以前他常用的是一个十八九岁的安徽来的小丫头，来得熟门熟路了，打电话叫来以后，进了门，不用毛榛吩咐，该干哪儿不该干哪，自己都知道，连家里东西摆的什么方位，她也都能记得住。毛榛把原来放在书柜顶上的一个瓷瓶挪动了一下位置，小丫头又把它摆放回去，说："我汪大哥不让把东西乱挪地方。"毛榛也没在意，又动手把汪新荃的一个小床头桌理了一理，把散乱的杂志摞放到一起，没想到，小丫头跟进来说："汪大哥不让人乱动他的书。"

毛榛的脸挂了起来。凭着女人对女人的经验，她知道这里头的问题大了！她什么也没说，转身进书房，把一个装了工钱的信封口袋拿出来，往她面前一放，说："你去吧。这是你的工钱，以后不用来了。"

以后毛榛就请社区服务中心的下岗大姐前来定期干活。每次找两个人同时干，可以节省时间。下岗女工大姐敬业精神好，懂得人情事理，活做得认真，毛榛每次都多给她们算一些劳务费。

天生爱养花的毛榛还从花卉市场买回许多种植物，茶花、龟背竹、巴西木、凤梨、杜鹃、富贵竹……虽然都很大路货，但是一旦它们布满房间，翠荫欲滴、花香四溢在各个角落时，整个房屋还是生动、活泛起来了，有了人常住的活气。汪新荃还专门从朋友处给她要了一只猫，一只眼睛蓝一只眼睛绿，肥肥胖胖。他们给它取个名叫“嘟嘟”。嘟嘟每天撒着欢在他们俩之间跑来跑去。

这个家算是归拢得有点模样了，芳香四溢，人气扑鼻。偶尔，毛榛在一走神、一发呆之间，恍惚会想起庞大固埃，恍惚会以为这是庞大固埃的家，他那个书香袭人的定慧寺的家。她恍惚会以为她是那里的女主人，守着满室花香，温暖的灯光，热气腾腾的饭菜，每天在迎候庞大固埃归来。那是在她心中多次憧憬过的景象。可是一回过神儿来，现在，她是在另外一个男人的家。她想她是用汪新荃来替代庞大固埃了，实际上，他不在她的心里呢。他只在她的表层。

同居的日子，他们在经济上各自独立，各花各的，谁也没向谁提起过什么。类似这种买菜烧饭雇钟点工这类的日常花销，都是从毛榛的口袋里出，这点钱在她的收入中已经不占什么比例了。即便是她一个生活的话，花的也基本上是同样多的钱。独身生活以后，毛榛忽然发现经济学的一个最日常性原理：一个房子下生活两个人，比一个人单独生活要便宜一半以上。换句话说，一个房子的灯光下照耀着一个人，跟照着两个人所消耗的电数一样多。

经过前几年的拼命努力工作，到现在，她在经济上已经到了良好的回馈季节，在同龄人里，算相当不错的了，不需要沾汪新荃什么光。凡是他有的这些，都是她不缺的，个人能力都能够达到，所以她也从来不向汪新荃张嘴要什么。这倒让汪新荃有点过意不去，偶尔想起来了，就问一句："缺钱不？缺钱拿一张卡花去。"她推辞不要，他就硬塞到她包里。毛榛隔天走到商场门口，进去买一只口红，伸手触到卡，想到用它结一下账。但是走到交银窗口前，却发现忘了密码。结果用自己的现金付了，把卡又还给他。对待钱财，她总是稀里马虎的，也是被陈米松给培养起来的脾气。他们对钱财都没有太多的概念。这一点，汪新荃也渐渐看了出来。她并不看重他自己的钱财。而这些，恰恰是现在他最引以为骄傲的资本。

他就有些迷惑不解。两人相拥缱绻时不免就问：

"榛儿，你说，你为什么要跟我好？"

毛榛正有点犯困，迷迷糊糊，差点犯了愣劲，说了句"拿你当……"，后面的"庞大固埃"几个字还没说出来，一个激灵，猛地停住了口，赶紧清醒过来，收口说："拿你当药。"

"药？什么药？"汪新荃饶有兴致地问。

"什么药？让我想想，让我想想……"毛榛拖延着时间，使劲将话头往回扳，"当然是发情药，催春药……"

"哦，是吗？我还有那么大劲哪？哈哈哈……"汪新荃信以为真，果然得意了，"那我不成了伟哥了吗？"

"就算是吧……"毛榛把马虎眼打过去。

看着汪新荃酣然入睡，毛榛又起身，回到隔壁她自己的屋里。她将原来的客房也占据成为自己独自入眠的睡房，用的理由是“神经衰弱”，汪新荃表示能够理解。到底他也是有过人生经历的人，对她的一些个人习惯都能够表示容忍和理解。说起来，他这人还是相当不错的。

毛榛躺在柔软的床上，仰望窗外，默默问自己：

我这是干什么呢？为什么要跟他同居？为什么要心甘情愿到这里来当一个家庭主妇，照顾他的饮食起居？为什么扔下自己的两处家不顾，偏要来打理他的这个家？

为什么呢？

就是因为要气庞大固埃。是为了愈合庞大固埃给她造成的伤口，是为了度过眼前这一段难挨的伤心难过的日子。

她是把“同居”当药，把汪新荃当药了。就像当初她把庞大固埃当药，医治陈米松留下的创伤一样。

第十八章　与情敌狭路相逢

相处的日子渐久，汪新荃也越来越信任她。大概他以前的那些女人很少有能这么安静、对他无所求、不给他招惹麻烦、不生是非的。偶尔她也带他去她的一些朋友聚会的场合坐坐，在那里，当他明白自己是个客人身份时，也能够表现得很安静，而且还会隐隐想起，假如自己当年不“退隐江湖”（他把自己下海经商叫作从原来专业上的“退隐江湖”，这个词儿用得很逗），他现在也应该在他们这群人里风光无限，甚至比他们还要干得好，干得出名。这种想法也仅只是存在一刹那，很快就被他最后冲着抢着去买单的自豪感给冲淡下去了。毛榛也不去拦他，只是下次不敢再领他出去。他的那个动作形态，怎么看也改变不了是个大款。和太大的款坐在一起，会给穷人造成不小的压力。她的那帮朋友的脾气她是明晰的。但是回到家来，一到床上，她还总是给他以不停的赞美，抚着他光溜溜的胸脯说：“我真为你而自豪。”

这话是他最爱听的。谁不想让自己的女人为自己而骄傲？

汪新荃要到南方出差一星期，临走前一大早就把毛榛叫到跟前，领她来到客厅壁炉前，轻轻按动一个机关，壁炉自动旋转，露出里面一扇假墙。再按一个开关，假墙退后，就露出后面一个保险柜。毛榛说:“咦……你怎么像个老地主哇！还在树底下埋金元宝呢。”

汪新荃说:“看着点,傻丫头,咱家里,值钱的票券都在这里头呢。”

毛榛说:“为啥不存银行的保险箱里头呢?”

汪新荃说:“那不是还得总去开嘛！在家里,方便。”

毛榛长叹一口气:“唉！有钱人,真是烦恼。”

汪新荃说:“没钱,更烦恼啊。”

重新关好假墙,将壁炉恢复原位。他拎起旅行手提箱,走向门口停着的车子。毛榛跟在后边去送。到了门口,他回过身来亲了她一下,同时把手里一串保险柜的钥匙郑重其事交给她,说:“这个,拿着,收好。”

毛榛先是愣了一下,等到明白他这是“托孤”,他已经在外面发动了汽车。毛榛忙追出去,冲他喊:“别给我！我不会！我高考数学不及格!”

汪新荃笑。他摇上车窗,一踩油门,汽车快速远去。

毛榛回到屋里,顺手把钥匙搁在柜上,东转转,西转转,忽然间觉得这屋好像空了似的。这是他们俩同居以来汪新荃第一次出远门,她一下子还觉得有点人去楼空,挺不得劲的感觉。唉！人哪,真是奇怪,很容易形成一种生活惯性,“同居”这种东西也如此,一旦在一起时间长了,就不愿意动了,不由自主也会生出感情。就算两块石头一起待久了,也还能焐热乎呢!

毛榛挨个屋子转了转,拾掇拾掇自己的东西,准备回自己家那边看看。自己的两处房子好久没去打理了,也不知道水啊电啊煤气啊出了问题没有。

她忙忙乎乎的,把东西都放进手提包里,拿了房门钥匙,准备锁门出去。顺便瞥了一眼那一串保险柜钥匙,想到汪新荃那副郑重其事的神气,不禁有点想乐。心说他这家伙,怪有意思的。我拿他这钥匙干什么。正在这想着,却不期然,门铃在这时候响起来。

毛榛想我似乎没约谁来上门啊?钟点工今天也没叫,谁能这么不邀自来呢?说不定又是上门推销的。

于是拉开里面一层门,隔着防盗门的透气纱窗往外看。只见门口站着一个妙龄女郎,年龄不大,二十来岁样子,身材高挑,一头长发用游离子挑染法染得红一绺黄一绺,脸上妆很重,化的是韩国蝶彩妆,嘴唇也涂着韩国亮彩唇膏,整个就是时尚杂志上的“韩流”标准版。

毛榛问:“你找谁?”

“韩流”说:“你是毛榛吗?”

毛榛说:“我是。”

“韩流”说:“你好。自我介绍一下,我是汪新荃的前女朋友,也就是在你之前的同居女友。”

毛榛立刻警觉起来,说:“汪新荃不在家。请问你有事吗?”

“韩流”说:“我知道他不在。我想找你谈谈。”

“找我?”毛榛更警惕了,“我并不认识你,我也不认为我们之间有什么好谈的。有什么事可不可以等汪新荃回来以后谈?”

“当然可以。但是我更想单独跟你谈。咱们女人更能理解女人，你说对吗?”

小“韩流”咄咄逼人，一双眼睛紧盯着隔门而望的毛榛。

毛榛一听，心里觉得好笑，心说她才多大呀，就一口一个“女人”“女人”的。

她双手抱在胸前，假装很有耐心地说：“你想让我理解你什么?”

“韩流”说：“你能不能让我进屋去，咱们坐下来说?”

毛榛说：“对不起，我马上要上班。这样吧，给你一个我单位的电话号码，待会给我打电话吧。”

“韩流”想了一下，说：“好吧。”

说着，她拿出手机，按照毛榛念的数字，把号码一一输进去，存在里面，然后还抬头问：“我什么时候可以给你打电话?”

“一小时以后。”毛榛说。

“好吧。一言为定。拜拜。”

说完，她转身离去。

毛榛盯着她的背影，一直看到她走远。刚才见她在门口站着，隔防盗门说话的时候，毛榛一直都在注意她的表情和任何一个微小举动，提防对方来者不善。“前女友”“同居伙伴”找上门来，难道还期望她是给自己献花、交朋友来的吗?当初，她被陈米松突然之间无来由抛弃的时候，不也是痛苦疯狂得险些丧失理智，不也是曾经一心想寻到他的驻地，揪出他身后躲藏的大婊子、小婊子，恨不能撕了她，抽她的筋、扒她的皮、往她身上泼硫酸吗?“女人何苦为难女人”“女人更能理解女人”，可不是嘛，女人不跟女人去斗，难道要跟自己爱人、自己亲人、自家亲老公去斗吗?

这些经验,都是她从自己人生血淋淋的经历中好不容易得来的。以前她也曾假装女权分子,不疼不痒说过“女人们要团结起来,同绝情负义老公作斗争,而不要彼此之间互相揪斗”之类的屁话。等到真的轮到自己了,事儿出在自己身上时,什么男啊女的都不重要了,掰扯不清了,当时来讲最重要的是先分清谁是亲人谁是仇人、谁是自己家里人谁是上门来的小偷儿。家里出了事,丢了东西,丢了自己的老公,你不先拿刀往第三者的女小偷儿身上砍,难道还会先砍自己的亲人老公吗?

道理说起来就是这么简单。

望着小“韩流”远去的背影,她略一沉吟,还是打电话叫了保安。等两个小保安到来,她让他们俩陪她出门,陪她走到街上,直到看她坐进车里。

两年之间,经历了这么多事儿,她已经不能对人产生信任了。一个人生活在北京,已经没有了安全感。除了远离是非,自己保护好自己外,没有任何办法,也没有任何依靠。她得时刻提防,保护自己不受侵犯。

她先直接赶到单位,到了那里,先拨通了汪新荃的电话,问他“前同居女友”是怎么回事,他欠了人什么,为什么人会找上门来。

汪新荃正在机场候机室里,一听,轻描淡写地说:“噢,你说她呀,没什么,艺术专科学校三年级学生,学装潢设计的,曾经在我的公司打过工。没错,我对她是好过,可她没良心,拿着我的钱同时在外面跟好几个男的好……”

“那些男的都比你年轻、有派，搞艺术的是吗？”毛榛压低了声音，强忍住心头的不快，故意粗鲁地打断他。

汪新荃突然被噎了一下，听出了毛榛的火气很大，于是声音也降低了些，不那么满不在乎了：“……后来我决定中止跟她的关系，一切全都交接清楚了。她怎么又找来？要不，我打个电话，警告她别去纠缠你……”

毛榛说：“不用了。我明白了。还是我自己来吧。你把她电话给我。还有学校地址什么的都给我一个。”

汪新荃就在那边念，毛榛在这边记。

放下汪新荃电话，毛榛定了定心绪。然后拨通她学校电话。是学生宿舍里的号码，恰巧是那个小“韩流”接的。毛榛听得出是她的声音“喂喂”了两声。大概她正在那里守着电话，待会准备跟毛榛长谈呢。毛榛沉吟了一下，没放声，把电话放下，然后出门，坐车直奔她们艺术院校所在地。她想她得首先出击，自己当面去找她，听她谈比较好，让对方没有任何思想准备，这样一来，她这方面就能多少占据主动。

到了学校，门卫告诉她女生宿舍一进门往左拐，再奔右手直插下去就到了。学校毕竟是学校，给人一种亲近感和安全感。门口一个卖花的小贩正在上午的阳光里使劲吆喝着，叫卖他纸箱里的鲜花，好像生怕他的花一过了正午就会蔫掉，不值钱了似的。那些鲜花实在是鲜嫩诱人，粉红色的百合，浅紫和橘黄色的康乃馨，朱红的玫瑰，梦一样的满天星，好像都是刚从枝上剪下来的，浑身还带着早上的第一滴露珠。毛榛不由得心动，都忘了自己是来干什么的,不由得就围在纸箱前挑挑拣拣,选出了一大捧鲜花,让小贩拿粉色的丝带给她扎上。这么好的花才卖到几毛钱一枝,真是便宜得让人心疼。

现在,毛榛就怀抱一束鲜花,顶着上午明媚的阳光,走在不知去干什么的路上。自己究竟要干什么呢?抱着鲜花,看望同居男人的前同居女人?这都是哪跟哪儿?我这又是演的哪一出戏、犯的哪一门子贱?

毛榛的行为连她自己本身都觉得不可理解。总之,她这时已经完全对自己说不出个道理来了,下意识地就抱花儿拐上了女生宿舍。

她“笃、笃、笃”地敲门。里面问:“谁?”她说:“谭小丽在吗?”里面那个叫谭小丽的小“韩流”应声出来开了门,一看这情景,愣了,说:“是你呀!”她后边,还有一个同宿舍的女生也应声而出,跟在后头问:“谁呀?”谭小丽一转头,指着毛榛给她介绍说:“一个朋友,作家毛榛。”

毛榛就明白,人这小“韩流”是在背后把什么都打听明白了,把她毛榛的那点底细都打探得一清二楚。

同时她在听到她这么向人做介绍时,也才恍然明白,自己的这束鲜花起了作用了,自己尚未想清的绥靖目的达到了。

“绥靖”者,“安抚”也。

爱花的人,从来都会有好报。

整个的谈话过程就变得顺利而简单了。说起来,谭小丽要找毛榛谈的目的也很简单:把汪总让给她。她一直很爱汪总,曾经还为他打过胎。但是以前她不懂事,跟汪总好的时候还跟其他的男生好。现在,临近毕业分配,同学们都在惊惊惶惶地拿着简历四处找工作,她也找了几家单位,但处处碰壁,没有一家接收她。直到这时她突然想明白了,她最爱的还是汪总,只有汪总才能给她她所需要的一切。

“毛姐,你看你什么都有了,你有钱、有名,还有社会地位,在北京也算扎下了根。可我现在一无所有,一旦找不到工作,户口能不能留在北京还很难说。我是再不愿回家乡那个小县城里去了……

“毛姐,虽然你和汪总住在一起,但是其实你不需要汪总的任何帮助。可是我需要他,对我来说,他就是我的一切……

“毛姐,我想求你,放了他,把汪总交还给我,我会让他重新爱上我的……我也会想办法报答你、感谢你。毛姐,求求你了……”

谭小丽的话诚恳而热切,有时又声泪俱下,动之以情,晓之以理,差点把毛榛的眼泪也勾下来。

毛榛心中不仅感叹,甚而至于感到羞愧,心说:跟她一比,自己才真是个大学三年级女生,像个大傻丫头,傻浪漫傻浪漫的,还一肚子理想主义。都这么一大把岁数了,连自己究竟想要什么都还说不清楚;而人家谭小丽呢?俨然已经是个成熟女人了,很务实,很清楚自己所走的每一步,明白自己究竟想要的是什么。

面对谭小丽的能说会道,毛榛的自信心受了不小的打击。她只是一味地倾听着,像一个巨大的垃圾桶,任由别人往里倾泻感情垃圾。末了,她只是回答说:“让我想想吧。我会对自己有个交代的。”

回到自己的家里，那个跟陈米松共同生活过的小家，那个跟庞大固埃有过无数个春天缠绵夜晚的家，毛榛脑子里乱糟糟的，一时都不知该干点什么好。家里死气沉沉的，久不住人的缘故，茶几、书柜、台式电脑上都落了半尺厚的灰。毛榛带着一脑子的病毒，开始了对房间的清扫。窗户、门都大开，将外面温暖的阳光一束一束放进来。再经过一番洗濯、擦拭，一会儿，就窗明几净，一个暖乎乎的充满人气的家就现出形来。

毛榛坐下休息了一会，简单吃了一点面包牛奶，然后又给自己泡上一杯绿茶，就着午后的阳光，慢慢品，慢慢品，直到能体会到窗外高大的槐树叶子都在微风中颔首舞动，感到自己的心情完全静下来，这才戴上 CD 随身听耳机，到楼下她每天固定要去的那个明媚的小花园里去散步。

走啊走啊，走了半天，却又走回到这条老路上，又走回到了老地方。这公园里边的一草一木、一山一石，都是多么的熟悉啊！仰脸看去，在下午的阳光下，叶片都在微风中闪亮，似乎听得见生命有节律的生长声音。这里到处都有她跟陈米松共同走过的足迹。甚至连每一块方砖、每一片碎瓦、每一块鹅卵石子都认得他们。从前，在她婚姻生活正常、一切家庭秩序都正常的时候，她每天早晨都要来这里晨练、跑步，每天下午打电脑累了的时候，都要到这里来长时间地散步、养眼，一走就是一个多小时，就是把一张 CD 碟全部听完，再反复一两首最爱听的曲子的时间。

……靠里面围墙的草丛无人处，有陈米松在里边屙过的一泡屎。那时候他们才刚搬来，房子里的上下水总出问题。有天晚上家里停水，陈米松又突然间想要解手。实在憋不住了，两个人就披衣仓皇下楼，买了门票直奔公园里的公厕。不料那天公厕提前关门，守卫值班的人不知溜到哪儿去了。把个陈米松急的，实在没有办法，两个人就趁着黑夜，毛榛站在甬道边上给看着人，陈米松拿着一卷纸走进草棵深处围墙底下，痛痛快快出了一回恭。屙完出来，陈米松还像个长臂猴子一样双手轮流捶打着自己的前胸，大叫几声："呀呀呀呀呀——好痛快啊……"让毛榛照着脑袋给了一巴掌。

……靠外面铁栅栏墙那边草丛里，有毛榛放生的小刺猬，庞大固埃领她去马场那回，从战友李木家院子里逮住的。小刺猬拿回来后，夜里总咳嗽，好像屋里藏了患肺气肿的小老头。毛榛听了害怕，第二天就把它在公园里放生了。下次庞大固埃来了，自己想起来，就问："小刺猬呢？"毛榛说："放生了。"庞大固埃说："你是害怕，给扔了吧？你看，你把人刺猬一家给拆散了拿回来，又把人给扔了。你赔，你赔！"说话的样子非常认真，神情可爱得像个赌气耍无赖的小男孩，把毛榛逗得乐坏了。

……就是在春天，春天的花树下，公园里的这条甬路旁，桃花盛开，杏花盛开，苹果花也盛开。毛榛和小师妹阿莲一起，在为参加女友闹闹的诗歌朗诵会做准备。她们一人拿一本闹闹的诗集，边走边悄声吟诵，一路落英缤纷都绚烂在她们的眸子里：

合唱队的低吟把我击中

哦，那络腮胡须的大个子情人……

多么难忘啊，多么难忘！幸福时光多么令人难以忘怀！此刻她随身听到的，又是那首格里格《培尔·金特》组曲，她将那张碟送给庞大固埃做纪念后，自己又去音像店买了一张。说起来，那张碟还是她和小林妖共同去过挪威以后，回来时在北京的三联书店里买的，蔚蓝色的像挪威的天空和大海一样的封皮，立刻引起她们对那个地方的美好回忆，她们俩一人买了一张。后来当她谈到这支曲子时，庞大固埃说他在学校当学生时，老师就领着排演过易卜生的《培尔·金特》这出剧，他能准确唱出格里格作的这套曲子的每一个音符。毛榛大喜，当即就忍痛割爱，把这张碟片送给庞大固埃做纪念，还对他说："以后当你听到《索尔维格之歌》时，那就是我在想你。"

剧中的那个挪威民间神话中的人物培尔·金特一生喜好游荡冒险，晚年贫困潦倒，回到家乡，没人相识，只有他忠诚的未婚妻索尔维格在一心等待他的归来。

庞大固埃很乖，很回应，毛榛说完后，看他立刻就打开车子后备厢，弯腰撅屁股地费力从后边的音响卡座里将这张新碟片换上。然后他们开车上路，从她北京以北的新居往城里赶。车子滑行在夜晚北京灯火璀璨的大街上，一路从《晨曲》开始听起，当听到那个《山妖奏鸣曲》时，伴随着欢快的乐章，庞大固埃还两手松开方向盘，胳膊在身体两侧展开，抖动，嘴里"呱、呱、呱"叫着，做出几个类似于家雀乱飞、蛤蟆怪叫的模拟山妖小丑耍怪动作，把毛榛逗得前仰后合。

等放到《索尔维格之歌》时，他们却在忧伤的抒情慢板中开始吵嘴了，原因是毛榛饿了，想要去吃饭，而庞大固埃急着要卸下她回去，要去见一个来取书稿的人。毛榛不高兴了，嘟嘟囔囔，历数他不给她饭吃的罪状：那次上西山古寺那老头家，就不给人吃饱，鼓捣了半天，才做出几根破面条……这回，人家空着肚子等你这大半天，为什么做完爱后不给饭吃？

庞大固埃不吱声，一手开车一手去揪别在头顶遮阳镜上的一沓名片，那上面有一大堆都是某某酒楼的片子。而后他又腾出一只手打手机，按照片子一家一家打。太晚了，已经十一点多，常去的几家已经关门了。毛榛还在赌气说："算了，我不吃了。你把我放下，我自个儿回家。"庞大固埃哄她说："嗳嗳，别别，别别别，去吃，去吃吧，正好我也饿了。"

音响里的索尔维格这时仿佛正在"呜呜呜呜"伤心哭着，诉说着培尔·金特的负心绝情。庞大固埃就强制性地载着她，过家门而不入，经过北三环，径直驶往西坝河三环路的纵深处，来到朋友开的一家饭店。那家店里的厨师还没有走，他就嘱咐人家："麻烦给包二十个饺子，酸辣白菜馅的。"因为他曾经领她来这里吃过，她念叨过这家的饺子好吃。他把这些都记住了。

等到坐下来吃饭时她发现他确实是不饿，只要了一盘蔬菜沙拉，像个兔子似的在那里嚼。看着她狼吞虎咽，他还冲身边来陪他聊天的厨师小兄弟说："看看，能吃多好，能吃就是青春的证明啊……”

……也就在他生日那一天(他的生日竟然跟他儿子的生日是同一天!),毛榛正好出门,远在外地,不能到跟前给他祝贺,她就将一首诗让呼台小姐打到他的呼机上,名字就叫《所有的花儿》:

愿所有的花都在今夜晚盛开,
所有的等待从此不再无奈,
所有的疑虑都从你的额上悄悄褪去,
所有的喜悦幸福都在我的心中
款款而来……

与其说这是她给他的祝福,还不如说是她给她自己的祝福,给他们俩的祝福。

庞大固埃对此的反应是:“毛榛老师啊,有了你,这下子我才觉得我这汉字呼机,它确实是能显示汉字的了。”

又说:“你是诗人吧?”

毛榛说:“不是。你才是。”

……

又回来了,又走回来了。她的记忆原来是如此丰富,她对他,对陈米松、对庞大固埃有过那么多的痴情。她的一生,她的每一步成长里,都有陈米松的烙印,他已经融化、融合在了她身体深处,在她的血液、骨头、心胸肺、肝胆脾胃里，不能剔除，无法剥除。她是身体里边带着陈米松，去开始寻觅新的生活的。庞大固埃让她撞上了，在她生命最危急的时刻，在她做人的自信自尊全部被打得稀里哗啦、七零八落的时刻，是庞大固埃，是庞大固埃的信任、呵护、迁就、迎合、宠爱、娇纵，帮她一点一点将身体碎片缝合了。她又树立起一个新的自我。

而汪新荃呢？汪新荃可能只是一个替代品。虽然她曾和他一起生活，可是，他的形象却苍白得像一个纸片一样，不曾真正让她动过心。因为一开始她就抱定要和他去“玩”的。

是得认真想一想了，经过了这一番折腾，死去活来、支离破碎、破罐子破摔的折腾，该是结尾的时候了。该是问一问自己，究竟想要什么的时候了。既然像汪新荃那样对自己好的人她都不想要，他的房子、他的车、他的钱，这些让世人眼热的物件她都不想要他的，那么她究竟还想要什么？

一步一步走在曾经跟陈米松一起走过的路上，回到曾经跟陈米松相濡以沫（相濡以沫，这个词用在他们这个年纪人身上，有点太早了）生活过的屋子，她这才明白了，她想要的，是内心的快乐。是跟陈米松在一起时简单质朴的快乐，是他们俩青春无邪也无知的傻笑，发自内心的，充满了彼此相亲、相知，相互善待、信任的快乐傻笑。它跟物质一点都没有关系，只和他们俩的内心发生关联。

她在庞大固埃身上又看到了这种快乐，无条件信任、无条件相托，把自己交付出去的快乐。可惜它竟是那么镜花水月，那么短暂就消逝了。

和汪新荃在一起，她感受不到这种快乐。当人与人在一起打交道要处处防范、算计、处处自我保护的时候，生存的快乐原则就没有了。

她自己和自己在一起的时候，也不能够快乐。“一间自己的屋子”根本不能给人提供快乐，需要屋下有相爱的人才得以快乐；“我是我自己的”也不快乐，简直活不下去。人不能光为自己活，那样的话，早晚有一天要活空了，活疯了。她总得想着要为别人活，才能有点活头。否则，可就没命了。

毛榛想明白了，她原来是个都市里的抑郁病人啊！她拿庞大固埃当药，拿汪新荃当药，想要医治自己的伤。到了这会儿，经过强烈的副作用和几番反复发作之后，如今，她总算平息了、安静了。

她明白了其实他们都有病，庞大固埃和汪新荃，这些表面溜光水滑的都市成功者，他们的病比她的还要深。不管怎样她还能够守住一些东西，而他们却把自己全抛出去了，循环往复，越陷越深。也许是因为她还仅仅是一个开始，而他们，已经陷进去太久、太久，已经养成了一种随随便便的惯性。他们和她，都是病人。

病人和病人之间是不能互相救治的。他们都应该期待一个健康的人来救治他们自己。她也必须学会耐心等待一个健康的人来救治帮助自己。

那个人，会有的，会有的。

尾声:长安大道

汪新荃刚一从南方回来,毛榛就约他到位于长安街上的国际饭店的旋转餐厅见面。汪新荃还觉得挺奇怪:“我一进门,还以为你能在家呢。干什么?有什么事不能回家里来说,还要跑那么老远?”

毛榛说:“没什么,只是觉得这里氛围好。”

汪新荃说:“好吧。我这就去。”

她要在这里把离开他的决定告诉给他,同时交还他的钥匙。

毛榛一个人等在长安大街国际饭店最顶层的旋转餐厅里。从这里可以俯瞰北京全城。

当然这“全城”现在也已经很难划定了,四郊周围的卫星城正一座一座地建起来,“北京”的地理概念正在无限地扩大。

从这里可以望见市中心的她们单位古朴庄重的灰顶大楼,想当年,在1980年的时候,它还是这长安大街上唯一一座高层建筑,是经过中央特批的,那时正是迎接“科学的春天”来临的时候。

远一点,可以望见陈米松他们单位楼顶巨大的绿色帽子,绿帽子屋顶这两年在北京很流行,据说它保持了民族风格传统。

再往远,可以看见庞大固埃单位彩电发射塔的塔顶,它以毫不谦让的兀立姿势,宣告一个传媒产业时代的宏伟到来。

所有的记忆,都被凝结、串联在这条长安大街上。

这条长安大街,1986 年春天毛榛和陈米松战战兢兢踏上的这条长安大街,如今已经找不到它当时的原貌。大街两侧的东方广场、贵友、恒基、中粮、长安、妇联等等巨型建筑,都已经一座接一座拔地而起,快得简直让人目不暇接。

唯一不变的,就是那个广场,广场上的浮雕,那个天安门,那座天子明堂,多少年来,它们永远不变,成为北京永远的地理和文化坐标。

一晃,她定居北京已经有十年了。

十年了呵! 十年。

多快呵,十年! 十年来,它们见证了这里发生的一切,它们也见证了毛榛在北京发生的一点一滴的爱情。

有哪一个外省进京的小青年,不渴望着某一天能走在这条中心线上,成为它这里的主人?

广场上风筝仍在飞舞,清风依旧祥和。这里简直就像什么也没有发生过一样,若不是大街两侧的标语牌变了,人们就简直看不出一点北京翻天覆地变化的痕迹来。

她还记得 1986 年的长安大街两侧标语牌子上还写着"到二〇〇〇年,中国要实现四个现代化!"

而 2001 年的大街两侧标语牌上写着:

祝贺北京申奥成功!

祝贺中国成功加入 WTO!

……

一切都变了呵，都变了。这些标语牌在告诉人们，时光流转，转眼又是一个千年。

又一个千年。

下一个千年，还会有它们吗？

这些青石水泥的建筑，这些古老的大街？

它们依旧会有，会不断翻新重盖，升级换代。

但是下个世纪，肯定不会有他们了。

她，陈米松，庞大固埃，汪新荃，还有那个谭小丽。

他们的恩恩怨怨，爱爱恨恨，都会随风而逝，不留任何痕迹和踪影。

人在时间中，显得多么渺小啊！

……

旋转餐厅入口处的门开了，汪新荃走了进来。

他还是那副清瘦白皙、风度翩翩的样子。

只有毛榛知道他不是故意想瘦，而是由于整日过度焦虑，他的胃口永远都消化不良所致。

毛榛看见他在向里面打望。她就抬起手，刚要向他招手致意，忽见他身后的门又一次开了，跟着进来一个熟悉的身影。

是陈米松！

他身边还跟着进来一个港台商人模样的人。他们也在用目光寻找着座位。

毛榛一下子就站了起来，在见到陈米松的那一刹那，她一下子就情不自禁地站了起来。

她看见陈米松的背驼了，腰也有点弯，鬓角似乎还泛出丝丝银色。才一年不到，他就苍老了这么许多。她的心猛地又揪紧了一下子。

汪新荃看见了毛榛，向她挥手致意，然后就腋下夹着他的黑手包，迈着商人特有的细碎步伐走了过来。

毛榛的目光，却直直望着前方，对汪新荃的到来视而不见，而是越过他的身形，把目光完全直直投落在他身后的陈米松身上。

旋转餐厅的景物又一次在她眼前旋转起来，旋转、旋转……

她满含泪水，在心里低低呼唤：

爱人啊，不要不告别就走啊！

衷心祝福你有个好的前程……

2001 年 12 月 10 日完稿于北京双秀